Mina Teichert

Der Sonne entgegen

AF217907

MINA TEICHERT

Der Sonne entgegen

ROMAN

dtv

Originalausgabe 2025
© 2025 der deutschsprachigen Ausgabe:
dtv Verlagsgesellschaft mbH & Co. KG
Tumblingerstraße 21, 80337 München
produktsicherheit@dtv.de
Umschlaggestaltung: zero-media.net, München
Umschlagmotive: FinePic®, München; Adobe Stock / neirfy, Beboy,
ilolab, Stefan, alexugalek, Boris Stroujko, ashiya pixel
Satz: C.H.Beck.Media.Solutions, Nördlingen
Gesetzt aus der Minion Pro
Druck und Bindung: Druckerei C.H.Beck, Nördlingen
Printed in Germany · ISBN 978-3-423-22101-6

In der Liebe tanzen wir,
um den Boden unter den Füßen zu verlieren.

Romy

Ich sitze am fein gedeckten Tisch im Außenbereich des Hotels, in dem wir mit meinem Freund Henry, meiner ältesten und allerbesten Freundin Lilly, ihrem Mann und meinen Eltern meinen Geburtstag feiern wollen. Es war ein Tipp von Lilly, eine alte Brennerei, die zu einem herrschaftlichen Eventspot umgebaut wurde und mit allerlei Besonderheiten aufwartet. Etwa mit Whiskeytastings, Promihochzeiten oder Kunstausstellungen im Nebengebäude. Ich war von Beginn an begeistert von den Backsteingebäuden, den hohen luftigen Räumen, die allerlei Relikte vergangener Zeiten beherbergen, und dem Garten mit seinen Eichen und dem ruhig dahinfließenden Bach. Henry, der übers Wochenende in Hamburg bleibt, hat uns für die Nacht die Honeymoon-Suite gebucht und überlässt nichts dem Zufall, was das leibliche Wohl der Gäste angeht. Ein perfekter Gastgeber eben. Lilly ist begeistert von dem Mann, den ich seit einem Jahr date, und hat mit ihm zusammen alles geplant. Und Henry ist tatsächlich der erste Mann, mit dem ich mir vorstellen kann, einmal zusammenzuleben.

»Auf dich, Romy«, zwitschert Lilly selig. »Die Konstante in meinem Leben, die mich durch die schwierigste Zeit brachte.« Sie holt tief Luft, Schampus schwappt über den Rand des Kelches und tropft auf das Gedeck. »Ihr wisst, was ich meine: die Pubertät.« Ich muss kichern, lasse meine Nikon ein wenig sinken, mit der ich Schnappschüsse mache, vielleicht Material für meinen nächsten Bildband, man weiß ja nie.

»Ohne dich wäre ich verrückt geworden.«

Ich winke ab, mir ist es fast unangenehm, so im Mittelpunkt des Geschehens zu stehen, und dass Henrys verliebte Blicke nur auf mir ruhen, macht es nicht besser.

»Ich weiß noch, wie du mit mir zusammen das Auto meines Schwarms, der mich fies abserviert hatte, in der Nacht aus Rache mit Damenbinden vollgeklebt hast«, schwelgt Lilly in Erinnerungen.

»Hast du nicht getan!«, wundert sich Henry kurz, und seine Miene verrät nicht, was er darüber denkt.

»Doch das hat sie, weil der Typ mich mit den Worten: ›Hast du deine Tage, oder was bist du so anstrengend‹, abserviert hatte und ich stundenlang geheult habe«, plaudert Lilly weiter aus dem Nähkästchen. »Weißt du noch, was du gesagt hast, Romy? Es gibt viele Fische im Meer, angle dir nicht den angeberischen Lachs mit Egoproblemen. Und siehe da, ich habe mir bald darauf meine große Liebe geangelt.« Sie wirft einen Handkuss in Richtung ihres Mannes Piet, der definitiv liebevoll und kein Angeber ist. Für mich wäre er nichts, aber für meine Lilly ist er der schönste Mann der Welt. Und sie führen seit zehn Jahren eine glückliche Beziehung.

»Oh, oh«, fällt Lilly noch etwas ein, das sie herausposaunen will. Ich frage mich, was sie Henry alles erzählt hat, bevor ich gekommen bin. »Weißt du noch damals, als wir das nagelneue Elektrorad von deinem Papa geklaut haben, um auf die angesagteste Party des Jahres zu fahren?« Sie grinst diabolisch, und ich verschlucke mich prompt am Champagner. Er kratzt in meiner Luftröhre, und ich muss husten.

Ich bemerke den Blick von Papa, der nur leise seufzt bei der Erinnerung an die Polizei, die uns am frühen Morgen volltrunken mit seinem ramponierten Rad ablieferte.

»Du schuldest mir noch die Reparatur«, wirft er ein, ganz der Sonnenschein, der er ist, und Mama reagiert sofort.

»Ach, Dieter, Töchter kosten eben Geld, so ist das nun mal«, sagt sie und zwinkert mir neckend zu. Sie hat eindeutig die Hosen an zu Hause. Früh hat sie mir erzählt, wie Männer ihrer Meinung nach funktionieren und wie man die richtigen Knöpfe drückt, um an ein Ziel zu kommen. Und ich muss zugeben, mittlerweile beherrsche ich diese Art Spiel in einer immer noch männerdominierten Welt ganz gut und nutze mein eigenes Kapital. Ein Lächeln hier, ein wenig Koketterie dort, und so manches männliche Exemplar lässt sich gekonnt um den Finger wickeln. Der Apfel fällt nicht weit vom Stamm, denn auf solch eine Weise hat Mama sich den besten Zahnarzt ganz Hamburgs geschnappt, wie sie nie müde wird zu erzählen.

»Papi, ich liebe dich, und ich werde immer deine kleine finanzielle Belastung bleiben«, scherze ich in seine Richtung, und etwas in seiner Haltung lässt mich innehalten. Wieso guckt er Henry so komisch an? Und weshalb schmunzelt der, als hätte ich einen Witz nicht verstanden? Die heiße Spätsommerluft nimmt mir einen Moment den Atem und Lilly plaudert weitere Anekdoten aus unserer Jugend aus. Sie ist mir etwas zu mitteilungsfreudig, denn ich bin mir sicher, manches ist nicht für die Ohren eines Mannes bestimmt. Besonders nicht Periodenunfälle mit weißen Hosen und Rettungsmanöver zu deren Verschleierung.

»Und unter uns, meine liebe Romy: Ich bin stolz auf dich,

dass du so viel erreicht hast. Das eigene Studio, eine bemerkenswerte Karriere als Fotografin und nun auch eine ernst zu nehmende Beziehung.« Mit diesen Worten dreht Lilly sich zu Henry, der sich plötzlich von seinem Stuhl neben mir erhebt. »Ich bin sehr einverstanden mit deiner Wahl, und ich bin mir sicher, du rockst das«, flüstert sie über den mit Kerzen und Blumenarrangement gedeckten Tisch, und mir wird plötzlich ganz heiß, was geht hier vor sich?

»Romy, Schatz«, höre ich Henry zu mir sagen, und mein Blick weitet sich, als er ein winziges blaues Kästchen aus der Hosentasche seines Armani-Anzuges zieht. »Würdest du mich zum glücklichsten Mann aller Zeiten machen und meine Frau werden?«

Valentin

»Internetverbot, wie kreativ«, reagiere ich auf Mias Schimpf-tirade über ihre Eltern am Telefon und muss ein bisschen lachen. Meine Nichte Mia-Florentine ist mit ihren dreizehn Jahren bereits eine exzentrische Persönlichkeit, und ich liebe es, wenn sie sich so aufregt. Das konnte sie schon als Dreijäh-rige gut. Sie bekam dann immer dieses Blitzen in den Augen und redete so schnell, dass man kaum noch etwas verstand.

Sie ist ganz anders als meine Schwester Nathalie oder meine Eltern. Und das finde ich zauberhaft und mehr als erfri-schend. Wer kommt in dem Alter schon darauf, sich wie Ma-rie Antoinette oder wie eine Rokoko-Kokotte zu kleiden und so in die Schule zu gehen, ohne sich auch nur im Geringsten von den Mitschülern, die das Ganze zum Schreien komisch finden, verunsichern zu lassen? Ich an Nathalies Stelle wäre stolz auf meine Tochter und hätte ganz sicher nicht mit Internetverbot versucht, die Flügel meines eigenen Kindes zu stutzen, weil sie sich gegen einen Mobber wehrte. Mit um-herfliegenden Äpfeln, die zugegeben, als Wurfgeschosse miss-braucht für Schaden sorgten und einen Mitschüler empfind-lich in den Weichteilen trafen. Meine Schwester ließ sich von den Lehrern, die eine Nulltoleranzpolitik fahren, was Gewalt angeht, sofort einwickeln und schlug sich bedauernswerter-weise auf die Seite des Systems. Mich wundert das nicht, denn meine Schwester ist ein Paradebeispiel des zum Sklaven erzogenen und nicht selbstständig denkenden Schablonenbürgers.

Und ich als Patenonkel der schlechte Einfluss auf ihre pubertierende Tochter.

»Aber weißt du, was?«, fragt sie.

»Ich höre.«

»Die weiß gar nicht, wie man das WLAN ausstellt. Also guck ich heimlich weiter TikTok und Miss History«, haucht sie verschwörerisch in den Hörer.

Mich freut es, dass ich sie mit meiner Leidenschaft für Geschichte anstecken konnte, wie einst mein Onkel mich. Pietro fehlt mir sehr, er ist vor vier Jahren von uns gegangen und riss eine große Lücke in mein Herz. Verlust tut weh, manchmal ist er kaum zu ertragen. Aber so ist es eben. Nur der Tod und die Liebe schaffen es, die Welt aus den Angeln zu heben und neu zu ordnen.

Ich beschleunige meine Schritte, passiere einen Tabakladen in der Ludwigsvorstadt, klemme das Handy zwischen Schulter und Ohr und sortiere Geldscheine in meinem Geldbeutel. Das kleine Foto von Mia darin erwacht dabei vor meinem inneren Auge zum Leben. Ich kann beinahe sehen, wie sie mich mit vor Empörung halb geöffnetem Mund anschaut, den etwas schief stehenden Schneidezahn enthüllend, den eine Zahnspange versucht zu unterwerfen.

»Na dann, ist doch alles gut. Worüber regst du dich dann auf? Spar dir deine Energie lieber für deine nächste kreative Phase auf«, rate ich ihr und nehme mir vor, sie bald zu besuchen. Sie mit in ein Museum oder auf einen Trödelmarkt zu nehmen, was wir lange nicht mehr gemacht haben. Das letzte

Mal fand sie für mich ein gut erhaltenes Modellauto, einen 190er Mercedes in Rot von der Firma *Schuco* aus den 50ern, den ich in meinen Bestand als Kunsthändler aufnahm.

»Über Ungerechtigkeit, Onkelchen. Un-ge-rech-tig-keit«, betont sie, und ich nehme das Handy wieder in die Hand, nachdem ich das Portemonnaie verstaut habe.

»*Principessa*«, sage ich und nenne sie nur allzu gerne auf Italienisch Prinzessin. Ich kann mich noch gut daran erinnern, als ich sie das erste Mal in meinen Armen hielt. Sie war so winzig, und ihre großen braunen Augen hatten mich bereits da schon so keck angefunkelt und verrieten das italienische Feuer, das durch unsere Adern fließt. »Gewöhne dich besser jetzt schon mal dran. Die Welt ist kein gerechter Ort.« Traurigkeit darüber huscht mir durch die Eingeweide, bevor Mias Kichern den Knoten in meiner Brust wieder löst. Ihre fröhliche Art schafft es immer, mich den Ernst des Lebens vergessen zu lassen.

»Ich weiß das schon. Sonst wäre Marie Antoinette nicht so grausam ermordet worden«, sagt sie altklug, und es wird einen Moment still am anderen Ende.

Ich weiche einem Passanten aus, alle Läden sind bereits geschlossen, und ich werde schneller. Ich bin nicht sonderlich gern hier in der Gegend, einige Straßen weiter tummeln sich oft verlorene Seelen und Junkies.

»Ich muss dir noch was erzählen«, säuselt Mia nun geheimnisvoll.

»Na, dann mal raus damit.« Ich trete durch eine schief in den Angeln hängende Eisenpforte in einen Hinterhof. Mülltonnen laufen über, ein fauliger Geruch wabert in der Sommerhitze zu mir herüber.

»Ich hab jetzt einen Freund.« Fast verschlucke ich mich. Das ist mal eine Neuigkeit. Kommt es nur mir so vor? Oder werden die Kinder immer früher groß?

»Ist nicht wahr. Weiß deine Mutter davon?«, rutscht mir prompt die Frage heraus, die ich mir auch selbst hätte beantworten können. Denn Mia ist für meine Schwester ein Buch mit sieben Siegeln, ein Mysterium, das unmöglich ihrem Uterus entsprungen sein kann. Sie liebt ihr Kind, keine Frage, aber nennt sie ihre unlösbare Aufgabe, und das vor Mia, was ich beunruhigend finde. Man sollte seinem Kind nicht das Gefühl geben, nicht verstanden zu werden.

»Bist du verrückt?«, fragt die Kleine, die sich jetzt für Jungs interessiert.

»Sie würde sich bestimmt für dich freuen.«

»Kennst du meine Mutter?«

»Okay, vergiss das. Und erzähl mal, wie ist denn der Kerl so, den du datest?«

»Er ist super süß und heißt Marvin. Und wir haben uns geküsst.« Okay, das gefällt mir gar nicht, und ich spüre, wie mein Magen sich zusammenzieht.

»Wie alt bist du noch mal?«, hake ich nach und erinnere mich nur zu gut an ihren Geburtstag, wo es Eistorte gab und ich unbedingt beim Sackhüpfen mitspielen musste und gegen die zehn Mädchen, alle im selben Alter, haushoch verloren und mir fast das Steißbein gebrochen hätte. Automatisch verziehe ich das Gesicht über den fiesen Schmerz. Mit sechsunddreißig ist man eben nicht mehr der Jüngste.

»Dreizehndreiviertel? Du solltest wissen, wie alt ich bin. Du bist mein Patenonkel. Du warst es, der mich ins Wasser getunkt hat.« Das Gebrüll, das damals ertönte, ist legendär.

»Und du solltest besser mit Puppen spielen und keinen Freund haben«, erwidere ich und bekomme ein glockenklares Lachen zur Antwort.

»Du bist lustig, weißt du das? Vielleicht solltest du dich auch mal wieder verlieben. Ist ganz nice eigentlich.«

»Touché.« Wie lange bin ich jetzt Single? Auf Anhieb weiß ich es nicht mal, und ich bemühe mich, nicht an meine Ex Eve zu denken. Als ich sie das letzte Mal auf Facebook stalkte, erfuhr ich, dass sie geheiratet hatte. Schön für sie, ich gönne ihr alles Glück der Welt und mir meine Ruhe.

»Im Ernst, Onkelchen. Du solltest dir eine Frau suchen, sagt Mama auch.«

»Und seit wann sind wir Mamas Meinung?«, kontere ich und verlangsame meine Schritte. Ich habe mein Ziel, die Hintertür eines Sonnenstudios, erreicht. Ich kenne Fred, den Besitzer, nicht besonders gut, eher seinen kleinen Bruder, mit dem ich vor einer Ewigkeit zur Schule ging. Aber ich weiß, dass ich mich in gewissen Belangen auf ihn verlassen kann.

»Du musst doch einsam sein, so ganz allein«, höre ich Mia erneut auf diese altkluge Weise sagen und muss zugeben, dass sie mir prompt ein bisschen auf den Keks geht.

»Süße, ich muss jetzt auflegen«, sage ich also und lasse das Handy ein wenig sinken.

»Immer, wenn es um dich geht, willst du nicht mehr reden. Ist dir das schon mal aufgefallen?«

»Nein, gar nicht«, lüge ich, und mein Mundwinkel zuckt. »Und halt mich ja auf dem Laufenden, was deinen Marvin angeht. Er soll schön anständig bleiben, sonst kauf ich ihn mir.« Das meine ich ernst. Mia kichert erneut.

»Na gut, dann arbeite nicht so viel und besuch mich bald. Ich werde sonst noch verrückt hier.«

»Versprochen.« Es klickt, Mia ist weg, und ich verstaue mein Handy in der Hosentasche. Na, dann wollen wir mal.

Ich öffne die Tür, stecke vorsichtig den Kopf ins Innere des ranzig riechenden Flures und rufe nach Fred. Weiter vorne summen die Sonnenbänke, auf denen sich Kunden in Kabinen die passende Dosis Vitamin D und Sonnenbrand holen.

Es dauert nicht lange, und Freds hagere Gestalt taucht im Türrahmen des Büros auf. »Du bist spät«, brummt er. Ich folge ihm nach drinnen. Immer, wenn ich ihn sehe, trägt er diesen labberigen grauen Pullover, als hätte er nichts anderes. Egal ob Sommer oder Winter. Ich nehme mir vor, ihm das nächste Mal einen neuen mitzubringen. Vielleicht einen schwarzen, der nach dem tausendsten Waschen das gleiche Grau hat wie dieser.

»Ging nicht früher. Hast du ihn hinbekommen?«

Fred grinst breit, zeigt seine beachtliche Zahnlücke.

»Was denkst du denn?«

Ich bin froh, dass ich im Dark Web nicht nach dubiosen Angeboten für gefälschte Ausweise suchen muss, sondern einen direkten Ansprechpartner habe. Online angebotene Ausweisfälschungen sind meistens Scans, mit denen man super in einen Club kommt oder als Teenager Zigaretten kaufen kann. Den Scan eines italienischen Passes gibt es bereits für kleines Geld. Deutsche Pässe sind aufgrund der Sicherheitsmerkmale um einiges komplizierter nachzuahmen. Sie gehören zu den sichersten Identifikationsdokumenten der Welt. Und Fred ist Profi darin, sie bis ins kleinste Detail zu kopieren, bis jetzt hatte ich nie Probleme, mit seinen Zauberwerken Bankkonten zu eröffnen oder Grenzen zu überqueren.

»Hier haben wir dein Schätzchen«, flötet er. »Schau es dir an, es ist die beste ID, die ich zurzeit anbiete«, erklärt Fred voller Stolz und zeigt mir meinen neuen Ausweis. Er sieht genauso originalgetreu aus wie die abgelaufene Version davon. Mein Wunschname: Valentino Russo. Ich bin zwei Monate jünger als im echten Leben. Die holografische Replik des Passbildes, das ich ihm zur Verfügung gestellt habe, ist gut gelungen. Täuschend echt.

»Gute Arbeit«, lobe ich Fred, der sich selbst auf die Schulter klopft. Und ich freue mich über die lange Gültigkeit des Passes und darüber, dass meinem neuen Auftrag nichts mehr im Wege steht. Prinzipiell bräuchte ich dafür keinen gefälschten Ausweis, denn ich ersteigere ganz legal ein Gemälde. Aber mein Kunde bewegt sich in eher zwielichtigem Milieu, und Valentino Russo ermöglicht es mir, inkognito zu bleiben.

»Nicht wahr, deshalb bekomme ich jetzt auch achthundert Tacken von dir. Freundschaftspreis.« Fred wackelt mit seinen dürren Fingern, und ich ziehe mein Portemonnaie aus der Hosentasche und bezahle ihn ohne weitere Worte. Anschließend bin ich zufrieden, beinahe beschwingt, dass ich diesen Ort verlassen und zu Hause meinen Koffer packen kann.

Romy

Ich weiß nicht, weshalb mein plötzlich übervolles Hirn in Bildern reagiert. Schlagartig erscheinen vor meinem inneren Auge Fotografien, die ich mal gemacht habe, und laufen in Millisekunden ab wie ein Film. Feuerwerk am schwarzen Himmel; Glas, das auf einer Treppe zerspringt; Schneeflocken, die wie Sternschnuppen am Fenster eines Autos vorbeiziehen; ein Blitz, der vom Himmel zuckt; Feuer, das ein Haus verschlingt.

»Du bist so süß …«, höre ich mich sagen und stehe ebenfalls auf, aber mit sehr wackligen Beinen. Lilly fasst sich ergriffen ans Herz, mein Papa hält die Luft an, und meine Mutter, nun, sie blinzelt nicht mal mehr.

»Was sagst du, Schatz, wirst du meine Frau?«, hakt Henry nach, und ich weiß nicht mehr, wie man spricht. Warum sollten wir etwas, das so gut funktioniert, ändern wollen? Wir treffen uns jedes zweite Wochenende und haben eine tolle Zeit. Wir sind nicht eines dieser Paare, die im Alltag untergehen, sich streiten oder langweilen. Oder?

Alle Augenpaare lasten auf mir und Henry spricht weiter. »Ich will dich ganz und gar.« Mit Haut und Haaren, geht es mir durch den Kopf. »Ich hatte noch nie eine so harmonische Beziehung, und das will ich für mein ganzes Leben, Romy.«

»Okay«, hauche ich, als dieser stattliche Kerl auch noch auf die Knie geht und das Kästchen vor mir öffnet.

Ich blicke auf das herzförmige Funkelding und schaue in Henrys verschleierten Blick. Liebe ist Blitz und Donner, eine Flamme im Dunkeln, sagte Lilly mal, und tatsächlich fühle ich mich wie vom Donner gerührt und von Blitz und Feuer verglüht. Würde ich heiraten wollen? Ich meine so per se? Jemals? Die Frage lag für mich noch in weiter Ferne. Lilly hat bereits Kinder, für sie war das immer ihre Traumvorstellung, ihr Lebensentwurf. Aber ich? Henry und ich haben zwar darüber geredet, aber wir haben uns doch gefühlt erst kennengelernt.

»Henry, ich …«

Ich sehe, dass er zu schwitzen beginnt. Feine Perlen bilden sich unter seinem gegelten Pony. Mein Blick wandert hinunter zu dem zauberhaften Ring. Es ist ein Brillant, klassisch und funkelnd in Herzform. Henry hat nicht gegeizt, und ich liebe Großzügigkeit bei einem Mann, das muss ich zugeben. Ich lächle und fühle mich inmitten des Gartens mit seinem italienischen Flair und diesem perfekten Mann, der vor mir kniet, wie in Trance. Alles ist wie in einem Bohemien-Traum, ganz nach meinem Geschmack. Weiße Lampions baumeln über den Tischen, zaubern weiches Licht, eine Girlande spannt sich zwischen zwei Bäumen, und Kerzen flackern im sachten Windhauch. Das Blumenbouquet aus rosafarbenen Wildrosen und Kamille hat Lilly selbst zusammengestellt und die verspielte Tischdecke aus Häkelkunst ist von ihrer Oma.

Lilly sieht mich erwartungsvoll an. Sie hat Henry bei jeder Gelegenheit sehr genau unter die Lupe genommen. So wie ihr Mann Piet bei mir durch den TÜV musste, so untersuchte Lilly auch Henry mit akribischer Genauigkeit auf Nieren-

oder Herzfehler, und sie findet wohl, ich müsste jetzt Ja sagen. Für immer und ewig.

»Ja«, hauche ich also und erlöse Henry damit. Er steckt mir den Ring an den Finger, beinahe etwas grob. Ich fürchte, ich bekomme ihn nie wieder runter, da er mir doch etwas eng scheint.

Lilly sieht höchst zufrieden aus, drückt ihrem Piet einen dicken Schmatzer auf die Stirn. Seitdem sie Mutter von Zwillingen ist, hat sich die Beziehung zwischen den beiden verändert. Mir entgeht so etwas nicht. Die Leidenschaft, die beide einst wie ein Flammenmeer vor sich hergetrieben hat, ist etwas anderem gewichen. Es ist nicht minder intensiv, aber unauffälliger. Die Frage, ob sich Liebe halbiert, wenn man sie mehreren Personen schenkt, schießt mir augenblicklich durch den Kopf. Und ob das unweigerlich geschieht, wenn Paare Eltern werden. Oder ist Liebe doch das Einzige, was nicht weniger wird, wenn man es teilt? Henry drückt mich fest an sich, haucht leicht vorwurfsvoll: »Du wolltest es wohl dramatisch halten, wie?«

Ich verstehe nicht, was er meint. Starre auf Lillys Tattoo mit dem Geburtsdatum der zweijährigen Zwillinge. Die Gefühle, die Lilly für sie hegt, sind groß. So riesig, dass sie alles andere in den Schatten zu stellen scheinen. Oft versuche ich, diese Art Liebe zu begreifen, wenn ich sie mit ihren Kindern beobachte. Ich schaue zu meiner Mutter. Sie war immer liebevoll und hat dafür gesorgt, dass ich alles bekam, was ich brauchte. Und dennoch war diese Innigkeit eine andere als die, die ich bei Lilly und ihren Kindern beobachte. Denn die Liebe meiner Eltern ist ruhig wie ein Fluss.

Lilly redet schon wieder. Einiges bekomme ich gar nicht

mit, erst als sie ihre Rede mit den Worten: *Ich liebe euch beide,
also macht das Beste draus,* schließt, nehme ich meine beste
Freundin fest in den Arm. Sie riecht so unfassbar vertraut,
nach Calvin Kleins Eternity, unserem Lieblingsparfüm, das
an ihr immer eine andere Note entfaltet als bei mir.

»Hast du davon gewusst?«, frage ich, und Lilly wirft mir
nur einen freudestrahlenden Blick zu, während ein Gespräch
zwischen meinem Vater und Henry zu mir durchdringt.

»Wo werdet ihr eigentlich wohnen, ich hoffe doch, Romy
wird mir in Hamburg erhalten bleiben?« Henry und ich haben über solche Sachen bisher nur am Rande gesprochen.
Und die Art, wie diese offene Frage plötzlich laut widerhallt,
gefällt mir genauso wenig wie seine Antwort.

»Ich habe ein Haus in Berlin gekauft«, sagt Henry. Ich
blinzle verwirrt und erinnere mich vage an ein Gespräch, das
ich für harmlose Herumalberei gehalten hatte. Wie es scheint,
war es für Henry doch nicht so harmlos.

»Was?« Ich setze mich ungelenk. Lillys Blick saugt sich
an mir fest, bekommt einen leicht vorwurfsvollen Ausdruck,
Piet grinst, und mir wird übel, während Henry voller Stolz
weiter ausholt und meine Mutter den Mund gar nicht mehr
zubekommt.

»Eine Villa, acht Zimmer, Garten, Pool. Platz für ein Foto-
atelier, damit sich mein Schatz verwirklichen kann.« Er zupft
dabei an seinem Revers und sagt zu mir: »Alles für meine Königin.«

»Wow, das ist …«

»… eine Überraschung«, beendet Lilly meinen Satz, und
ich schlucke schwer. Meine Brauen wandern nach oben, wie sie
es immer tun, wenn meine Gedanken einen Salto schlagen.

»Also, ich habe mal gelesen, dass das Leben wie ein Buch ist. Mit vielen spannenden Kapiteln, die gelesen werden wollen«, höre ich mich selbst plappern und versuche, die Contenance zu wahren. »Aber Schatz, in diesem Fall wäre ein kleiner Spoiler angebracht gewesen.« Grillen zirpen, Geschwätz vom Nebentisch weht zu uns herüber, Kerzen flackern. Ich streiche meine schweißnassen Hände am dünnen Wollstoff meines Bohokleides ab. »Weißt du, deine Königin hätte gerne mitentschieden, wo wir leben werden«, rede ich weiter.

»Süße, wir haben doch darüber geredet, und du weißt, dass ich die Firma, die ich leite, schlecht nach Hamburg verlegen kann, oder?«, erwidert mein plötzlich Verlobter überraschend selbstsicher, als würde das seinen Alleingang erklären. Und als hätte mir klar sein müssen, was kommt, wenn ich Ja sage. Und ich bereue es.

»Nun, mein Atelier ist allerdings in Hamburg, und ich habe mir in der Branche gerade erst einen Namen gemacht«, erinnere ich ihn an meinen mühsamen Weg, als Fotografin selbstständig zu werden.

»Das ist nur Fotografie, Romy. Das kann man von überall …« Henry verstummt, als er Lillys scharfes Einatmen wahrnimmt. Ihr Glas schwebt auf halbem Weg zu ihren mit rosafarbenem Gloss geschminkten Lippen. Meine Mutter wirkt nun ebenfalls angespannt, nestelt an der Tischdeko, taxiert mich mit warnenden Blicken.

»Sicher, vielleicht, aber …« Ich suche nach den richtigen Worten, um anzudeuten, dass ich vielleicht nicht bereit bin, alles sofort hinter mir zu lassen. Was kommt als Nächstes? Kinderplanung?

Henry ist dreiundvierzig, sein Kinderwunsch deutlich. Vielleicht habe ich unterschätzt, wie eilig er es haben könnte. Und nun ja, mit zweiunddreißig tickt meine biologische Uhr natürlich auch nicht mehr ganz so leise. Gedanklich prüfe ich mit dem großen Zeh die Temperatur des kalten Wassers, in dem ich baden soll, und zucke zurück.

»Ich dachte, du freust dich.« Henrys Stimme bekommt diesen feinen Unterton, den er immer dann hat, wenn er Probleme mit Firmenangestellten bespricht. Dominant, aber freundlich.

»Romy, da will dir ein Mann die Welt zu Füßen legen und du beschwerst dich? Also, Lilly hätte sich über eine Villa gefreut.« Piet lehnt sich zurück, mit Disharmonie kam er noch nie gut klar. Lilly und er wohnen außerdem immer noch in einer Dreizimmerwohnung in der City und leiden unter chronischem Platzmangel.

Und Henry stand die Rolle des Prinzen auf dem weißen Pferd von Beginn an recht gut.

»Liebling, vielen Dank für das Privileg, in einer Villa wohnen zu dürfen, aber verrätst du mir, was du noch so Hübsches für uns geplant hast?«, frage ich nun ganz ruhig und forsche in seinem perfekt rasierten Gesicht nach Antworten. Ist mir eigentlich schon mal aufgefallen, dass dieser Mann anscheinend seine Augenbrauen zupft?

»Wir heiraten im Herbst, du verkaufst deine Wohnung und ziehst zu mir. Dann schauen wir, wie oft wir uns lieben müssen, bis du schwanger wirst.«

»Bloß kein Druck«, platzt Lilly heraus, und unsere Blicke verbinden sich miteinander. In Anbetracht des Tonfalls sollte es von Henry vielleicht ein wenig scherzhaft gemeint sein.

Leider kommt es bei mir nicht so an. Und Lilly wirkt nun auch irritiert.

»Aber es ist bereits August«, stelle ich fest. Ende August, um genau zu sein. Herbst ist schon sehr bald.

Mein Stuhl schabt laut über Terrakottafliesen. Die Lichterketten und Lampions über mir entwickeln ein Eigenleben, und mir wird schummrig.

Ich habe das Gefühl, alle anderen Gäste auf der romantischen Terrasse starren mich an, was natürlich Quatsch ist. Das Klimpern und Klappern von Besteck wird ohrenbetäubend und kratzt mich so sehr auf, dass ich aus der Haut fahren will.

»Stimmt etwas nicht?«, fragt Henry.

Und meine Mutter sagt: »Setz dich wieder hin.« Ein Befehl, der mir den Rest gibt. Meine Brust zieht sich zusammen, Lilly will ebenfalls aufstehen, wird von ihrem Mann zurückgehalten. Er flüstert ihr etwas zu.

Und ich – ich muss hier sofort weg!

»Romy, wir können über alles reden. Setz dich wieder«, bittet Henry mich eindringlich, aber ich entziehe ihm meine Hand.

»Ja, werden wir, Schatz. Ich geh mir nur mal kurz die Nase pudern«, behaupte ich und flüchte wie Aschenbrödel durch die Tischgruppen und anschließend eine Treppe hinab. Ich renne durch das ganze Restaurant und an den Toiletten vorbei, den Ausgang des Hotels im Visier, und presche kurzerhand hinaus. Beinahe höre ich meine Mutter mahnend mit mir sprechen: *Romy, du kannst dich nicht immer entziehen, wenn es ernst wird. So haben wir dich nicht erzogen. Reiß dich zusammen!*

Meine Beine tragen mich am Hotel entlang in Richtung Parkplatz. Ich weiß nicht, wohin mit mir, will wieder zurück und weg zur gleichen Zeit. Und laufe irgendwann einfach durch den Nebeneingang des Gebäudes. Nur peripher bekomme ich mit, dass hier eine Ausstellung zu einer Auktion stattfindet. Ich strande in einer herrschaftlichen Halle mit Vitrinen und Gemälden an den Wänden. Meine Gedanken sind wild, drehen sich um ein Leben in Berlin als Hausfrau. Abhängig von einem Mann, der viel arbeiten wird. Einem Mann, den ich meine zu lieben. Aber was ist Liebe denn schon, wenn nicht eine Abfolge biochemischer Prozesse, die den Fortbestand der Menschheit sichern sollen?

Lilly spricht bei sich und Piet von schicksalhafter Liebe. Sie haben sich nur kennengelernt, weil Lilly die Handtasche gestohlen wurde, und Piet ihr half, ohne Geld nach Hause zu kommen und Anzeige zu erstatten. Sie wusste sofort, dass sie füreinander bestimmt sind. Aber Henry und ich? War das ebenfalls so etwas wie Fügung, weil ich meinen Kaffee über seinen Anzug geschüttet hatte?

Ein Schauer läuft mir über den Rücken. Ich weiche einer Gruppe Männer aus, die sich über ein Collier in einer der Vitrinen unterhalten. Ich drehe mich sofort um, weil ich Angst habe, dass ich heulen muss, weil ich mich so furchtbar fühle und mir gleichzeitig so undankbar vorkomme.

Das Leben meint es doch gut mit mir, ist der O-Ton meiner Mutter. Du hast dir diesen Mann doch ausgesucht.

Mein Blick bleibt an einem Gemälde hängen, wandert an den Außenrändern des Prunkrahmens empor und heftet sich auf ein blasses Gesicht. Ich starre das Porträt einer jungen Frau an, die so verklärt den Betrachter mustert, dass es bis ins

Herz geht. Ich lese die Informationen zum Bild: *La Ragazza di Capri, 1932 von Frederico Milo. Startgebot 40 000 Euro.*

Darunter ein Zitat von Oscar Wilde: *Nur Liebe vermag überhaupt jemanden am Leben zu erhalten.* Und ich frage mich, was mich gerade am Leben erhält.

Valentin

Gerade noch rechtzeitig erreiche ich das Hotel, in dem die Auktion stattfinden soll. Es sind wertvolle Minuten bis zum Start, und ich kann die Lage wie gewohnt sondieren und mir das Klientel, das hier herumstreunt, genauer anschauen. Schnell ist klar, dass sich hier heute Abend nur die üblichen Verdächtigen tummeln, um italienische Kunstexponate und Artefakte von historischem Wert zu ergattern. Die meisten interessieren sich für das Collier der *Principessa di Roma* und nicht für das Porträt, für das ich von meinem Kunden aus Pesaro hergeschickt wurde. Gut so, es muss ja nicht mehr kosten, als es wert ist. Und obwohl mein Kunde betont hat, dass er jeden Preis zahlen würde, bin ich mir sicher, er wird zufrieden sein, wenn es nicht ausufert.

Ich liebe meinen Job als Kunstexperte und Händler. Dazu gehören Expertisen ebenso wie die Dienstleistung, im Auftrag meiner Kunden Auktionen zu besuchen.

Ich betrachte die Männer auf der anderen Seite der Halle. Zwei der anderen Kunsthändler kenne ich. Ich weiß, welche Kunden sie vertreten und wie weit diese finanziell gehen werden. Bei den Privatpersonen, die anwesend sind, bin ich mir nicht sicher. Den hageren Engländer habe ich irgendwann einmal in der Schweiz ausgestochen, als es um ein Gemälde eines holländischen Malers ging. Es sollte ein Leichtes werden, den Auftrag zu erfüllen und das Wunschobjekt nach Italien zu bringen. Ich muss zugeben, ich kann es kaum erwarten, wieder im Geburtsland meines Vaters zu sein. Dort zwischen dem Duft von Thymian und Jasmin und dem Zauber der Zitronenhaine liegen meine schönsten Kindheitserinnerungen. Gemächlich begebe ich mich auf die Suche nach dem Objekt meiner Begierde und entdecke es an der Wand, die zur Verbindung zum Hotelbetrieb liegt. Tatsächlich kann ich sehr gut verstehen, weshalb Francesco Bianchi, ein reicher und etwas zwielichtiger Kaufmann, das Porträt unbedingt haben will. Das Porträt ist einfach ein Traum, atemberaubend schön.

»Wahnsinn«, höre ich eine Frau neben mir überwältigt flüstern. Ihre Stimme ist so dünn wie Papier, und ich stimme ihr zu, ohne den Blick vom Kunstwerk abzuwenden.

»Das ist es, wahnsinnig schön.« Ein Lächeln schleicht sich auf meine Lippen, während ich die feinen Linien der Pinselführung bewundere, den Ausdruck des jungen Mädchens, das porträtiert wurde, und die Farben. Der neapolitanische Stil des Malers ist unverkennbar, ebenso seine ganz persönliche Handschrift, die diesen ganz bestimmten Hauch von Romantik zeigt. Dieses Mädchen mit dem auffallend liebevollen Blick könnte jederzeit blinzeln und aus dem Bild steigen, so lebendig wirkt es. Ein leises Lächeln auf vollen Lippen, das so verführerisch wie sanft ist. Ganz zu schweigen von den braunen Rehaugen, in denen man versinken möchte.

»Es ist wirklich beeindruckend«, haucht die Frau neben mir, und mein Blick huscht zur Seite. Sie ist schmal, trägt ein cremefarbenes Kleid, ja was, Häkeloptik? Ich muss mich schon wundern, dass bei einem solchen Event offenbar überhaupt kein Dresscode mehr gilt.

»Ist heute Welttopflappentag? Das wäre beindruckend«, kommt es mir etwas zu schnell über die Lippen.

»Nein, ganz sicher nicht«, sagt die junge Frau jetzt mit etwas festerer Stimme. »Es ist nämlich Welttag der Klugscheißer, das haben Sie gerade bewiesen.«

Schlagfertig ist sie. Ich schmunzle.

»Erzählen Sie mir, was Sie an diesem Werk am beeindruckendsten finden?«, frage ich neugierig.

»Die Farben. Es wirkt wie eine analoge Fotografie ...«

»Sie meinen, wie mit einem Farbfilm fotografiert? Wer tut sich das denn heutzutage noch an?«

»Die Haptik und Wärme von analogen Bildern kriegt man digital nicht nachgebaut. Mit keinem Preset, keinem Tutorial. Film bringt einfach seine Farbe, seine eigene Geschichte mit. Und dieses Gemälde erinnert mich irgendwie an diese Kunst. Einfach atemberaubend«, erklärt sie ausführlich, und ich stimme ihr mit einem knappen Nicken zu, während mich das Bild vor mir einmal mehr bannt.

Ich betrachte die Meereslinien im Hintergrund und die dunklen Schattierungen, die ein Unwetter ankündigen. Das Licht der Sonne verfängt sich im Haar des Models und zaubert Lichtpunkte auf das weiße Kleid.

»Es ist, als hätte man die Sonne Italiens eingefangen und aus ihr ein Mädchen geformt. Dazu das neapolitanische Handwerk«, denke ich laut.

»Hübsch gesagt«, stellt sie fest. »Und so fachspezifisch.«

»Das sollte ich können als Kunstexperte.«

»Experte, soso.« Sie hört sich spöttelnd an, und ich löse widerwillig meinen Blick von dem Bild und wende mich der Fremden zu. Ihre Haare sind halblang, blond, ganz klar gefärbt, ihre Augen ausdrucksstark, braun und tief. Wir sehen uns an, die Blicke vorsichtig einander abtastend, und schließlich fragt sie mich: »Ist alles in Ordnung mit Ihnen?«

Für etwa eine Millisekunde kommt mir die Muttersprache abhanden, und ich starre sie einfach nur weiter an. Wie ein Trottel.

»Natürlich, ich bin in bester Ordnung.«

Ihr Blick wird intensiver, bohrt sich herausfordernd in meinen.

Mich überrascht nicht vieles, diese Begegnung durchaus. Denn wenn ich mir optisch eine Traumfrau backen würde, wäre sie die Form dafür.

»Gucken Sie mich doch bitte nicht so an.« Die Lippen der Frau kräuseln sich missbilligend, und ich ordne meine Gesichtszüge.

»Wie denn genau?« Ich war noch nie ein Mann, der einer Frau zu nahegetreten ist. Habe ich sie mit meinem Starren bedrängt?

»Als wäre ich ein Kuriosum in einer Freakshow«, sagt sie halb belustigt, halb besorgt.

»Oh, auf diese Weise habe ich Sie ganz sicher nicht angesehen. Versprochen.« Fast möchte ich über ihre Worte lachen. Denn falls ich sie angestarrt haben sollte, dann weil sie all das verkörpert, was mich an einer Frau reizt. Bis auf das Häkelkleid.

»Gut«, sagt sie und neigt den Kopf, lässt ihrerseits den Blick über mich wandern. Und die Art, wie sie das tut und dabei eine Strähne ihres Haares hinter das rechte Ohr mit den auffallenden Libellenohrringen klemmt, macht mich beinahe nervös.

»Kennen Sie sich wirklich mit Kunst aus?«, fragt sie und lächelt halb. Ihre Lippen sind rot geschminkt, und erst als sie erneut spricht, löse ich meinen Blick von ihrem Mund. »Sie scheinen mehr über dieses Porträt zu wissen.«

»Das sollte man meinen. Ich bin Kunsthändler und werde das Porträt für einen Kunden aus Italien kaufen«, verrate ich ihr leichtsinnigerweise und hoffe, dass sie es nicht selbst ersteigern will und den Preis unnötig in die Höhe treibt. Es bricht bereits Unruhe aus, die Sicherheitskräfte bereiten alles für die Auktion vor. Und ich habe mir schließlich ein leichtes Spiel erhofft.

»Wow, es kostet ja nur mindestens vierzigtausend Euro. Ein Schnäppchen.« Sie verlagert ihr Gewicht auf das andere Bein, ihr Kleid umschmeichelt dabei ihre Figur, und ich stelle mir vor, sie würde anstatt dieses Häkeldings ein Kleid aus Seide tragen.

»Sehen Sie den Blick dieses Mädchens?« Ich neige den Kopf, und sie nickt.

»Er ist voller Liebe für den Künstler. Hinter diesem Werk steckt eine tragische Liebesgeschichte. Das Model, Cara Marcipane, die Tochter eines Hoteliers auf Capri, ging eine Beziehung mit dem neapolitanischen Maler Frederico Milo ein. Schlussendlich riss man die Liebenden auseinander, was beide das Leben gekostet hat«, umreiße ich die Ereignisse, die mir bekannt sind. Ich hätte meiner Großmutter, die auf Capri lebt, besser zuhören sollen, denn sie weiß von Zeitzeugen so einiges mehr über die damaligen Ereignisse. Aber der bedeutendste Künstler Italiens war Frederico Milo nun mal nicht. Ich kenne niemanden außer Francesco Bianchi aus Pesaro, der so versessen auf seine Bilder ist. Und der beinahe jede

Summe zahlen würde, um seine Sammlung mit *La Ragazza di Capri* zu komplettieren.

»Das Leben gekostet? Wie das?« Mit unbewegter Miene sieht sie mich an.

»Gebrochene Herzen.«

»Daran stirbt man doch nicht.«

»Manche Menschen schon.«

»Was genau ist denn geschehen?«, fragt sie mit plötzlichem Nachdruck. Offensichtlich macht dieses Thema etwas mit ihr.

»Das weiß ich gerade nicht.«

»*Das wissen Sie gerade nicht.*« Die Art, wie sie das sagt, kitzelt mein Ego. Als müsste ich als Kunstexperte alles wissen. Na gut, über ein Gemälde, das ich gerade ersteigern möchte, vielleicht. Mist.

»Ich kann gut verstehen, dass man es besitzen möchte. Es trägt so viele Emotionen in sich.«

»Wie Italien an sich. Waren Sie schon mal in Italien?«

Sie nickt zögerlich. »Als Jugendliche. Und ich hatte mal einen sizilianischen Freund, zählt das?« Nachdenklich legt sie den Kopf schief und mustert mich.

»Wenn ich es richtig verstanden habe, sind Sie Fotografin?«

»Ja, Romy WinterArt, schon von mir gehört?«

Meine Lippen kräuseln sich. »Nein, *scusi.*«

»Wie bedauerlich«, witzelt sie.

»Was ich sagen wollte, wenn Sie gerne Landschaften fotografieren, dann müssen Sie das unbedingt in Italien tun. Sie werden es lieben.«

»Ich shoote vor allem Menschen. Wollen Sie mir Modell sitzen?«

Sie beißt sich auf ihre Unterlippe, hält meinem Blick stand, und ich spüre, wie mein Puls sich beschleunigt. *Dio mio*, was macht sie mit mir?

»Eher nicht. Ich bin nicht fotogen«, wehre ich ab.

»Ich gebe Ihnen meine Nummer. Wenn Sie es sich anders überlegen, können Sie sich bei mir melden«, sagt sie und streckt mir ihre Hand entgegen. Ich angle mein Handy aus der Hosentasche, öffne das Menü und lasse sie selbst den Kontakt einspeichern. Ihre Finger sind flink, ihre Fingernägel kurz und sauber gefeilt. Verdammt, hat sie schöne Hände. Sie reicht mir das Handy zurück.

»Und falls Sie mal Tipps für eine Reise nach Italien, ins Land der Liebe, brauchen, ich kann damit dienen«, sage ich.

»Ich dachte, Frankreich wäre das Land der Liebe?«, entgegnet sie.

»Ein weitverbreiteter Irrtum. Italien und seine Menschen sind eine Symphonie aus Herz und Historie. Ein Gedicht, das in der Kehle brennt, um ausgesprochen zu werden, und einlädt, große Gefühle zu empfinden, die Liebe«, zitiere ich meine *Nonna* Maria und sehe sie dabei vor mir, wie sie Liedtexte murmelnd am Herd steht und ihr *Ragù alla bolognese* kocht. Sie fehlt mir, nachdem ich das Gemälde abgeliefert habe, sollte ich mir überlegen, bei ihr einen Abstecher zu machen, vielleicht sogar ein paar Tage Urlaub einzuplanen.

»Liebe, was ist das schon«, reißen mich Romys Worte plötzlich aus meinen Gedanken. »Nur Anziehung, basierend auf einem biochemischen Prozess, der romantisiert wird.«

»Interessante These – für eine Frau. Sollte man nach dem Klischee gehen, heißt es, ihr wärt das romantische Geschlecht«, sage ich, und sie atmet ein und langsam wieder aus.

»Wussten Sie, dass eine Frau mit nur einem Kuss entscheiden kann, ob ein potenzieller Partner genetisch zu ihr passt?«

»Nein, das wusste ich nicht.« Ich kann nicht vermeiden, dass ich auf ihre schön geschwungenen Lippen starre. Plötzlich ruft jemand ihren Namen. Sie wirbelt herum. Ein imposanter Kerl im Anzug hat den Raum betreten. Ihre Augen weiten sich, als erwachte sie aus einem Traum und stellte erst jetzt ihren Blick wieder für die Realität scharf.

»Ich muss gehen, mein …« Sie macht eine Pause. »… Verlobter braucht mich.«

Ich kann dem plötzlichen Impuls, sie zurückzuhalten, gerade noch widerstehen, und fädle stattdessen meine Finger ineinander. Da stehe ich nun wie versteinert. Sie schaut sich über die Schulter zu mir um. »Viel Spaß beim Bieten«, sind ihre letzten Worte, und sie verschwindet wie ein Geist. Ich brauche eine ganze Weile, um diese Begegnung zu verarbeiten, und bin froh, als die Auktion endlich beginnt und meine Aufmerksamkeit bindet. Es geht schnell und ohne nennenswerte Probleme. Ein Londoner Sammler bietet ebenfalls auf *La Ragazza di Capri*, steigt aber bei 55 000 Euro aus, und ich bekomme den Zuschlag. Somit ziehe ich mich gegen 23 Uhr entspannt auf mein Zimmer zurück, das Gemälde ist bis zum Morgen in den sicheren Händen des Auktionators, und informiere meinen Kunden über den Erfolg.

»*Buonasera, Signor Francesco*«, spreche ich ins Handy und schlüpfe aus den unbequemen Schuhen und streife die Hosenträger ab. Ich bin müder, als ich dachte.

»*Sono felice di sentirti*«, freut er sich, von mir zu hören, und seine Stimme bekommt einen melodischen Klang. »Hast du es?«

Ich schiebe die Gardinen zur Seite und schaue über die Lichter der Stadt.

»*Naturalmente*«, bestätige ich und fummle mit einer Hand an den obersten Knöpfen des Hemdes herum. »Ich werde es wie geplant übermorgen liefern.«

»*Perfetto*. Ich wusste, ich kann mich auf dich verlassen.« Ich richte meine Aufmerksamkeit teils auf einen Streit im Flur, bei dem jemand die Stimme erhebt und eine Tür hart ins Schloss fliegt. Gleichzeitig setzt Regen vor dem Fenster ein, ein Sommergewitter, und ich sehne mich umso mehr nach der Sonne Italiens.

»Es ist mir eine Freude, Sie glücklich zu machen, Francesco. Und Sie einmal wieder persönlich zu treffen. Wie geht es den Kindern?«, frage ich höflich nach den beiden verwöhnten Teenagersöhnen.

»Ach, hör mir auf, Valentino. Kinder rauben einem die Nerven. Ich rate dir, kauf dir lieber ein schönes Auto.« Er lacht.

»Ich werde Ihren Ratschlag beherzigen«, antworte ich, und es knistert in der Leitung. Fast denke ich, er hat aufgelegt, da senkt er die Stimme und spricht weiter. »Valentino, ich brauche deine Expertise, wenn du hier bist. Eine neue Ware wird eintreffen.« Das ist definitiv keine Überraschung.

»Worum geht's?«

»Ein Stück vom Regenbogen mit einem Topf voll Gold darunter, *amico mio*.« Ein Gemälde, unbezahlbar vermutlich.

»Verstehe. Ich werde mich beeilen, und wir unterhalten uns dann ausgiebig.« Ich bin gespannt, was er ausfindig gemacht hat. In Gedanken jongliere ich schon mit Kontakten, die einem Handel nicht abgeneigt sind.

»*Bene*. Also, gute Reise, Valentino. Und pass mir auf *mia*

Ragazza di Capri auf, ich kann es kaum erwarten, sie endlich zu bewundern.«

»*Ciao*«, verabschiede ich mich und beende das Telefonat, gehe ins Bad und ziehe mich um. Dann sehe ich auf mein Smartphone, schicke meiner Mutter einen kleinen Gruß, damit sie sich keine Gedanken macht, und schaue mir ein Foto an, das Mia mir geschickt hat. Ein Selfie mit ihrem Marvin, wie sie gemeinsam im Park spazieren gehen, und ich erinnere mich an meine erste Liebe. Damals spielten wir ein Spiel namens Himmel und Hölle, bei dem man Orakelfragen stellt und so seine Zukunft sehen kann. Laut dieser Prophezeiung müsste ich bereits zwei Kinder haben, einen Hund, zwei Häuser und mit Posh-Spice verheiratet sein. Hat offensichtlich nicht funktioniert, und ich bin froh darüber. Denn ich bin für solch eine Existenz nicht geeignet, und mein Lebensentwurf schon gar nicht.

Ich wandere im Zimmer umher, löse den Blick vom Bildschirm, richte meine Aufmerksamkeit auf das Geschehen der immer noch befahrenen Straße vor dem Hotel. Leute laufen durch den Regen, streiten sich um ein Taxi, und ich frage mich, ob Romy Gast in diesem Hotel oder längst Kilometer weit weg ist. Ich schließe den schweren Vorhang, lasse mich aufs Bett sinken und manifestiere ihren Anblick vor meinem inneren Auge. Das Kissen in meinem Nacken ist herrlich weich, ich schließe die Augen, lasse mein Handy aus der Hand gleiten. Rekapituliere unser Gespräch. Prompt fallen mir hundert redegewandtere Antworten auf ihre Fragen ein, die mich besser hätten dastehen lassen. Und beinahe kommt Ärger darüber in mir hoch. Habe ich es mir nur eingebildet oder war da eine Anziehung zwischen uns beiden gewesen?

Das Phänomen zwischen zwei Menschen, das Romy so hervorragend in wenigen Worten deformierte und als Biochemie abtat? Mir ist bewusst, dass es eigentlich keine Rolle spielt, da sie bereits vergeben ist. Und ich würde nie einem anderen Mann in die Quere kommen. Niemals.

Romy

Henry nimmt mich beinahe unfreundlich in Empfang. »Was machst du hier?«, will er wissen und manövriert mich um die Ecke. »Ich hab dich eine Ewigkeit gesucht. Du hast mich einfach im Stich gelassen.«

»Übertreibst du nicht ein kleines bisschen?« Meine Finger deuten eine Maßeinheit an, und ich versuche, die Situation mit einem Lächeln zu entschärfen. »Aber es ist schön, dass du mich so schnell schmerzlich vermisst«, sage ich ernst gemeint und bekomme ein Schnaufen zur Antwort. Henrys Coolness scheint Feuer gefangen zu haben.

»Alle warten auf uns, Romy«, raunt er. »Den Abend hatte ich mir anders vorgestellt.« Ich entziehe ihm meinen Arm, um den sich seine Hand gelegt hat. »Und nebenbei, Romy, deine Eltern haben sich ebenfalls über deinen Abgang gewundert.«

Meine Beine tragen mich weiter neben Henry her, Kellner balancieren Tabletts an uns vorbei, und wir biegen mit ihnen in den Saal des Restaurants und anschließend hinaus auf die mit Lichterketten erhellte Terrasse.

Lilly dreht ein Glas Martini in der Hand und winkt mir erfreut zu, als sie mich entdeckt.

»Da bin ich wieder, ich musste einmal kurz durchatmen«, sage ich, setze mich an den Tisch und greife nach dem Weinglas.

»Ich hatte Angst, dir geht es nicht gut. Wo warst du? Ich dachte schon, du wärst ins Wunderland abgetaucht«, plaudert Lilly drauflos. Sie ist mir promillemäßig eindeutig voraus. »Du weißt schon, damals, als wir Kinder waren? Du hast ständig nach Kaninchenlöchern Ausschau gehalten«, erinnert sie mich an meine spleenige Art.

»Keine Sorge, Lilly. Ich werde dir den Spiegel ins Wunderland irgendwann zeigen«, verspreche ich ihr und bestelle beim Kellner einen Martini auf Eis.

»Ich bestehe darauf«, antwortet sie. Piet neigt sich zu Henry und sagt: »Jemanden zu haben, der all die Marotten und Launen wortlos erträgt, ist ein Geschenk des Himmels.« Er macht eine dramatische Pause. »Oder er liegt geknebelt und gefesselt in der Ecke, das zeigt sich erst während der Ehejahre.«

Henry kann nicht darüber lachen, Lilly umso mehr, und ich nehme einen großen Schluck aus meinem Glas. Stunden vergehen, in denen meine Gedanken sich selbstständig machen und zum Kunsthändler und der Frage, was Liebe eigentlich genau sein mag, wandern. Ich schätze, Liebe ist für jeden Menschen etwas anderes und trägt auch immer eine Prise Schmerz bei sich. Ich schaue zu Henry, der sich angeregt mit meinem Vater zuerst über Zahnbleaching fürs perfekte Lächeln und dann über Finanzen unterhält. Mir fällt dabei auf, was für ein bitterer Zug sich auf Henrys Gesicht legt, während er über Ertragskurven referiert. Warum ist mir das noch nie aufgefallen?

Es ist spät und ich bin definitiv angetrunken, als wir uns verabschieden, um aufs Zimmer zu gehen. Lilly hat eine schwere Zunge und säuselt mir ins Ohr: »Hab jetzt wilden und richtig geilen Sex mit deinem Verlobten.«

Meine Eltern verabschieden sich wie gewohnt recht förmlich von uns. Mama nimmt mich nur kurz zur Seite und mahnt mich, es nicht zu vermasseln. Was auch immer sie damit meint.

»Puh, das wäre geschafft«, sage ich erleichtert, als sie weg sind, und fühle mich plötzlich uralt. Ich hatte vergessen, wie anstrengend ich meine Eltern finde.

»Es geht doch erst los, mein Herz«, antwortet Henry, und ich bemerke leider, dass er sich keinesfalls abgeregt hat. Offenbar kann er es gar nicht abwarten, mich in die Mangel zu nehmen.

»Wer war eigentlich der Kerl, der dich so angeschmachtet hat?«, fragt er auf dem Weg zu den Aufzügen. Ich komme aus dem Tritt und laufe beinahe in eine Marmorstatue. Hat der Kunsthändler mit mir geflirtet? Vielleicht. Ich war so sehr mit der Neuigkeit beschäftigt, dass ich bald eine Ehefrau werden soll, womöglich habe ich nicht alles mitbekommen. Wobei mir seine unaufdringliche Attraktivität durchaus aufgefallen ist. Die grauen Augen hinter der Brille mit schwarzem Gestell, der athletische Körperbau in italienischer Mode verpackt, die dunklen Haare, die etwas zu lang auf seinem Kopf wirkten und in unordentlicher Ordnung gestylt waren.

Meine Antwort wartet Henry gar nicht ab. »Ich bin wirklich überrascht darüber, wie du dich heute gezeigt hast«, betont er, und diesmal bin ich es, die schnauft.

»Und ich bin überrascht, wie du mich so überrumpeln konntest«, gebe ich zurück.

»Wie bitte? Ich dachte, du freust dich. Es war doch klar, dass der nächste Schritt ansteht.« Wir steigen in den Aufzug, die Tür schließt sich mit einem leisen Surren.

»Du hättest Nein sagen können, wenn es das ist, was du willst.«

»Das habe ich nicht gesagt, Henry.« Ernst sehe ich ihn an, wie er sich unruhig mit der Hand übers Gesicht fährt, den Mund zu einer schmalen Linie verzogen.

»Es war sonderbar, wie du mich am Tisch sitzengelassen hast.«

Es ruckelt, der Aufzug hält, und Gäste steigen zu, was uns verstummen lässt. Ich mustere Henry, wie er an mir vorbei in den Spiegel sieht und mit seinem Ärger ringt. Wir haben uns noch nie gestritten. Es gab auch nie einen Grund dafür, selbst bei Unterhaltungen waren die Themen meist politischer Natur oder drehten sich ums Weltgeschehen. Nichts, was einen von uns direkt betraf. Nun muss ich beinahe darüber lachen, dass ich es einmal mehr geschafft habe, eine belanglose Beziehung zu führen.

»Was ist so lustig?«, fragt Henry scharf, als wir aussteigen und den mit Teppich ausgelegten Gang entlang zur Suite wandern.

»Gar nichts, das ist es ja.«

»Geht es weniger kryptisch, Romy?«

»Lass mich nachdenken ...« Mit Schwung rausche ich um die nächste Ecke, stoße fast mit jemandem zusammen. »... ich denke nicht.«

»Was denkst du nicht?« Henry holt auf, packt erneut meinen Arm und wirbelt mich etwas zu grob zu sich herum. Seine braunen Augen ziehen sich zusammen, seine Kiefermuskulatur zuckt merklich. Trotzdem verliert er das Blickduell, lässt mich wieder los und geht voran, auf die hübsche Tür unseres Zimmers zu und öffnet sie mit der Schlüsselkarte.

»Na gut, Romy. Geht es um den Umzug nach Berlin? Du kanntest meine Erwartungen doch. Es kann dich nichts überrascht und so verärgert haben.« In mir beginnt es zu flirren. Wie Hitze an einem heißen Sommertag, die einem den Geist benebelt.

»Was soll ich dazu sagen, Henry? Schon Charles Dickens schrieb über große Erwartungen.« Und in dieser Lektüre hatte der Protagonist Pip einen langen Leidensweg zu bestreiten.

»Was soll das jetzt wieder heißen? Du bist mir noch nie so auf den Nerv gegangen.« Wow, ich bin ihm jetzt schon zu anstrengend? Beim ersten Mal, bei dem ich nicht so kontrolliert bin wie sonst. Ich hatte über diese vielen Jahre nicht wahrgenommen, wie anstrengend das ist.

»Ich schätze, solche Eigenschaften besitze ich ebenfalls, besser du gewöhnst dich auch an diese Seite von mir, wenn du mich wirklich heiraten willst«, rate ich ihm und ernte einen giftigen Blick. Ich warte auf große Emotionen meinerseits. Verlustangst oder große Kränkung, wie Lilly sie oft empfand, wenn sie sich mit einem Lover gestritten hatte. Ich höre ihre Monologe, die sie heulend mit Eiscreme im Mund geführt hat, und weiß noch genau, wie salzig ihre Tränen waren, wenn sie dachte, sie wird verlassen.

Ich falle mehr ins Zimmer, als dass ich es damenhaft betrete, und fürchte, den Knall der zugeschlagenen Tür kann jeder im Hotel hören.

Henry geht zur Minibar, holt sich eine kleine Flasche Jack Daniels und eine Coke heraus, und ich verkrümle mich im Bad, um runterzukommen. Meine Eltern habe ich in all den Jahren nie streiten sehen, und ihr Geheimnis war Kommunikation, sagt Mama. Man kann jedes Problem lösen. Mit Fingerspitzengefühl.

Tatsächlich versöhnen Henry und ich uns, haben Sex und schlafen mit dem Rücken aneinandergeschmiegt ein. Henry beteuert seine Liebe zu mir und bietet mir an, einen zweiten Wohnsitz in Hamburg zu behalten, was ich ihm durchaus anrechne. Nüchtern erläutert er mir die steuerlichen Vorteile der Hochzeit und macht noch einmal klar, dass er Kinder möchte. Möglichst schnell.

Ich weiß nicht, weshalb ich bei dieser Vorstellung nichts empfinde. Weshalb ich uns nicht als Eltern sehen kann. Eine vertraute Benommenheit macht sich in mir breit.

Am Morgen höre ich geduldig zu, wie Henry sich unsere Hochzeit ausmalt, und esse mein Rührei mit zu viel Salz.

»Was ist los, Romy?«, fragt er irgendwann leicht gereizt und stürzt seinen Espresso hinunter.

»Nichts. Ich denke über meine Arbeiten nach, darüber, welches Thema sich vielleicht für einen nächsten Bildband eignet«, sage ich und zucke erschrocken zusammen, als Henry sein Besteck klirrend auf seinen Teller fallen lässt.

»Ist das dein Ernst? An so einem Tag denkst du über deine Karriere nach?« Ich stutze. Hatte er nicht auch eben selbst noch über Störtebeker Consulting und seine leitende Position gesprochen, die uns finanzielle Sicherheit für die gemeinsame Zukunft bieten wird?

»Tut mir echt leid, dass ich allem Anschein nach nicht dein Traummann bin und du gedanklich deine Fotografie der Hochzeitsplanung vorziehst. Das sagt viel aus, oder?« Geräuschvoll steht er auf, wirft mir einen so vorwurfsvollen Blick zu, dass ich fühle, wie mir sämtliches Blut aus den Wangen weicht. »Ich checke mal aus, du kannst ja beim Wagen auf mich warten, falls du darüber nachgedacht hast und zu dem Schluss kommst, dass du mich willst«, sagt er und geht. Ich warte einige Herzschläge ab, ehe ich ebenfalls aufstehe.

*

Gegen 10 Uhr stehe ich vor dem Eingangsbereich des Hotels, drehe unaufhörlich an dem Verlobungsring. Ich hoffe, meine Finger schwellen nicht an. Es ist schon jetzt heiß und die gewitterträchtige Luft löst Kopfschmerz bei mir aus. Ich lasse meinen Blick wandern, beobachte eine Frau, die eine ähnliche Bluse trägt wie ich. Blütenweiß mit Bubikragen. Und dann entdecke ich einen grauen Audi, der gerade ausparkt. Am Steuer der Kunsthändler von gestern Abend. Meine Finger krampfen sich um den Griff meiner Tasche und mein Atem beschleunigt sich, während ich zurück ins Foyer sehe, wo Henry noch immer an der Rezeption steht. Plötzlich ist da diese Enge in meiner Brust. Ich will nur weg, raus aus dieser Situation, die viel zu viele scharfkantige Zähne hat und beginnt, mich innerlich anzunagen.

Wie auf Autopilot laufe ich zu dem grauen Wagen und klopfe ans Beifahrerfenster. Die Augen des Kunsthändlers weiten sich, seine Hände umfassen das Lenkrad so fest, dass seine Knöchel weiß hervortreten, als ich die Tür öffne und ungefragt in seinen Wagen steige.

Valentin

Aus mir unerfindlichen Gründen hatte ich beschissen geschlafen und stehe jetzt unter dem Einfluss von zu viel schlechtem Espresso. *La Ragazza di Capri* ist sicher verwahrt in einer feuerfesten Box in meinem Kofferraum, und ich starte den Motor meines SUVs.

Vorsichtig parke ich aus, rolle hinüber zur Ausfahrt und krame nach meiner Sonnenbrille im Handschuhfach, als plötzlich jemand ans Fenster der Beifahrertür schlägt.

Es ist Romy. Und ehe ich mich versehe, sitzt sie auch schon neben mir im Wagen und guckt mich mit großen Augen an.

»Wie kann ich helfen?«, frage ich irritiert, mustere ihr Gesicht, das mich schon gestern faszinierte, und will gerade noch anfügen, dass ich es eilig habe, da legt sie schon los.

»Sie könnten mir einen riesigen Gefallen tun, wenn Sie einfach losfahren.«

Eigentlich kann man mich nicht so leicht überrumpeln, aber sie ist nahe dran, weshalb ich auch nicht so genau weiß, wie ich auf ihren Wunsch reagieren soll.

»Ich habe mir da was überlegt«, plappert sie drauflos, und ich weiß aus Erfahrung mit diversen Frauen, dass diese Einleitung großes Unheil bedeuten kann. Besonders in Verbindung mit Gesten, wie durch Haare zu streichen und tiefe Augenaufschläge. Also wappne ich mich schon mal. »Sie fahren doch nach Italien, was halten Sie davon, wenn ich Sie begleite?«, fragt sie allen Ernstes und lächelt ein Lächeln, bei dem die Welt stehen bleibt.

»Ich bin kein Reiseführer.«

»Ich bin pflegeleicht und werde Sie nicht stören, bei was auch immer. Und wenn wir Italien erreicht haben, schaue ich weiter, schließe mich vielleicht einer Reisegruppe an, trampe allein durchs Land ...«

Trampen? Allein? In Italien? Diese Frau ist verrückt.

»Sind Sie immer so spontan?«

»Wenn es die Umstände erfordern?«

»Und die wären?«, würde mich mal interessieren.

»Das ist privat.«

»Mein Auto ist privat«, kontere ich und will gerade an ihr vorbei greifen, um die Beifahrertür wieder zu öffnen und diese so entzückende wie dreiste Frau hinauszubitten.

»Es geht um alles«, würgt sie heraus, fängt den Ärmel meines Hemdes und hält mich fest. »Bitte.«

»Hören Sie, mein Job birgt Risiken und ist nicht immer ungefährlich. Ich transportiere ein wertvolles Kunstwerk, was denken Sie, wie viele Leute auf so etwas scharf sind und ...« Weiter komme ich nicht.

»Fahren Sie los, sofort!«

Ihr Verlobter, der gerade aus dem Hotel kommt, hat sie entdeckt. Mit einer Mischung aus Fassungslosigkeit und Wut stapft er zu uns herüber.

Die Verlobte eines anderen anziehend zu finden, sogar nachts von ihr zu träumen, ist sicherlich nicht ganz verwerflich. Sie ihm vor der Nase zu entführen, vielleicht schon. Dennoch löse ich die Bremse, nehme einem anderen Fahrzeug fast die Vorfahrt, es hupt, und ich bremse abrupt.

»Schnell, schnell, Gas geben«, fordert Romy.

Ich fahre mit quietschenden Reifen an. Romy wird in den Sitz gepresst, hält sich mit der einen Hand am Panikgriff fest und umklammert mit der anderen ihre lederne Reisetasche, als ich lospresche.

»Puh, das war knapp«, stößt sie hervor und sieht eine Spur verlegen aus. Also hat sie zumindest so etwas wie ein Gewissen.

»Machen Sie so etwas öfter?«

»Was genau?«

»Männer auf diese Weise abservieren? Das scheint mir nicht gerade galant.«

»So ist das doch gar nicht«, behauptet sie und zerrt am Gurt, um sich anzuschnallen. »Und unser Deal beinhaltet nicht die Analyse meiner Probleme.«

»Welcher Deal denn? Wir haben keinen.« Ich bin noch unentschlossen, ob ich sie nicht an der nächsten Ecke aussetzen soll. Diese Frau bedeutet bestimmt Ärger.

»Hören Sie, Sie werden es nicht bereuen.«

»Ach was«, brumme ich.

»Wir müssen nur noch kurz bei mir vorbei, damit ich ein paar Sachen holen kann«, bestimmt sie dann ganz selbstverständlich, und eventuell mag ich sie doch nicht. Sie streicht mit ihren Händen über den Jeansstoff ihrer Hose und forscht jetzt in meiner verbissenen Miene. Wenn sie auf Gehorsam wartet, kann sie lange warten.

»Ich kutschiere ein Gemälde von fünfundfünfzigtausend Euro durch die Gegend und soll Umwege fahren?«

»Bitte?«, fleht sie mich an, mit einer aufkeimenden Not, die überraschend kommt, und nimmt mir jegliche Willensstärke. Das ist gar nicht gut. Überhaupt nicht. Ich trete aufs Gas und fahre auf die Hauptstraße ab.

Meine Kiefermuskeln zucken, die Luft zwischen uns flirrt, die Moleküle scheinen zu tanzen. Natürlich ist das nur Einbildung oder die Wirkung von zu viel Koffein, und ich reibe mir mit der rechten Hand die Schläfe.

»Hoffentlich ist das kein Fehler«, knurre ich schließlich und gebe die Adresse, die sie mir gibt, ins Navi ein.

»Ist es nicht.«

»Glauben Sie an Zufälle?« Ihre Hand berührt federleicht meine, als ich schalten und sie die Lüftung einstellen will. »Fahren Sie hier ab, das ist viel kürzer.«

Ich folge ihren Anweisungen, biege beinahe falsch in eine Einbahnstraße und schaffe es gerade so, nicht laut zu fluchen. Sie verstellt derweilen die Sender des Radios und rutscht unruhig auf dem Sitz umher.

»Hey, lassen Sie das.« Ich spiele meine eigene Playlist von Spotify ab. »Der Fahrer bestimmt das Programm. Wenn Sie das akzeptieren, sollten wir keine Probleme bekommen.«

Ihr Handy klingelt Sturm. Romy drückt den Anruf weg.

»Nur rein aus Interesse: Haben Sie Ihren Verlobten gerade verlassen?« Vermutlich geht mich das nichts an, aber ich brenne darauf zu erfahren, was passiert ist. Ob sie sich gestritten haben? Und über was?

»Nein, Unsinn. Ich brauche nur etwas Zeit, um mir über ein paar Dinge klarzuwerden.« Sie schlägt die Augen nieder, betrachtet eingehend ihre Hände.

»Klarer Fall von kalten Füßen«, schlussfolgere ich, und sie blitzt mich an.

»Wir hatten doch gesagt, wir bohren nicht in meinen Privatangelegenheiten.«

Ich fühle mich herausgefordert.

»Neue Regel: Ich darf alles fragen, was ich will, und Sie müssen antworten. Sie wollen mich doch unterhalten, um diese Reisegelegenheit zu nutzen?« Hitze kriecht ihren schlanken Hals empor, hektische Flecken folgen. »So können wir uns etwas näher kennenlernen, finden Sie nicht? Schließlich wissen wir rein gar nichts übereinander.« Was genau genommen heikel ist.

»Haben Sie denn gar keine Bedenken, was mich angeht?«, wundere ich mich außerdem. »Ich könnte ein Krimineller sein.« Ich biege in eine enge Straße, die mir das Navi als Zielort angibt. »Ich könnte eine Gefahr darstellen«, füge ich mit vielsagendem Blick hinzu, und Romy grinst, während sie etwas in ihr Handy tippt.

»Ich war noch nie erste Vorsitzende im Angsthasen e. V. Und außerdem kann meine Freundin mich jederzeit orten«, sagt sie zufrieden und weist mich an, zwischen zwei Fahrzeugen zu parken.

Eindringlich schaut sie mich an, während sie die Tür öffnet und vor dem hübschen Haus aussteigt. »Wehe, Sie lassen mich einfach sitzen«, droht sie. Na, die macht mir jetzt schon Spaß. Ich mag starke Frauen, mit der richtigen Portion Pfeffer. Aber ich bin kein Fan davon, Dinge mit zweierlei Maß zu bemessen. Wer hat denn hier gerade jemanden sitzenlassen?

»Würde *ich* niemals tun«, sage ich also und stelle den Motor aus. Lange Zeit, um meine Situation zu überdenken, habe ich nicht. Romy ist erstaunlich schnell wieder zurück. Vielleicht hat sie eine gepackte Tasche unterm Bett, die jederzeit für solche kuriosen Gelegenheiten bereitliegt.

»Auf nach Italien«, flötet sie, als sie wieder einsteigt, eine Reisetasche auf den Rücksitz wirft und einen kleinen schwarzen Rucksack im Fußraum verstaut. Sie betrachtet mich von oben bis unten, als würde sie mich das erste Mal so richtig sehen. Ich denke darüber nach, ob ihr gefällt, was sie sieht. Ob sie mich attraktiv findet.

Und während mir diese absurde Frage durch den Kopf geistert, hält sie mir plötzlich ihre Hand entgegen. »Um es noch mal offiziell zu machen, ich bin Romy Winter.«

»Widerspenstige Rose …« Mir fällt sofort die Bedeutung ein.

Sie grinst. »Das ist nur eine Variante, ich bevorzuge für Romy die Bedeutung *geliebte* Rose.«

»Natürlich.«

»Und Sie sind?« Sie legt den Kopf schief, übt einen langen Augenaufschlag.

»In Schwierigkeiten, fürchte ich.« Romy lacht, während ich den Motor starte und das Lenkrad eindrehe.

»Valentino Russo.«

»Valentino, wie hübsch.« Sie zieht den letzten Buchstaben unnötig in die Länge.

»Zuerst muss ich nach München, nach Hause«, lasse ich sie wissen, und ihre Miene wechselt von gelöst zu nachdenklich.

»Zu Ihnen?«

»Genau, dort ruhe ich mich für gewöhnlich aus, bevor ich dann nach Italien weiterfahre. Keiner fährt sechzehn Stunden durch«, erinnere ich sie daran, dass wir einen weiten Weg vor uns haben. »Sie können immer noch einen Flug buchen, ich wäre nicht beleidigt.« Und einen kurzen Moment denke ich, sie würde einen Rückzieher machen und ihre Flucht vor was auch immer doch anderweitig fortsetzen. Und vielleicht, aber nur ganz vielleicht, würde ich das tatsächlich etwas schade finden. Ich schaue sie abwartend an.

»Netter Versuch, Signor Valentino Russo, aber nein. Wir haben jetzt eine großartige Zeit miteinander«, bestimmt sie zuversichtlich, und ich fahre an.

»Na dann«, sage ich. »Und immer schön dran denken: Ich sitze hier am Lenkrad.«

»Schon klar.«

»Gut.« Das war zu einfach. Ich parke aus und fahre über die Kopfsteinpflasterstraße.

Sie rutscht nervös auf dem Ledersitz herum. Ein warmer Luftstrom fährt durchs geöffnete Fenster, weht ihren Duft zu mir, und ich schließe unwillkürlich die Augen. Was dumm ist, wenn man Auto fährt. Als ich sie wieder öffne, muss ich bremsen. Ein Transporter taucht aus einer Nebenstraße auf.

»Irgendwas stimmt mit dem Sitz nicht, er ist unbequem«, meint Romy und beginnt, an einem der vielen Knöpfe des Bedienfelds zu drehen. Ich halte am Seitenstreifen, fange ihre Hand ein, beuge mich zu ihr herüber und greife unter den Sitz.

Ich kann spüren, wie sie den Atem anhält, während ich den Sitz verstelle und sie Zentimeter um Zentimeter näher zu mir gefahren wird. Ihre braunen Augen ruhen auf meinen, ihr Gesicht ist nur eine Handbreit von mir entfernt.

»Komfortabler?«, frage ich sanft und die Strähnen ihrer Haare kitzeln meine Wange.

»Sehr viel besser«, räuspert sie sich, und ich nehme wieder

Abstand. Wo wir gestern noch über Biochemie sprachen, mir scheint, die stimmt auf jeden Fall zwischen uns. Und sie spürt es ebenfalls. Ich will gerade Gas geben, da zerrt meine Beifahrerin wie verrückt am Gurt, der sich widerspenstig zeigt. Ich stoppe erneut, zum Glück ist niemand hinter uns. Ganz gentlemanlike bin ich auch hierbei behilflich und genieße die Nervosität, die meine unmittelbare Nähe bei ihr auslöst.

Als wir endlich auf der Autobahn sind, konzentriere ich mich auf den Verkehr, während Romy damit beschäftigt ist, Unterhaltungen auf WhatsApp zu führen. Ihrem Gesichtsausdruck und den ständigen leisen Seufzern nach zu urteilen, macht es nur wenig Spaß.

Eine Stunde vergeht, ich stelle den Wetterbericht im Radio an. Als der Sprecher von einer neuen Hitzewelle berichtet, die zu uns nach Deutschland herüberschwappt, angle ich nach der Zigarettenschachtel. Während ich eine Zigarette zwischen meine Lippen führe, wird sie mir plötzlich aus dem Mund gezupft.

»*What the fuck.*« Das letzte Mal, als jemand das tat, war ich fünfzehn Jahre alt und die Person meine Mutter.

»Rauchen ist mordsgefährlich«, sagt Romy und knickt die Zigarette einfach in der Mitte durch. Als wäre es nichts und würde ihr absolut zustehen, mich auf diese Weise zu maßregeln.

»*Du* lebst gefährlich«, duze ich sie reflexartig, und sie grinst mich frech an, lehnt sich gemütlich im Sitz zurück und mustert mich.

»Oh, schön, *du*, wir kommen uns näher«, freut sie sich.

Ich frage mich, was in ihrem Kopf vor sich geht. Sie scheint sehr geschickt im Umgang mit Menschen zu sein. Ich schiele zu ihr. Ganz sicher weiß sie, wie sie auf Männer wirkt. Wie dumm muss man sein, um das nicht zu erkennen.

»Mir hingegen gefällt nicht, dass du meine Zigaretten zerstörst.« Trotzdem muss ich lächeln. Romy kramt etwas aus ihrem Rucksack.

»Wie wäre es stattdessen mit Lakritze?«, bietet sie mir an. »Für die Süßen unter uns hätte ich Gummibärchen.«

Ich winke ab, klammere mich ans Lenkrad und setze zu einem Überholmanöver an. Wir rauschen an den anderen Fahrzeugen vorbei, ich bin bei zweihundertdreißig Sachen und ahne, dass ich dem, was mich gerade triggert, so nicht entkommen kann. Ich denke über Weiblichkeit nach. Sie ist für mich wild, rebellisch und auch dominant, folgt ihrem eigenen Rhythmus und zwingt sich nicht in Verhaltensnormen, ist bereit, auch unschöne Wege zu wählen. Sie stand schon immer für Gerechtigkeit, Freiheit, Weisheit und Unendlichkeit. Ich ahne bereits, dass Romy viel davon in sich trägt.

»Sag mal, Valentin, du bist eher der schweigsame Typ, oder? Wenn wir noch stundenlang im Auto sitzen, würde ich auch gerne was über dich erfahren.«

»Nur zu, frag einfach, was dir auf dem Herzen liegt.«

»Alles?« Sie hebt die Brauen.

»Klar, das gilt dann aber auch für mich.«

»Bist du denn bereit für die Abgründe meines Daseins?«

»Wie abgründig kannst du schon sein?« Jetzt bin ich aber neugierig.

»In der Schule nannten sie mich auch Belladonna«, verrät sie mir und der Schatten, der dabei über ihr hübsches Gesicht huscht, entgeht mir trotz Spurwechsel nicht.

»Du bist also eine wunderschöne hochgiftige Blume. Sollte

mich das beunruhigen?« Wie eine Giftmischerin sieht sie gar nicht aus, aber wenn ich eines weiß, dann dass der äußere Schein trügen kann.

»Nur, wenn du vorhast, mir zu nahe zu kommen.«

»Eher nicht«, behaupte ich und spüre eine verräterische Hitze in mir. Ich fasse das Lenkrad fester.

Sie grinst. »Nein, Spaß bei Seite.«

»Besser ist's.«

»Bist du verheiratet?«, fragt sie mich. »Ich sehe keinen Ring an deinem Finger.« Unverblümter geht es nicht, und mir wird klar, dass wir noch mindestens fünf Stunden bis München vor uns haben. Auf engstem Raum.

»Ich bin mit meinem Job verheiratet«, erkläre ich und denke an eine Zeit zurück, in der mir mein Herz gebrochen wurde. Ich hatte mir geschworen, nie wieder in eine Situation zu kommen, in der ich meine eigenen Bedürfnisse einer Frau zuliebe aufgebe, Hindernisse für sie aus dem Weg räume und mich von ihr lenken lasse. Und dennoch niemals genug bin.

»Und, wie läuft diese Ehe so?«

»Hör auf damit«, bitte ich sie.

»Womit denn?«

»Mich auf diese Weise anzusehen, als wolltest du mich durchleuchten.«

»Entschuldigung«, sagt sie lächelnd und macht eine kurze Pause. »Aber willst du gar keine Kinder?«

»Keine Chance.«

»Warum? Gefühlt wollen alle Kinder und heiraten. Jeder jagt der großen Liebe nach, es ist doch das Einzige, was auf der Welt zählt.«

»Ist es das?«, frage ich sie. »Warum bist du dann vor diesem großen Traum davongelaufen?«

Sie schaut an mir vorbei, hängt einem Gedanken nach.

»Das ist kompliziert«, antwortet sie gedehnt.

»Ich mag es anspruchsvoll.« Ich richte meine Brille, werfe ihr einen forschenden Blick zu, als sie zögert.

»Ich weiß nicht, ob er der Richtige ist.«

»Das weiß man nie, weshalb ich niemals heiraten würde«, sage ich tonlos. Kurz blitzt Eves Facebookstatus vor mir auf. Das hübsche Bild ihrer Traumhochzeit.

»Niemals?«

»Niemals.«

»Aber man sehnt sich doch nach Stabilität, einer Konstante im Leben. Einem sicheren Hafen.«

»Wie viele stabile Ehen kennst du denn?« In meinem Umfeld hat sich mehr als die Hälfte später wieder getrennt, oft auf unschöne Weise.

»Einige?« Romys Lächeln friert ein, ich kann fast sehen, wie ihr Hirn auf Hochtouren arbeitet.

»Wie viele genau?«

Sie lacht auf, es klingt unglücklich.

»Aber niemand will allein sterben«, sagt sie mit plötzlich dünner Stimme, und ich vergesse einen Augenblick lang, dass ich Auto fahre.

»Spoileralarm. Jeder von uns stirbt allein.«

»Du bist furchtbar deprimierend.« Sie blickt aus dem Fenster, schweigt, und ich überhole ein Wohnmobil mit einer Großfamilie an Bord.

»Hast du in deinem Leben denn keine Stabilität, Romy? Ich meine, man muss schon selbst mit sich und seinem Umfeld glücklich sein, ein Partner kann nicht alles auffangen, was in deinem Leben vielleicht schiefläuft.«

»Bei mir läuft alles super«, behauptet sie nach einer Weile, in der sie gedankenverloren an einer Strähne ihres blonden Haares herumgespielt hat. »Aber manchmal …«

»Manchmal?« Ich horche auf, frage mich, ob sie mir etwas aus ihrem tiefsten Inneren verrät, doch sie bleibt stumm, pult an ihrem Daumennagel herum und zieht eine Mauer um sich. Ich kenne das von meiner Mutter, wenn man mit ihr über ernste Themen sprechen will, die sie aufregen.

»Keine Sorge, ich bohre nicht weiter nach, was deine Flucht angeht«, kann ich sie beruhigen und setze meine eigenen Gedanken zu dieser Frau zusammen.

Wahrscheinlich bin ich schon immer jemand gewesen, der zu viel nachdenkt. Der jede Person versucht zu interpretieren und empfänglich für die Emotionen anderer ist, was mir im Geschäftsleben zugutekommt. Ich spüre die kleinsten Anzeichen von Stimmungswechseln. Ich lese die Worte zwischen den Zeilen und erkenne, dass Romy stärker wirken will, als sie ist. Wie Glas, hart und doch zerbrechlich. Was sie in meinen Augen liebenswert macht.

»Danke, Valentin. Das weiß ich zu schätzen«, sagt sie sanft. »Und ich freu mich ehrlich darauf, dich näher kennenzulernen. Ich finde dich sehr interessant und kann es kaum erwarten, zu sehen, wie du so lebst.« Sie wackelt lustig mit ihren Augenbrauen, und der Anflug von Schwere verpufft.

»Schau lieber nicht zu genau hin«, rate ich ihr zur Vorsicht, denn ich weiß nicht, ob meine Abgründe ihr gefallen würden.

»Wieso? Hast du etwas zu verbergen?«

Sie grinst mich an, und ich schmunzle. »Hast du eine Ahnung, *topolina*.«

»Mäuschen? Dein Ernst?«

»Du sprichst Italienisch?«

»Ein wenig. Sizilianischer Freund, du erinnerst dich?« Sie reibt ihre Handflächen aneinander.

»Übrigens finde ich deinen Kleidungsstil echt beindruckend«, sagt sie neckend. »Echt toll, diese Hosenträger und erst die passende Fliege dazu. Ist das Vintage?«

Mein Mund klappt auf und wieder zu.

»So schrecklich nerdig. Und dann noch das Brillenmodell, furchtbar intellektuell. Ein modisches Desaster. Aber bei dir geht's.«

Meine Lippen kräuseln sich und sie blitzt mich vergnügt an.

»Das ist die Retourkutsche für die Topflappensache, oder?«, wird mir klar, und ich lege den Kopf in den Nacken, lächle halb. Und dann lotst sie mich bei der nächsten Raststätte raus.

»Ich muss mal«, sagt sie und ich schaue aufs Navi.

»Jetzt schon? Du machst Witze.« Vor der Ausfahrt staut es sich bereits, es wäre besser, ein paar Kilometer weiterzufahren.

»Valentin, bei so was scherze ich nie.«

Ich unterdrücke einen kleinen Seufzer und fädle mich zwischen den Pkws ein.

»Ich hab eine schwache Blase.« Sie zuckt entschuldigend mit den Schultern und kramt in ihrem Rucksack.

»Soll das etwa heißen, das geht jetzt alle paar Stunden so weiter?«

Ihre braunen Augen blitzen mich vergnügt an.

»Das macht dir doch nichts aus?«

»Vielleicht solltest du dann weniger trinken«, schlage ich vor und bekomme ein Schnaufen zur Antwort.

»Das hilft nicht, vertrau mir. Ich muss schon von Feuchtigkeitscreme pinkeln.«

Romy

Schnell schnappe ich mir meinen Lieblingsrucksack, ein Geschenk von Lilly, den man genauso gut als edle Tasche benutzen kann, und hüpfe aus dem Auto. Die Luft draußen ist wie eine Wand aus Hitze und verschlägt mir den Atem. Ich brauche einen Moment, um damit klarzukommen, und kämpfe mit meinem Kreislauf, der die hohe Luftfeuchtigkeit nicht so toll findet. Vielleicht ist es auch das Chaos in mir, das mich schwindelig macht.

Noch auf dem Weg zu den Toiletten wähle ich Lillys Nummer. Gegen die Flut an Nachrichten der letzten halben Stunde kam ich gar nicht mehr an. Zuletzt trudelte sogar eine Nachricht von meiner Mutter ein, weil Henry sie über meine Aktion informiert hatte. Herrgott noch eins, was hat meine Mutter damit zu tun? Jetzt musste ich sie und die ganze Welt beruhigen und ihnen versichern, dass alles in bester Ordnung ist. Wie zu erwarten, geht Henry nicht gerade souverän mit meiner Entscheidung um, dass ich mit einem Wildfremden spontan nach Italien fahre, um nachzudenken. Dass er mir aber auf WhatsApp androhen würde, dass alles aus und vorbei wäre, sollte ich nicht sofort umkehren, hatte ich auch nicht erwartet. Vermutlich sollte mich das in Panik versetzen, der bloße Gedanke ihn zu verlieren, einen Schmerz in mir auslösen, doch das tut es nicht. Vielleicht bin ich nicht normal. Innerlich verkrüppelt, oder so. Ich schlucke schwer, spüre einen Kloß in meinem Hals, der beginnt, mir die Luft abzuschnüren, und beiße mir auf die Unterlippe, um dieses beengende Gefühl loszuwerden.

»Lilly, hey, ich bin's«, sage ich ins Telefon, als meine beste Freundin endlich abnimmt.

»Meine Fresse, Romy, was machst du nur?«

»Ja, das ist nicht leicht zu erklären ...« Ich drücke die Tür zu den Toiletten auf. Ein Mädchen in Leoprint kommt mir entgegen, weicht kein Stück aus, weshalb ich fast in einen Kondomautomaten reinrenne.

»Du kannst mir doch nicht einfach deinen Standort schicken, mit dem Hinweis, dass du mal kurz nach Italien fährst, mit einem Fremden, und dann ruft dein Verlobter mich an und redet vom Ende der Beziehung und dass du ihn betrügst.« Sie atmet scharf ein. »Und ich habe keine Ahnung von gar nichts. Ich, deine beste Freundin, die sonst alle Leichen im Keller persönlich kennt und selbst mit einbetoniert hat.«

»Henry hat was?« Ich unterdrücke ein Seufzen, wechsle die Hand und drücke das Telefon ans andere Ohr, lehne mich an die gekachelte Wand der Toiletten und warte, dass eine Kabine frei wird. Der Spiegel mir gegenüber ist übersät von getrockneten Wasserflecken und halb blind an den Rändern.

»Ist da was dran, Romy?«

»Gar nichts ist da dran. Es geht um mich, ich weiß einfach nicht, ob ich die Ehe will. Das kam doch etwas überraschend«, beschwere ich mich. So viele Leichen gibt es gar nicht in meinem Keller. Henry ist selbst kein Kind von Traurigkeit und hatte mich in unserer Anfangszeit mit einer Dolmetscherin betrogen, die bei einer Fusion zweier Tochterfirmen half. Und ich hatte ihm verziehen.

»Wusstest du von seinem Antrag?« Ich muss das einfach wissen. Lilly druckst rum. »Großartig, du hättest mich warnen können.«

»Romy, ihr wirktet so harmonisch, ich dachte, du freust dich darüber. Ganz ehrlich, es muss doch mal vorangehen. Du hast doch immer davon gesprochen, dass du irgendwann auch gerne Mutter sein willst. Und gemeint, Henry sei ein Mann, an dessen Seite du alt werden könntest.«

Wann war ich das letzte Mal so richtig ehrlich zu mir selbst und zu Lilly gewesen? Ich sagte ihr, als sie ihre Babys im Bauch trug, dass ich es nicht erwarten kann, auch welche zu bekommen. Doch gleichzeitig hatte ich unglaubliche Angst davor, ich könnte eine schlechte Mutter sein. Was, wenn ich meine Kinder nicht lieben würde? Denn kann ich mir sicher sein, dass es in der Natur einer jeden Frau liegt, ein Baby zu wollen?

»Komm schon, Süße. Du kannst nicht immer alles auf null setzen, wenn es ernst wird. Und Henry liebt dich von ganzem Herzen«, sagt Lilly besorgt. Für einige Sekunden schweige ich und Lilly bohrt nach. »Was ist denn genau passiert? Dass ihr einen Streit über die Gestaltung eurer Zukunft hattet, war nicht zu übersehen. Aber man kann doch über alles sprechen.«

Und ich weiß, sie ist erprobt im Verhandeln in ihrer Ehe. Neben den Urlaubsorten wird ausgehandelt, wer ein freies Wochenende hat oder wer die Kinder bespaßt. Oder wer allein auf die Toilette kann.

»Keine Ahnung, ich hatte auf einmal totale Panik«, gebe ich zu.

»Ach, Schatz, ich dachte, wir hätten das hinter uns gelassen.«

»Wir vor allem.« Ich kann nicht anders, als sarkastisch zu klingen, was unfair ist.

»Ja, wir. Ich war immer an deiner Seite, wenn du wieder mal deine Mauern errichtet hast, und ich hab dich unterstützt. Mich mit dir betrunken, dir beim Kotzen die Haare gehalten und dich bestärkt, dir selbst zu vertrauen und andere an dich heranzulassen. Richtig?«

»Ja, richtig.« Bis auf das erste Mal, als ich ein Herz brach und mich deshalb wie ein Monster fühlte. Er hieß Julian, war an derselben Uni, an der ich Fotografie und Grafik studiert hatte, und wir führten ein Jahr lang eine lockere Beziehung. Bis zu dem Tag, als wir an der Ostsee zelten waren und er mir seine Liebe gestand. Einer der schlimmsten Augenblicke meines Lebens.

Sofort stecke ich fest in einem Flashback.

»Romy, du bist alles für mich. Ich liebe dich«, sagte er mir unter dem Sternenhimmel einer klaren Nacht und hielt meine Hand. Mir stellten sich die Nackenhaare auf, und ich hatte dieses seltsame Gefühl, als müsse ich laufen, meilenweit. Es war so absurd, denn es stimmte alles zwischen uns. Die Anziehung, die Werte, der Humor. Und da saß der Junge, hielt meine Hand und erwartete, dass ich ihm ebenfalls sagte, dass ich ihn liebte.

»Ich dich nicht« waren Worte, die ihn augenblicklich zerstörten. Ich bat ihn zu gehen, er ließ mich allein, und ich brüllte den Schmerz, den ich selbst über diese Situation empfunden hatte, mit einem brachialen Schrei gen Himmel. Ich wollte mich nie mehr so fühlen, denn dieses Chaos in mir drehte mich auf links. Weshalb ich lange nur noch lockere Bekanntschaften einging.

»Henry ist echt ganz schön neben der Spur, Romy. Er kann einem schon irgendwie leidtun.«

»Er ist halb so zartbesaitet, wie du denkst.« Ich weiß, dass Henry nicht der sensible Typ ist, das war einer der Gründe, weshalb es mit uns überhaupt funktionierte. Viele seiner Regungen werden von einem starken Ego geleitet. Aber er kann sich nach außen hin anders präsentieren.

»Willst du das, was ihr habt, einfach wegwerfen?«, fragt Lilly.

»Nein, auf gar keinen Fall. Ich würde mir wünschen, dass Henry akzeptiert, dass ich das hier jetzt brauche, um mich auch wirklich festzulegen. Ich hab ihm das erklärt und ihn angefleht, mir ein paar Tage zu geben.« Dass man jemanden liebt, kann man immer sagen. Aber Geduld aufzubringen und zu warten, das ist nicht so einfach.

»Und was genau brauchst du?« Lilly klingt leicht missbilligend, und ich hadere mit mir. Sollte ich diesen verrückten Trip doch lieber abbrechen und zurückfahren? Es nicht noch schlimmer machen, als es ist, damit alle wieder happy sind? Bin ich hier wirklich das Arschloch?

»Ich werde über mich und die Liebe nachdenken«, antworte ich trotzig. »Und das geht am besten in Italien.«

»Du könntest der Liebe auch hier auf den Grund gehen, Schatz. Willst du nicht endlich – Mona, nein! Liegen lassen! – zur Ruhe kommen?«

Ich halte das Handy etwas weiter weg vom Ohr. Ich betrachte die Reflexion im Spiegel, meine Haare haben sich größtenteils aus dem Dutt gelöst und meine Wangen sind von der Hitze gerötet.

»Ich schaff das jetzt nicht.«

»Und es hat nichts mit dem Typen zu tun, in dessen Auto du gerade herumdüst?«, vergewissert Lilly sich und erinnert mich daran, wie umtriebig ich eine Zeit lang war.

»Nein, gar nicht«, wehre ich mich echauffiert.

»Also ist er nicht heiß?«

Ich muss grinsen, Lilly hört es heraus.

»Komm schon, was ist er für ein Typ?«

»Wahnsinns Haare, graublaue Augen und eine Sinnlichkeit in der Stimme und im Habitus, dass er mich doch etwas neugierig macht. Aber er ist keine Konkurrenz für Henry«, verspreche ich meiner besorgten Freundin, die gerade sehr still am anderen Ende wird. Ich höre nur noch das Gebrabbel ihrer zwei Kinder.

»Und wo geht es jetzt genau hin? Italien ist bekanntlich – lass das sofort liegen, Noah, verdammt noch mal! – sehr groß.«

»Zuerst nach Pesaro, Valentin muss dort ein ersteigertes Gemälde abgeben. Er ist Kunsthändler. Und dann werde ich vielleicht allein weiterreisen.«

»Valentin also. Soso.«

»Ja, Valentino Russo.«

»Ist er Italiener?«

»Weiß ich gar nicht, er lebt in München.« Vielleicht sollte ich ihn mal fragen, wo seine Wurzeln liegen.

»Ganz schöner Ritt. Ich bestehe darauf – Noah, pfui, nicht ausschütten. Kacke! –, dass du mir jeden Tag schreibst.«

»Mann, Lilly, hast du Tourette, oder was?« Manchmal, aber nur manchmal geht es mir auf den Keks, dass Lilly Kinder hat.

»Noah und Mona machen mich wahnsinnig, sie bekommen gerade Obst, und ich kann die Küche heute zum dritten Mal wischen.«

»Ich muss jetzt los«, sage ich und ignoriere eine ältere Dame, die mich naserümpfend musterte, während sie auf eine freie Kabine wartet. Vermutlich ist sie kein Fan davon, private Telefonate in der Öffentlichkeit zu führen.

»Jeden Tag eine Nachricht mit einem Codewort. Mhm, lass mal überlegen, was nehmen wir denn? Ich hab's: eine Frucht von A bis Z«, befiehlt sie mir und meint, dass ich am ersten Tag Apfel, am zweiten Tag Birne, dann Clementine und so weiter setze, damit ein potenzieller Entführer das Wort nicht errät und an meiner statt schicken kann.

»Versprochen.«

Ich eile in eine freie Kabine, erleichtere mich und rufe, nachdem ich mich frisch gemacht habe, Henry zurück.

»Romy, bist du zur Vernunft gekommen?«, startet er gleich voll durch, und ich gehe ins Café der Raststätte.

»Ich empfinde mein Handeln nicht als unvernünftig«, stelle ich klar, und er knurrt etwas Unverständliches.

»Hör mir gut zu, ich sage das nur einmal.«

»Ich bin ganz Ohr.«

»Du gibst mir das Gefühl, nur eine Option für dich zu sein, nicht das, was du unbedingt willst. Und ich werde mein Leben nicht mit einer Frau planen, die mich nicht genauso will wie ich sie.« Das ist deutlich.

»Du verstehst mich nicht, Henry. Ich brauche das hier, um mich vollkommen auf unsere Zukunft einlassen zu können.«

»Wem willst du das denn erzählen, Romy? Wir beide stehen an einem Scheideweg. Ich bitte dich, kehr um.«

»Es tut mir leid.« Ich lande vor der Theke, deute auf zwei

Muffins mit Schokolade und zwei Flaschen Wasser und versuche, die Enge in meiner Brust zu ignorieren.

»Das sollte es. Du lässt alles einstürzen, all unsere Träume.« Ganz kurz flammt Ärger in mir auf, denn eigentlich geht es um seine Träume. Ich bezahle und nehme die Papiertüte mit dem Gebäck und die Flaschen.

»Entscheide dich«, fordert Henry scharf, und meine Stimme versagt. »Du hast wohl vergessen, wer ich bin.«

Wer meint, was zu sein, kann nichts mehr werden, hab ich mal gelesen.

»Dann heißt es, lebe wohl«, sagt Henry noch, und das Gespräch ist beendet.

Einen Moment lang fühle ich mich schwerelos, auf die schlechteste Weise. Dann werde ich sauer.

Was ist nur aus *Was du liebst, lass frei. Kommt es zurück, gehört es dir* geworden?

Die heiße Luft trifft mich erneut wie ein Schlag, als ich aus dem Café trete und den Audi von Valentin suche. Es ist so voll an der Tankstelle, und ich kämpfe plötzlich mit den Tränen. Henry hat gerade mit mir Schluss gemacht. Es ist das erste Mal, dass jemand vor mir die Beziehung beendet, und es fühlt sich mies an.

»Alles in Ordnung?«, fragt Valentin, als ich das Auto gefunden habe und einsteige. Ich blinzle die Tränen weg.

»Alles super. Ich hab uns ein wenig Verpflegung mitgebracht.« Mit der Tüte schwenkend, lächle ich das Brennen in meinem Herzen weg und verdränge, was gerade passiert ist. Und im Verdrängen bin ich ziemlich gut.

Valentin fährt an, hakt nicht weiter nach, und das ist genau, was ich jetzt brauche. Stille. Die Sonne steht hoch am Himmel, brennt auf den Asphalt, und wir rauschen dahin, immer weiter gen Süden. Irgendwann schlafe ich ein. Ich muss verdammt erschöpft gewesen sein, denn ich wache erst auf, als wir schon in Bayern sind. Valentin lächelt milde, lässt mir Zeit, um mich zu orientieren. Er ist rücksichtsvoll, und irgendwann bin ich wieder bereit zu reden und erzähle Valentin etwas über Fotografie.

»Manchmal fällt es mir schwer, meine logische und emotionale Seite zusammen zu bringen. Dann gelingt es mir mit der Fotografie«, erkläre ich ihm, während wir München erreichen. »Das Leben ist für mich wie eine Reihe von Geschichten und Bildern. Und wenn ich mich mit einem Thema beschäftige, ist es wie der magische erste Kuss, an den man immer wieder zurückdenkt.«

»Schöner Vergleich«, meint Valentin und schenkt mir einen Blick, der so voller Anerkennung steckt, dass es mich wärmt.

»Du lichtest also vornehmlich Menschen ab?«

»Nicht hauptsächlich, aber es ist schön, in die Welt anderer einzutauchen. Da sind Sportler, die den Marathon gewinnen, und ihr Gesichtsausdruck verrät dir alles über die Entbehrungen in ihrem Leben, die sie hingenommen haben, um dieses eine Ziel zu erreichen Die zitternden Lippen, die Augen voller Tränen vor Glück, die Erschöpfung des Körpers und das Adrenalin in den Adern. Es ist beeindruckend«, schwärme ich. »Aber ebenso liebe ich die Landschaftsfotografie mit einem Hauch von Romantik.«

»In der klassischen Kunst ist Romantik sehr präsent«, sagt Valentin. »Ein Sonnenuntergang und die Spiegelungen auf dem Wasser, ein Blumenmeer um eine einsame Bank oder das Glühen einer Bergspitze im Licht des sterbenden Tages«, sagt er mit dieser unglaublichen Stimme, und ich betrachte ihn, wie er konzentriert auf die Straße schaut. Seine Wimpern zeichnen Schatten, und als er bemerkt, dass ich ihn mustere, verzieht er den Mund zu einem Strich.

»Für mich ist zum Beispiel pure Romantik das schwarz-weiße Foto eines Adlers mit ausgebreiteten Flügeln vor einem strahlenden Himmel.«

»Verstehe, du brauchst die Freiheit«, sagt er. »Das erklärt einiges«, denkt er laut, und ich kann darüber nur schmunzeln. Als wäre mein Wesen so leicht zu entziffern.

»Sag mal, Valentin. Wie wird man eigentlich Kunsthändler?«, frage ich. »Ich meine, das ist kein Ausbildungsberuf, oder doch?«

»Ich hatte das Glück, in einer Familie mit Sinn für Kunst aufzuwachsen. Und verbrachte viel Zeit auf Kunstmärkten und bei einem Onkel, der Kurator war.«

»Und dann hast du dich verliebt …« Ich stütze mich auf die Armlehne zwischen uns. Valentins Stirn zieht sich merklich zusammen. »Verliebt in die Kunst und in alte Gegenstände«, füge ich hinzu.

»Ich war schon immer ein Entdecker, ein Schatzsucher. Und ich finde es unfassbar spannend, ob bei einem außergewöhnlichen Objekt die historische Einordnung stimmt oder der Preis adäquat ist.«

Wir fahren in Richtung Altstadt, ich kann die Türme der Frauenkirche bereits sehen, wo der Teufel laut Legende seinen Fußabdruck hinterließ.

»Und wird man reich im Kunsthandel?«, frage ich zweifelnd. Die Mehrheit der Menschen hat keinen Sinn für wahre

Schönheit. Sie ist auf den schnellen Konsum konditioniert. Wie zum Beispiel Lilly, die es liebt, zu shoppen, am liebsten günstig, und alles nach etwa einem Jahr wieder aussortiert, um sich neu einzukleiden. Laut Lilly sei das für eine regelmäßige Metarmorphose unbedingt notwendig. Ich bin froh, dass sie mit den Menschen in ihrem Umfeld nicht so umgeht.

»Nun, man sollte sich vor Augen halten, dass man mit Luxusprodukten handelt. Ein Kunde im hochpreisigen Segment muss in Versuchung geraten und inhaltlich überzeugt werden, wozu es Fingerspitzengefühl und Wissen braucht«, erklärt Valentin und wir reden eine ganze Weile über das Auge des Betrachters und darüber, dass jedes Objekt seinen Liebhaber braucht. Irgendwann fahren wir am Englischen Garten entlang, dem Ruhepol der Stadt, wie Valentin sagt, und ich frage mich, warum ich noch nie in München geshootet habe.

Wir schweigen einen Moment, ich sauge die Umgebung mit seinen Menschen auf. Dann biegen wir in eine Straße ein, die nur alte Gebäude beherbergt. Eines hübscher als das andere. Beiläufig googele ich den Verdienst eines Kunsthändlers, der um die zweitausendfünfhundert Euro im Monat liegen kann.

»Also muss man sehr gut sein, um davon leben zu können«, schließe ich, und wir werden langsamer. Wir sind bei einem historischen Gebäude mit zauberhaften Fenstern und Giebeln angekommen. Der Schriftzug *Antiquitäten Paradies* ist wunderschön geschwungen und vergoldet.

»Willkommen in meinem Reich«, sagt Valentin mit einer gewissen Prise Stolz in der Stimme und fährt durch ein sich automatisch öffnendes Tor in eine Tiefgarage.

Ich fröstle ein wenig, als wir in der kalten Garage mit Neonröhrenbeleuchtung aussteigen. Valentin packt aus, gibt mir meine Tasche und nimmt dann eine Transportkiste und einen kleinen Koffer aus dem Wagen. Vermutlich liegt in der Kiste das Porträt *La Ragazza di Capri* verborgen. Mit ausladenden Schritten geht er voran zu einer schweren Tür, neben der das Bedienfeld einer Alarmanlage blinkt, und gibt einen Code ein.

»Das ist hier wohl Fort Knox, was?«, wird mir klar, und ganz kurz frage ich mich, weshalb ich keine Angst verspüre. Ich meine, würde man mich finden, wenn ich hier eingesperrt werden würde? Vermutlich nicht.

»Sicherer als Fort Knox«, behauptet Valentin und hält mir dir Tür auf. Er läuft voran, eine Treppe hinauf. Wie eine etwas zu straff gespannte Gitarrensaite, als würde ihn plötzlich irgendetwas beunruhigen. Ich frage mich, was ihm durch den Kopf geht. Ich bleibe dicht hinter ihm, und als wir die Ladenzeile seines Geschäfts betreten, lässt die Abendsonne, die durch das große Fenster scheint, die vielen Möbel im Raum erstrahlen. Die Tür des Geschäfts ist ebenfalls durch eine Alarmanlage gesichert ist. Niemand kann hier rein, der nicht erwünscht ist.

»Wow«, flüstere ich, lasse meine Finger über eine Anrichte aus dem Biedermeier fahren und schaue mich verblüfft um.

»Nicht wahr?«, antwortet mir Valentin.

Ein wunderschöner Kleiderschrank lädt nach Narnia ein, die Vitrine aus Nussbaum beherbergt das feinste Porzellan, und als über mir Kristallleuchter aufflammen, bekomme ich den Mund nicht mehr zu. Überall bricht sich das Licht, tanzt durch Zeit und Raum und zaubert außergewöhnliche Farben. Am liebsten würde ich meine Kamera aus dem Rucksack holen und diesen Raum für immer festhalten.

»Ich bin sofort zurück, tu mir den Gefallen und mach nichts kaputt«, meint Valentin, und ich erhasche so etwas wie ein Lächeln, bevor er seinen Koffer abstellt und mit der Kiste in einen erneut gesicherten Raum geht.

Ich bleibe zurück, hole schließlich doch meine Nikon aus der Tasche und betrachte die Schätze durch meine Linse. Die Kamera fokussiert, erblickt Dinge, die man mit bloßem Auge nicht findet, und bannt sie. Der Kronleuchter über mir entführt mich in eine glanzvolle Zeit voller Prunk. Der leicht abgewetzte Stoff des Biedermeierstuhls flüstert seine Geschichte und lädt mich ein, es mir bequem zu machen.

»Dein Reich ist außergewöhnlich«, muss ich zugeben, als Valentin zu mir zurückkommt. Ich finde eine britische Ausgabe meines Lieblingsbuches im Regal, *Alice im Wunderland* von Lewis Caroll. Ich schnappe nach Luft, wirble zu Valentin herum. »O mein Gott, ich habe es als Kind geliebt«, rufe ich und ziehe es vorsichtig zwischen den anderen hervor. Valentin steht plötzlich sehr nah hinter mir.

»Ein Original aus 1865 wurde für anderthalb Millionen US-Dollar versteigert. Diese karminrote Ausgabe von 1920 habe ich in einem Antiquariat in London gefunden, vor mehr als zehn Jahren«, verrät er mir, mit dieser eigentümlichen Ruhe in der Stimme, die mich so begeistert.

»Ich habe eine Vorliebe für Bücher und sammle sie nur zu gern. Oben in meinem Schlafzimmer habe ich eine Erstauflage von *Moby Dick*.«

»Im Schlafzimmer?«, wiederhole ich und lasse meinen Blick über die anderen Bücher wandern. *Grimms Märchen*, *Pinocchio*, *Struwwelpeter*, böhmische Sagen von 1890, Hermann Hesse und so weiter.

»Ich kann deine Sammelleidenschaft verstehen. Bei mir sind es aber vor allem Fotografien.« Ich schlage das Buch auf, lese die ersten Sätze, betrachte die Zeichnungen.

»Du kannst es kaufen. Es ist erschwinglich«, ermuntert er mich.

»Vielleicht«, antworte ich und stelle es zurück.

Ich spüre Valentins Atem in meinem Nacken, als ich vor einem Buffetschrank stehe, auf dessen Ablage Armbanduhren und Schmuck hinter einer Glasscheibe liegen. Sofort fällt mir eine goldene Kette mit einem Anhänger in Libellenform auf. Sie ist so wunderschön gearbeitet und mit Aquamarinen besetzt, dass ich sie am liebsten berühren würde.

»Was die Sammelleidenschaft betrifft, die Kunst in Sachen Leidenschaft ist, zu wissen, was man tut.« Valentins Stimme ist rau und sanft. »Leidenschaft ohne Präzision ist Chaos. Man muss wissen, was welchen Effekt hat, um die Leidenschaft ins Unermessliche zu steigern. Nur wer weiß, was er tut, ist wirklich gut«, fügt er hinzu. Für einen Moment bin ich mir nicht mehr sicher, ob wir von Sammelleidenschaft reden oder von etwas ganz anderem, und ich drehe mich ganz langsam zu ihm um. Mein Mund ist trocken.

»Romy, was ich dich noch fragen wollte: Willst du in einer Pension unterkommen? Die nächste ist zehn Minuten von hier, ich kann dir die Adresse geben.« Seine Miene ist reglos, das Licht der tief stehenden Sonne zeichnet harte Konturen und lässt seine grauen Augen funkeln. Als ich zögere, spricht er weiter. »Ich will morgen vor Sonnenaufgang aufbrechen. Du musst also pünktlich zurück sein.«

»Der ist wann? Der Sonnenaufgang?«

»Um sechs ungefähr.« Er mustert mich, und meine Finger

umklammern den Griff der Tasche, die nun vor meinen Beinen baumelt und unsere Körper voneinander trennt.

»Was geht in deinem Kopf vor sich?«, frage ich tonlos, und er blinzelt.

»Ich frage mich, ob du dir das alles gut überlegt hast. Diese Reise.«

»So gut es in kurzer Zeit ging. Und normalerweise traue ich meinen Entscheidungen.«

»Du lügst«, ertappt er mich. Denn es gab viele Entscheidungen in meinem Leben, die ich im Nachhinein bedauere. Eine von ihnen war, mit Anlauf durch einen Spiegel laufen zu wollen, damit er mich ins Wunderland führt. Denn mit sechs war ich überzeugt, dass meine Mutter nicht meine echte sei und ich aus einer anderen Welt stamme. Was natürlich Unsinn war.

»Wie kannst du es wagen, mir so was zu unterstellen?« Ich verenge den Blick, er hält ihm stand, tritt aber einen Schritt rückwärts. Etwas huscht über seine Miene, Belustigung vielleicht.

»Also, willst du in die Pension?«

»Warum kann ich nicht hierbleiben?«

»Kannst du.«

»Dann ist es entschieden, ich bleibe.« Außerdem werde ich das Gefühl nicht los, dass eine winzige Gefahr besteht, morgen hier anzukommen und zu sehen, dass er ohne mich nach Italien aufgebrochen ist.

»Folge mir einfach«, sagt Valentin und dreht auf dem Absatz. Er steigt eine Treppe hinauf und schaut sich über die Schulter zu mir um, die Miene unergründlich.

»Sag mal, wohnst du zwischen deinen ganzen Verkaufsobjekten?«, wundere ich mich, weil wir erneut in einige Zimmer kommen, die vollgestellt sind mit antiken Möbeln, die mit Preisschildern versehen sind. Weiter hinten befinden sich schließlich eine Küche, zwei Büros und eine weitere Treppe. Valentin marschiert unbeirrt weiter, und wir landen in einem loftähnlichen Raum im vierten Stock, auf dessen einer Seite ein großes Himmelbett steht und auf der anderen ein Flügel das Zimmer dominiert. Es ist alles in Weiß gehalten; ein schlichter Hochglanzschrank, der mit der Wand verschmilzt, bricht den barocken Stil und versteckt beinahe eine von ihm umrahmte Tür zu einem Badezimmer.

»Nice«, sage ich und lasse meine Tasche vor dem gemachten Bett fallen. Hier lässt es sich auf jeden Fall aushalten.

»*Nice?*« Valentins Brauen wandern empor, während er ungeniert sein Hemd aufknöpft und die Hosenträger abstreift. Ich versuche, nicht hinzusehen.

»Mach es dir bequem, in der Schublade des Nachtschränkchens sind ein paar Bestellzettel, du kannst gerne unser Abendessen aussuchen«, meint er und deutet zum Bad. »Ich werde kurz duschen gehen und bin gleich wieder zurück.«

»Natürlich, lass dir Zeit. Und vergiss nicht, dich hinter den Ohren zu waschen.«

»Natürlich nicht, willst du vielleicht mitkommen und aufpassen, dass ich es richtig mache?«, frotzelt er zurück und sieht mich auf eine unfassbar herausfordernde Weise an, die mich ein wenig aus dem Konzept bringt.

»Ich bin sicher, du bekommst das allein hin. Sonst schicke ich dich später einfach noch mal duschen.«

Ein erstickter Laut ertönt, vielleicht ein Lachen, und er verschwindet.

Ich blicke aus dem Fenster, das sich über die halbe Dachschräge erstreckt, und sehe zu, wie die untergehende Sonne den Himmel in ein Meer aus Rot und Lila verwandelt. Ich frage mich, wie viele Sterne man nachts zählen kann, wenn man hier unter dem Fenster schläft.

Du lügst, hatte Valentin eben im Antiquitätenbereich gesagt. Diese blöden Worte laufen in Dauerschleife in mir ab. Hatte er recht? Belüge ich mich selbst, was meine Entscheidungen angeht? Liebe ich Henry vielleicht nicht und bin deshalb auf diesen irrsinnigen Trip gegangen? Oder hab ich nur Schiss vor Verantwortung? Vor diesen Dingen wie in guten und schlechten Zeiten, bis dass der Tod uns scheidet? Und was, wenn Henry mich irgendwann ansieht und feststellt, dass ich nicht die Person bin, die er vielleicht meinte zu sehen? Nicht so adrett, nicht so eloquent und hinreißend wie an all den Wochenenden, die wir zusammen verbrachten? Denn ich kann auch anders sein, besonders, wenn ich mit mir allein bin. Fast höre ich Lilly in meinem Geist, als sie mir mit achtzehn den Kopf wusch. »In jedem versteckt sich etwas Hässliches, Romy. In mir, in dir, in allen. Und mich hältst du doch auch aus«, hatte sie gemeint, nachdem ich mich von einem Jungen getrennt hatte, weil er mich angebrüllt hatte. Ich hatte ihn lediglich gebeten, etwas langsamer Auto zu fahren, und war in seinen Augen hysterisch gewesen. Zuvor hatte ich einen kleinen Unfall auf vereister Straße gehabt, was mir noch in den Knochen steckte. Sicher, er hatte sich später entschuldigt, aber das machte es nicht besser. Er hatte etwas von mir gesehen, das hässlich war, und ich von ihm.

»Das ist was anderes. Dich liebe ich«, hatte ich Lilly geantwortet und dachte darüber nach, wie sehr ihre Empathie ihr manchmal zum Verhängnis wird. Sie hat in Filmen sogar Mitleid mit dem gewalttätigen Täter, weil sie sich ja ach so gut in ihn hineinversetzen kann. Verrückt.

Ich bin froh, dass sie mit Piet einen harmlosen und freundlichen Mann abbekommen hat, mit dem sie gesund alt werden kann. Wäre das nicht so, könnte ich mir vorstellen, zur Giftmischerin zu mutieren. *Miss Belladonna*, denke ich belustigt.

Ich lausche dem gleichmäßigen Plätschern der Dusche im Nebenraum, lasse mich aufs Bett fallen und versuche, mich zu entspannen. Dann denke ich an Henry, von dem ich seit unserem letzten Telefonat nichts mehr gehört habe.

Bestimmt ist er besser ohne mich dran. *Ohne mich*, hallt es in mir wider. Und es tut erstaunlich weh.

Ich betrachte den Ring an meinem Finger, ziehe ihn mit Gewalt ab und stopfe ihn in die Hosentasche. Dann rolle ich mich zur Seite, angle nach der Schublade des hübschen Nachtschränkchens und ziehe sie auf. Ich finde nicht nur Menükarten von Lieferdiensten.

»Hallo«, flüstere ich und bekomme vor Augen geführt, wie lebendig Valentins Sexleben sein mag. Unmengen Kondome, Gels mit Melonengeschmack und Toys, die Frauen sicherlich begeistern. Kurz kommt mir die Frage, ob er es beabsichtigte, dass ich das finde. Sollte er womöglich denken, er würde mich ins Bett bekommen?

Irgendwann hört das Plätschern des Wassers auf und Valentin tritt in Jogginghose und weißem T-Shirt aus dem Bad. Seine Haare wirken fast schwarz durch die Nässe und hängen ihm in die Stirn. Und seine Brille fehlt.

»Wie wäre es mit Thai?«, schlage ich eine Speisekarte vor,

und er reibt sich den Nacken, wobei sich sein Bizeps spannt. Valentin ist muskulöser, als es den Anschein hatte. Er schlendert auf mich zu, fordert stumm mit einer Handbewegung den Flyer, und ich ziehe ihn im letzten Moment fort.

»Wie heißt das Zauberwort?«, kokettiere ich geübt.

»Bitte jedenfalls nicht. Hab alle *Harry Potter* durch und da stand es nirgendwo als Zauberwort«, kontert er. Unfassbar schnell ist er über mir, sein Duft nach Patschuli und Eukalyptus hüllt mich ein, und ein Tropfen Wasser aus seinem Haar trifft auf mein Dekolleté.

»Du bist wirklich frech, weißt du das?« Ich bin mir nicht sicher, ob er belustigt klingt, während er mir den Zettel aus der Hand pflückt. Mir vergeht das Grinsen.

»Ich weiß«, gestehe ich halblaut und kann den Gedanken an meine Mutter nur schwer unterdrücken. *Romy, eine Frau muss immer einen gewissen Reiz bieten, verstehst du? Fordere heraus und mach dich interessant.* Ich bemerke, wie sein Blick an meinen Lippen hängen bleibt und meiner an seinen. Was sich verwirrend anfühlt. Ich bin schließlich erst seit wenigen Stunden wieder Single.

Valentin

»Wo wirst du eigentlich schlafen?«, fragt mich Romy, nachdem ich zweimal *Khao Pad Gai*, gebratenen Reis mit Huhn, bestellt und einige WhatsApp-Nachrichten auf meinem Handy beantwortet habe. Hugo, mein Angestellter, wies mich darauf hin, dass eine Rechnung für Abwassergebühren noch offen sei, und ließ mich wissen, mit welchem Elan er zwei Prunkspiegel aus dem 18. Jahrhundert verkauft habe. Guter Mann. Ich bin echt froh, dass er die Stellung im Laden hält, wenn ich unterwegs bin.

Ich runzle die Stirn, fixiere Romy mit meinem Blick, während sie es sich in meinen Kissen bereits bequem gemacht hat und mich mit großen Augen anschaut.

»Im Bett«, antworte ich knapp und warte, wie ihre Reaktion darauf ausfällt.

»Und ich?«

Die Irritation ist perfekt. Ich verberge mein Schmunzeln, indem ich mich von ihr abwende und mein Handy ans Ladekabel anschließe und es auf den kleinen Sekretär lege.

»Wie du magst, du kannst auch gern auf der kleinen Chaiselongue schlafen …« Mein Blick huscht zu dem winzigen Teil hinüber, auf dem nicht mal Mia-Florentine Platz hätte, ohne dass ihre Beine herunterrutschen würden. »… oder du schläfst ebenfalls im Bett. Wie dir sicher aufgefallen ist: Es ist verdammt groß.« Ich hatte das Jugendstil-Bett mit seinem Himmel aus weißen floralen Stoffen vor Jahren auf einem Antikmarkt in der Steiermark gefunden und schlafe darin wie im siebten Himmel.

»Zusammen?«, hakt Romy nach und blitzt mich mit einer Mischung aus Verunsicherung und Heiterkeit an. Ich kann nicht sagen, was es genau ist. Aber die Frau hat diesen seltsamen Effekt auf mich, dass ich sie gern aus der Reserve locken möchte. Sie herausfordern und vielleicht sogar verärgern möchte, um sie zu ergründen. Romy bemüht sich für meinen Geschmack zu sehr, die Smarte zu spielen, die nichts aus dem Konzept bringt. Ihre Miene friert ein, bekommt dann einen linkischen Zug, der nun wiederum mich etwas verunsichert.

»Du willst also mit mir schlafen …«, sagt sie gedehnt und fügt eine gekonnte Pause ein. »… mit mir … in einem Bett.«

»Es ist einfacher, als du denkst«, behaupte ich trotzdem tapfer und beginne, meinen kleinen Reisekoffer auszupacken. »Du bekommst die eine Seite der Matratze, ich die andere. Wir schließen die Augen, schlafen und wachen wieder auf, wenn mein Wecker klingelt.«

Romys leises Schnaufen überhöre ich gekonnt, trenne getragene Wäsche von sauberer und bringe meine Kulturtasche ins Bad. Danach setze ich mich an meinen Sekretär und lasse den Laptop hochfahren, um meine Mails zu checken.

»Du darfst gerne auch duschen gehen, ich habe alles für dich zurechtgelegt«, verrate ich meinem nun etwas still gewordenen Gast und bekomme peripher mit, wie sie sich vom Bett erhebt, ihre Tasche nimmt und an mir vorbei schlendert.

»Du bist süß, vielen Dank«, sagt sie, berührt beiläufig meine Schulter mit ihren Fingerspitzen und verschwindet dann im

Bad. Zugegeben, ich bin mir nicht sicher, ob es sich bei ihren Worten um Ironie handelt. Zum Glück ist mir das egal.

Als sie frisch geduscht zurück ist, trägt sie ein langes dunkelblaues T-Shirt. Ihre schlanken Beine scheinen unendlich, die weichen Formen ihres Körpers deuten sich unter dem dünnen Stoff an, und ich frage mich unwillkürlich, ob sie es drauf anlegt, mich zu provozieren.

Ich versuche, sie nicht in der Spiegelung des Hochglanzschrankes vor mir zu betrachten, während sie ihre Haare mit einem kleinen Handtuch bearbeitet und etwas über Pflegeprodukte erzählt, die sie nicht dabeihat. Verdammt, es wird schwerer werden, sie nicht anzusehen. Was mich zu der Frage bringt, wer hier wirklich der Naive ist.

Ich seufze.

»Was tust du?«, fragt sie, taucht hinter mir auf und beugt sich zu mir herunter. Sie riecht nach Vanille und Zitronen, und ich mag es.

»Ich suche in einem Forum nach *Frederico Milo*«, verrate ich ihr und spüre sofort, dass sie sich verspannt. »Du wolltest doch etwas mehr über die Hintergrundgeschichte von *La Ragazza di Capri* wissen. Oder interessiert es dich nicht mehr?«

»Doch, natürlich. Hast du schon etwas gefunden?« Sie greift nach dem zweiten Stuhl, der neben dem Schrank steht, und zieht ihn zu mir heran. »Lass mich mal sehen«, fordert sie.

»Nicht so schnell, *topolina*«, wehre ich mich gegen ihre flinken Finger, die sich schon der Maus bemächtigen wollen.

»Na gut, dann lies mal vor«, lässt sie sich gar nicht erst aus dem Konzept bringen.

Auf dem Bildschirm baut sich ein Chatverlauf auf, in dem

andere User sich zu den Gemälden von Frederico Milo austauschen.

»Hier sind weitere Werke aus seinen frühen Jahren. Und
etwas über seine Herkunft«, entnehme ich den Informationen. »*Frederico Milo war der vierte Sohn eines Zitronenbauern
von Amalfi, geboren um 1905*«, lese ich vor.

»Der vierte Sohn«, wiederholt Romy nachdenklich meine
Worte, und ich scrolle weiter. »Wie ist es eigentlich bei dir,
hast du auch Geschwister?«, fragt sie interessiert und schlägt
die Beine übereinander. Sie trägt ein winziges Sterntattoo auf
dem linken Knöchel.

»Ja, eine jüngere Schwester, Nathalie. Und du?«, frage ich
zurück.

»Nein, ich bin Alleinerbin«, scherzt sie. »Wie ist es, Geschwister zu haben?«

Ich zucke die Schultern. »Ist ganz lustig, man erhält quasi
eine gratis Nahkampfausbildung.« Ich bin mir nicht sicher,
wie viel ich preisgeben möchte. Mein Privatleben halte ich
stets geheim, denn man weiß nie, wer es gegen einen verwenden will.

Sie schiebt ihre feuchten Haare hinter die Ohren und spielt
mit einer Strähne, präsentiert mir dabei ihr Handgelenk und
damit ihren Puls. In einem Psychologiebuch habe ich gelesen,
dass diese Gesten bewusst oder unbewusst als Manipulatoren
eingesetzt werden, um das Gegenüber zu beruhigen oder ero-
tisch zu wirken. Körpersprache ist wirklich interessant, wenn
man mal darauf achtet.

»Siehst du deine Schwester oft?«, fragt sie nun und hebt
leicht ihr Kinn, intensiviert den Blick.

»Wenn es sich vermeiden lässt, nicht.« Vermutlich bin ich

schon als Einzelgänger auf die Welt gekommen. Denn es gibt nur wenige Menschen in meinem Umfeld, die ich wirklich schätze. Mein Freundeskreis ist so klein, dass er kaum noch als solcher bezeichnet werden kann. Und außer zu Mia-Florentine, die mein Herz wirklich aufgehen lässt, weil sie in ihren jungen Jahren bereits ein Unikat ist, habe ich nur zu meinen Eltern regelmäßigen Kontakt.

»Wie war deine Kindheit so?«

»Großartig«, antworte ich einsilbig. Das ist nicht mein Lieblingsthema.

»Mhm«, macht sie. »Warst du nicht glücklich?«

Ich blicke sie an, ihre braunen Augen liegen ernst auf meinen.

»Ich bin ein Scheidungskind«, gebe ich plötzlich zu und kann es nicht fassen, dass mein Mund einfach weiterredet. »Es gab einen Rosenkrieg zwischen meinen Eltern. Man tut hässliche Dinge aus Liebe.«

Ihre Gesichtszüge werden weich. »Das tut mir sehr leid«, sagt sie, lässt mich nicht aus ihren dunklen Augen.

»Ist schon gut. Das ist lange her. Aber ich musste früh lernen, dass es keine guten und bösen Menschen gibt. Es sind oft starke Emotionen, die einen guten Menschen schlechte Dinge tun lassen.«

»Was ist passiert?« Flüchtig berührt sie meinen Arm.

»Mein Vater hat meine Mutter betrogen, und das hat dafür gesorgt, dass unsere Familie zerbrochen ist.« Weshalb ich mir geschworen habe, mich niemals in eine bestehende Beziehung einzumischen. Niemals der Grund für solches Leid zu sein. Jede Ehe oder Beziehung hat Zeiten, in denen sie anfällig für Impulse von außen ist, und doch sollte man an ihr arbeiten und nicht etwas wegwerfen, das lange besteht. Vielleicht hätten meine Eltern noch mal glücklich werden können, ohne diese andere Frau.

»Und das machte meine Mutter so verrückt, dass sie meinem Vater wehtun wollte. Irgendwann eskalierte ein Streit, mein Vater stürzte die Treppe hinunter und brach sich das Rückgrat.« Keine Frage, ich musste zuletzt Klebstoff geschnüffelt haben, sonst kann ich mir nicht erklären, weshalb ich das alles einer Wildfremden erzähle. Romy zieht scharf die Luft ein, scheint ernsthaft betroffen.

»Das ist furchtbar. Lebt er noch?« Ich kratze mich im Nacken, obwohl es nicht juckt, und antworte: »Ja, tut er. Und er kann auch wieder laufen, ist aber seitdem gehbehindert.« Ich möchte ihr gerne den Schrecken aus dem Gesicht wischen.

»Wie alt warst du, als das passiert ist?«

»Zehn.«

»Hast du es gesehen?«

Ich nicke und verändere die Suchanfrage im System, um ein anderes Thema zu finden. »Schau mal, ein Treffer«, lenke ich sie ab. Romy lehnt sich näher zu mir, und ich spüre den leichten Druck ihrer Schulter an meinem Oberarm.

»*Frederico Milo besuchte die Akademie neapolitanischer Kunst und erlangte erste Aufmerksamkeit durch einige Gemälde der Insel Capri und ihrer Fischer.* Ein Esel auf Capri *ist auch als Reproduktion erhältlich.*«

»Interessant, aber steht dort nichts über *La Ragazza di Capri?*« Sie greift mir zwischen die Arme, legt die Hände auf meine Tastatur und gibt selbst die Suche ein. Beinahe ist dieser Zustand wie eine Umarmung, und ich halte die Luft an.

»Dort steht etwas zum Ableben des Malers!« Dann liest sie

einen Artikel aus dem Jahr 1933 aus der *Il Mattino*, einer Tageszeitung aus Neapel, vor:

Neapolitanischer Maler stirbt bei Brand in seinem Atelier. Mord oder Selbstmord? Die Kunstszene ist entsetzt. In der Nacht zum 31.8. brach ein Feuer in einer Wohnung nahe des Palazzo Reale aus. Zeugen berichten, dass der Bewohner, Frederico Milo, keine Versuche unternahm, dem Flammenmeer zu entkommen, und sich vermutlich eingeschlossen hatte. Jede Hilfe kam zu spät, und der junge Mann verbrannte bei lebendigem Leib. Er hinterlässt seine trauernden Eltern und Brüder.

Romy wird ganz ruhig, ihr Atem geht flach.

»Es gibt viele Arten zu sterben«, sinniere ich, weil ich nicht so genau weiß, was ich sagen soll. Im Grunde kann dich alles umbringen. Sogar Reiswaffeln, die sind voller Arsen. Man vergiftet sich schleichend selbst, das Sterberisiko steigt mit jedem Happen, das nennt man Mikromort. So verhält es sich ebenfalls mit Zigaretten oder Wein. Blöd. Aber was soll's – die Welt geht eh den Bach runter, langsam und nicht erst seit gestern.

»Es heißt, es war Selbstmord, aus unerfüllter Liebe«, höre ich mich sagen. »Ich weiß noch, dass meine Großmutter mir erzählt hat: Der eine ging in Flammen auf, die andere ertrank in Tränen«, sage ich und schließe die Seite. Mein Hintergrundbild erscheint, das Tyrrhenische Meer, der Golf von Neapel in seiner vollen Schönheit, und ich bilde mir ein, dass er die traurigen Eindrücke von eben einfach auslöscht.

»Deine Großmutter?«, hakt Romy nach.

»Ja, sie lebt auf Capri«, rutscht es mir heraus, und ich schlucke trocken.

»Was hältst du davon, wenn du mich nach deinem Job eine Weile begleitest? Wir könnten deine Großmutter besuchen und sie erzählt uns mehr über diese Liebesgeschichte«, schlägt Romy vor. »Außerdem bräuchte ich jemanden, der sich auskennt und die Sprache fließend spricht, wenn ich zum Beispiel Einverständniserklärungen der von mir abgelichteten Menschen für meinen Bildband bräuchte.«

Mein Hirn rattert auf Hochtouren. Tatsächlich mag ich ihre Nähe mehr, als ich gedacht hätte. Und die einzige Möglichkeit, etwas vom Leben zu haben, ist, sich hineinzustürzen, wenn es sich gut anfühlt. Und jeder falsche Schritt führt zum nächsten richtigen Schritt, sagte mal jemand. Also, wieso eigentlich nicht?

»Ich werde darüber nachdenken«, verspreche ich und bekomme einen Kuss auf die Wange gedrückt, und mich durchströmt sofort eine eigenwillige Wärme.

»Apropos Bildbände, hast du schon etwas veröffentlicht?«, frage ich.

»Komm, ich zeig dir was.« Ganz selbstverständlich geht sie an meinen Laptop und ruft ihre eigene Website *Romy Winter-Art Fotografie* auf. Die Präsenz ist stilvoll und puristisch, was mir sehr gut gefällt, und der Fokus auf die Fotografien gelegt. Sie öffnet das Portfolio zum Thema *Hinter geschlossenen Türen*.

»Diese Arbeiten sind aus meinem letzten Bildband«, erzählt sie, und ich betrachte ein Mädchen in Schwarz-Weiß, die im Begriff ist, eine Flügeltür zu schließen. Ihr Gesichtsausdruck wirkt erschrocken oder überrascht. Sie löst bei mir widersprüchliche Gefühle aus. Sorge und so etwas wie den Drang, sie in Ruhe zu lassen.

»Es ist mit langer Verschlusszeit aufgenommen, so entsteht die Bewegungsunschärfe der sich schließenden Türen.«

»Das Mädchen dahinter, es wirkt so präsent.«

»Hoher Kontrast«, verrät Romy.

Das nächste Bild zeigt eine vergitterte Tür, hinter der sich zwei Personen unterhalten, wieder eine andere ist verglast, ich sehe nur die Silhouette einer Frau, die sich dahinter zusammenkrümmt, als würde sie weinen. Ein anderes Bild zeigt eine halb geöffnete orangefarbene Tür, die den Blick auf eine Teegesellschaft freigibt, die auch aus *Alice im Wunderland* stammen könnte, nur ohne den Märzhasen, sondern mit Porzellanpuppen und Teddys.

»Wir wissen nie, was sich hinter der Fassade abspielt, nicht wahr?«, meint Romy mit emotionsloser Stimme, und ich muss schlucken, als ich eine Schranktür betrachte, deren Griffe mit einem Gürtel zusammengebunden sind.

»Ich möchte auf der Reise durch Italien gerne Situationen einfangen, in denen sich die Liebe zeigt. Es gibt so viele Formen, so viele Facetten, und ich ...«

Sie verstummt, und ich verschränke die Arme in meinem Nacken, als wäre ich ganz entspannt. Doch das bin ich nicht, denn ich ahne, was sie sagen will, und formuliere es für sie.

»Du hast die Hoffnung, sie auf diese Weise zu entschlüsseln.«

»So weit würde ich nicht gehen, aber ja, ich will sie sichtbar machen.«

*

Die Zeit vergeht. Romy schlendert nachdenklich durch den Raum, betrachtet Bücher in einem Regal neben dem Bett. Wundert sich über Romane wie *Der große Gatsby, Sturmhöhe* und *Stolz und Vorurteil*, die ich gelesen habe. Dann steuert sie meinen geliebten Flügel an und lässt ihre Finger über die Tasten fahren.

»Deine Wohnung ist gar keine typische Junggesellenbude.«

»Ist das so?«

»Es ist sehr ordentlich, wo sitzt du denn mit deinen Jungs und feierst? Bestimmt nicht in deinem Schlafzimmer?« Sie nimmt Platz, spielt einen Ton an, der durch den Raum schwebt. Ich liebe seinen Klang.

»Da liegst du goldrichtig«, antworte ich.

»Ich weiß, das wäre auch seltsam«, sagt sie, macht mich verlegen, was ich wiederum gar nicht mag. Ebenso wenig, wie wenn jemand meinem Steinway-Flügel, Baujahr 1940, zu nahe kommt und vermutlich gar nicht damit umzugehen weiß.

»Also?«, bohrt sie nach und spielt noch einen Ton.

»Ich habe unten eine Küche«, sage ich.

»Wie gemütlich.« Das ist Sarkasmus pur.

»Ich gehe oft aus«, verteidige ich mich und bin froh, weil es unten an der Tür klingelt und das Essen kommt. Eine gute Gelegenheit ein wenig Abstand zu bekommen, und die eine oder andere Lücke in meinen eigenen Mauern zu stopfen.

Als ich mit Tellern, Besteck und Gläsern zurück bin, geht das Verhör leider weiter, und ich habe Mühe, mir nicht anmerken zu lassen, wie sehr ich mich innerlich winde.

»Eins sei gesagt, werter Herr Kunsthändler. Es ist jetzt schon klar, dass du die Kategorie einsamer Wolf bist«, durchschaut sie das Offensichtliche, und ich muss fast lachen.

»Ist das etwas Schlimmes?« Ich öffne die Tüte, ein würziger Duft strömt uns entgegen, und ich bemerke, wie hungrig ich eigentlich bin.

»Oh nein, gar nicht. Du bist offensichtlich eine alte Seele.«
Sie hüpft auf die Chaiselongue vor dem Tisch, den ich ein-
decke. »Alte Seelen sind gern allein.«

»Wenn du damit meinst, dass ich einfach zu alt für ober-
flächliche Eitelkeiten bin, dann liegst du richtig.«

Zuletzt hatte ich mit einem Bekannten gebrochen, der unfassbar arrogant und verletzend mit einem Kellner umgegangen war. Der Charakter eines Menschen zeigt sich am
deutlichsten an der Art, wie er mit anderen umgeht. Und
Dienstleister an sich ist ja bereits ein demütiger Job, weshalb
ich nicht verstehe, wie ein Mensch, der im Leben einiges erreicht hat, einen anderen so herunterputzen muss, wegen
eines Missgeschicks. Ich hatte beruflich schon mit genügend
Arschlöchern zu tun, das brauche ich nicht auch noch privat.

Ich hole eine Flasche Wein, öffne sie mit einem hundert
Jahre alten Korkenzieher mit Totenkopfschnitzerei.

»Tiefgründige Beziehungen sind wichtig, das sehe ich genauso. Ich habe das Glück, eine Freundin zu haben, mit der
ich Leichen verbuddeln könnte.«

»Wenn Pferdestehlen nicht mehr reicht«, scherze ich, und
Romy, die Gabel im Mund, hält inne und guckt mich seltsam
an.

»Was ist?«

»Das Essen«, sagt sie und lehnt sich gemütlich zurück.

»Was stimmt nicht?«

»Es ist lecker, unfassbar gut.«

Erleichtert schenke ich ihr Wein ein und mache mich eben-
falls über den Reis her. Draußen zieht ein Gewitter auf, dicke
Wolken verschlucken den aufgehenden Mond, und in der
Ferne grollt es bereits. Romy plaudert über Kochrezepte ihrer

Mutter und wie untalentiert sie selbst in der Küche ist. Und ich hänge an ihren Lippen, wie sie erzählt, isst, das Glas mit dem Wein ansetzt und lacht. Ihre Stimme ist aufwühlend und beruhigend zugleich

»Sag mal, warum lebst du als Italiener in München?«, fragt Romy schließlich.

»Ich bin gebürtiger Deutscher«, richte ich das Bild gerade. »Mein Vater stammt von Capri. Damals arbeitete er in einem der Hotels dort und lernte meine Mutter kennen, als er ihr Wein übers Kleid goss.«

»Wow.« Romy lacht. »So beginnen die besten Liebesgeschichten.«

»Lach nicht, so kann es laufen.« Meine letzte Beziehung begann mit einem Auffahrunfall in einem Kreisverkehr in der Rushhour, doch ich komme nicht dazu, es ihr zu erzählen, weil mein Telefon vibriert.

»Meine Nichte.« Sofort nehme ich den Videoanruf von Mia-Florentine an, weil diese Zeit für sie doch recht ungewöhnlich ist. Meistens ruft sie auf dem Weg von der Schule nach Hause an. »Ciao, Bella …« Zu mehr komme ich nicht, weil sie mich ziemlich laut wissen lässt, dass es sich um einen Notfall handelt. So laut, dass Romy jedes Wort mithört.

»Was soll ich tun, wenn Marvin sich mit einem anderen Mädchen trifft? Anika hat mir erzählt, dass Ruby gesagt hat, er sei mit Kim gesehen worden, obwohl er zu mir gesagt hat, er hätte ein Fußballspiel und könne sich deshalb nicht mit mir treffen.« Etwas überfordert schaue ich aufs Display. In Mias Augen blitzt blanke Panik auf, und Romy, die mir gegenüber sitzt, antwortet an meiner Stelle.

»Ruhe bewahren und ihn nicht wissen lassen, was das mit

dir macht!«, sagt sie voller Überzeugung, und ihre Worte verblüffen mich nicht. Wen die Stimme einer Frau im Hintergrund allerdings überrascht, ist Mia.

»Wer ist das?«, will sie sofort wissen, macht ein komisches Gesicht, und ich weiche aus. »Niemand.«

»*Niemand* räumt mal die Teller weg und macht ein bisschen sauber, wenn es genehm ist«, antwortet Romy eher vergnügt als beleidigt, und zieht meinen Teller zu sich herüber, stellt ihn auf ihren und wischt Krümel mit der Serviette zusammen.

»Du hast also ein Date? Lass mal sehen«, fordert Mia. Sie kann genauso neugierig sein wie ihre Mutter, die keine Gelegenheit ausgelassen hat, durchs Schlüsselloch meines Zimmers zu spionieren, wenn ich weiblichen Besuch hatte.

»Nein, Mia. Auf keinen Fall. Und was deine Frage angeht, sprich ihn einfach drauf an. Jungs machen manchmal unbedachte Sachen.«

Romy verdreht prompt ihre braunen Augen, und ich frage mich, ob mein Rat wirklich so dumm ist, wie sie mir vermitteln will.

Kurz halte ich das Handy weg, drücke es in ein Kissen und flüstere: »Sie sollte ehrlich kommunizieren, findest du nicht?« Wieso beziehe ich sie eigentlich ein?

»Meiner Erfahrung nach sollte man Jungs nie zu viel Macht über einen geben.«

Was für eine Einstellung!

»Woher hast du denn diese Weisheit? Aus 'nem Glückskeks?«

Es kräht aus dem Kissen. Mia wird ungeduldig. »Hallo? Kann mal jemand mit mir sprechen? Sonst frag ich Mama.«

Ich nehme das Handy wieder auf, schaue etwas hilflos zu Romy, deren braune Augen plötzlich so dunkel wirken wie die Nacht.

»Zeig mal deine Freundin«, fordert Mia jetzt und grinst breit. Ihre Zahnspange funkelt, und ich muss an die Zeit denken, als ich solch eine Schneekette im Mund getragen habe und kein Mädchen mehr anlächeln wollte, aus Furcht, sie würde sofort Reißaus nehmen. Ich drücke mir in die Nasenwurzel und stutze, als Romy sich einfach neben mich setzt und der Bitte von Mia nachkommt.

»Hallo, hübsche Unbekannte«, sagt sie in ihrer einnehmenden Art zu meiner Nichte und legt den Arm um mich. »Lass deinen Marvin an der langen Leine. Und wenn er so etwas noch mal tut, also dich versetzt und mit einer anderen abhängt, gehst du mit seinem besten Freund aus.«

»Romy, spinnst du«, erschrecke ich mich über ihre Toxizität. Was für Typen hatte sie bloß in ihrem Leben, dass sie denkt, es sei eine gute Idee, einem Teenager so etwas zu raten?!

»Hübsch, sie passt zu dir«, ist Mias Urteil, und ich frage mich, was eine Dreizehnjährige schon weiß. Optik ist gar nichts. »Aber wenn ich es mir recht überlege, mein Rat von neulich ist womöglich scheiße. Ich revidiere hiermit: Verlieb dich besser in niemanden«, rät mir Fräulein Neunmalklug. »Womöglich habe ich mich geirrt und die Sache mit der Liebe ist doch nicht so toll.«

»Doch, ist sie. Schau dir deine Mutter und deinen Vater an. Sie sind immer noch verliebt wie am ersten Tag«, sage ich ohne Neid. Denn es ist wahr. Die Beziehung der beiden, die sich seit dem Abitur kennen, ist ein Traum. Man könnte beinahe von Seelenpartnerschaft sprechen.

»Na gut, dann werde ich jetzt doch mal lieber meine Mutter konsultieren, bevor ich was Dummes tue. Mit Marvin über WhatsApp Schluss machen zum Beispiel«, beschließt Mia, und ich ringe mit mir, denke, ich müsste irgendetwas Schlaues sagen, doch mir fällt einmal mehr nichts ein. Im Trösten bin ich eine totale Niete, und ich habe die Angewohnheit, mich in solchen Momenten in mein Kaninchenloch zurückzuziehen und dort Deckung zu suchen.

»Saugute Idee«, höre ich mich meiner Nichte zustimmen und hoffe, sie wendet sich auch wirklich an sie. Einen Moment halte ich das Handy noch in der Hand, starre Löcher in die Luft und denke über Liebeskummer nach. Studien haben gezeigt, dass wenn man verlassen wurde und darunter leidet, die gleichen Hirnareale aktiv sind wie bei einem Süchtigen. Trennungsschmerz ist Entzugserscheinung, das Dopamin der Liebe fehlt plötzlich und das Hirn versucht, sich zu helfen, indem es auf die glücklichen Erinnerungen zurückgreift, uns in den rosaroten Tagen schwelgen lässt, die wiederum den Prozess der Trennung schmerzhaft und lang werden lassen. Ein Dilemma, und ich wünsche mir, dass die Sache zwischen Mia und ihrem Marvin sich einrenkt.

»Süß, deine Nichte«, findet Romy, nachdem sie die Teller und die leeren Pappschachteln ganz selbstverständlich in die Küche gebracht hat. Eigentlich bin ich mir nicht sicher, ob es mir recht ist, dass sie sich so frei in meinem Haus bewegt und womöglich etwas findet, das nicht für ihre Augen bestimmt ist. Aber wie sollte ich meinem Gast das verkaufen? Fühl dich nicht wie zu Hause und tue mir den Gefallen und fass nichts an? Stattdessen sage ich: »Ja, ich bin ein großer Fan von Mia.«

»Sie von dir auch, wie es aussieht«, antwortet Romy lachend. »Aber sie wird schnell lernen, dass Männer nicht die besten Ratgeber in Beziehungsdingen sind.«

»Das ist doch Bullshit, Romy. Ich habe auch meine Erfahrungen gemacht.«

»Du wirkst nicht wie der Beziehungstyp. Und das hast du selbst unterstrichen, mit dem, was du mir auf der Fahrt erzählt hast. Du erinnerst dich?«

»Nur weil ich nicht heiraten will oder keine Beziehung möchte, heißt das nicht, dass ich nicht weiß, wie es geht«, stelle ich klar und arbeite daran, entspannt zu bleiben. »Und mit Verlaub, ich denke, du kehrst zunächst vor der eigenen Tür. Weglaufen ist in einer Beziehung nie die Lösung.«

Verlieb dich in niemanden, hallt Mias Satz in mir nach und kriecht in mich hinein. Romy und ich sehen uns lange an, tasten uns mit Blicken ab, während wir beide total blöde im Raum stehen wie unsinnig platzierte Schaufensterpuppen.

»Tja, und was machen wir jetzt?«, will ich irgendwann wissen und ärgere mich über diesen Anflug von Verwirrung in mir. Was ist nur los mit mir?

»Wie wär's, wenn du mir etwas auf dem Klavier vorspielst? Ich liebe Klaviermusik«, schlägt Romy vor, und fast ziere ich mich, beginne dann aber doch zu spielen. Ohne viel darüber nachzudenken. Romy setzt sich aufs Bett, zieht die Beine unter den Po und schließt die Augen, während die Töne von einer Pianoversion von *Lovestory* von Indila, einer französischen Sängerin, in den Raum strömen. Ich liebe dieses Lied. Es ist schnell, mitreißend, romantisch. Und als ich es beende und mit Applaus rechne, sehe ich Tränen in ihren Augen.

Was ist passiert? Kennt sie das Stück, hat es sie womöglich an etwas erinnert? Sie geht wortlos ins Bad, ich stehe auf und grüble. Sollte ich sie fragen, ob alles in Ordnung ist? Ich zähle meine Schritte, die ich brauche, um zur Badezimmertür zu gelangen. Es sind exakt dreizehn. Ich lausche, kein Ton ist zu hören.

Komm schon, Valentin. Es geht dich nichts an, was mit ihr los ist, oder?

Irgendwann, als sich die Blitze des Sommergewitters vor dem Fenster entladen, zünde ich mir meine Gute-Nacht-Zigarette an. Wind fegt durchs offene Fenster, verweht den blauen Dunst, und das Nikotin entspannt mich, sobald es in meine Lungen strömt. Als Romy aus dem Bad zurückkommt, ist sie wieder die alte. Sie schüttelt mit geschürzten Lippen den Kopf. »Im Schlafzimmer rauchen? Ist das dein Ernst, Valentin?«, tadelt sie mich, schlägt die Bettdecke zurück und kriecht darunter.

»Das ist meine Wohnung«, erinnere ich sie.

»Passivrauchen ist Körperverletzung«, gibt sie zurück und klopft das Kissen in ihrem Rücken auf. Sie wirkt wieder komplett aufgeräumt, keine Spur mehr von Tränen oder Melancholie. Ich nehme noch einen tiefen Zug, blase den Dunst hinaus in den Wind und reiße meinen Blick von ihr los. Ich sollte es nicht, trotzdem stelle ich mir vor, sie im Arm zu halten.

Der letzte Zug füllt meine Lungen, und ich schnippe die Zigarette aus dem Fenster hinaus, als es zu regnen beginnt.

Als ich aus dem Badezimmer komme, ist das Licht gelöscht. Romy liegt mit dem Rücken zu mir, die Decke bis zum Hals gezogen, trotz der Wärme im Zimmer. Überforderung. Das ist das Wort, das in mir kreist, während ich auf ihre Silhouette schaue, die sich vor mir abzeichnet und beim nächsten Blitz erhellt wird. Unser Atem webt sich irgendwann ineinander, und ich sollte längst schlafen, wenn ich morgen acht Stunden durchfahren möchte. Aber ich kann nicht. So ein Mist!

Es ist 4:30 Uhr, als ich die Augen wieder aufschlage. Erleichtert stelle ich fest, dass das Unwetter vorüber ist. Romy hat ihr schlafentspanntes Gesicht mir zugewandt und atmet gleichmäßig. Sie hat unfassbar lange Wimpern und ihre Hand umklammert den Zipfel der Decke fest vor ihrem Kinn. Ich scanne ihren Körper, der sich unter der Decke abzeichnet, stelle fest, dass ein Bein und ihr halber Hintern im Freien liegen. Ihr T-Shirt ist hochgerutscht und offenbart einen Teil eines Tattoos auf dem Rücken. Feine Linien, vielleicht eine Libelle. Gerade, als ich die Decke über ihren Po ziehen will, rührt sie sich. Hoffentlich wacht sie jetzt nicht auf. Ich entscheide, sie nicht zuzudecken, drehe mich ganz sacht um, damit die Matratze sich nicht so stark bewegt, und steige aus dem Bett. Eine kalte Dusche ist angebracht und ein wenig Zeit mit mir allein, um den Tag zu begrüßen.

Romy

Als ich aufwache, ist Valentin nicht im Zimmer und es ist noch dunkel. Mit schnellem Herzschlag werfe ich die Decke zurück und springe aus dem Bett. Es ist still, nur das Vorbeifahren einiger Autos ist zu hören. Ob er im Bad ist? Ich lausche, klopfe schließlich an, was die Tür aufschwingen lässt, aber auch hier ist er nicht. Noch etwas schläfrig nehme ich meine Tasche, gehe ins schöne Marmorbad. Prüfend blicke ich in den Spiegel, frage mich, ob ich lieber umkehren und mein Leben in Ordnung bringen sollte … Lilly hatte gestern spät am Abend noch auf meine Nachricht *Die Äpfel sind in München wirklich in Ordnung* mit einem Appell geantwortet: *Romy, es geht nicht darum, Angst zu haben, sondern darum, sie zu überwinden. Eine Ehe ist kein Gefängnis.* Das habe ich auch nie behauptet.

Die halbe Nacht habe ich von meiner Freundin und einem Tag im Sommer '99 geträumt. Wir wagten einen Besuch im Kletterpark, um ihrer Höhenangst zu begegnen. Ein wenig hatte es auch funktioniert, und Lilly wurde von Baum zu Baum mutiger. Bis ich selbst auf einem dieser gespannten Pfade zwischen Eichenstämmen abrutschte und mit fest geschlossenen Augen und schreiend in den Seilen hing, bis man mich professionell retten musste. Ob Ängste anstecken können, hatte ich mich an dem Tag gefragt.

Ob Lilly gerade bemerkt, wie eng sich ihre eigene Ehe anfühlt?

Ich atme tief ein, wühle in meiner Tasche und verwerfe die Idee, dass meine Freundin selbst dieses unsichere Flattern in sich verspürt, das ich oft tief in mir fühle. Denn Lilly liebt es, gebraucht zu werden. Auch von mir, sobald ich nach ihr rufe oder sie denkt, ich brauche Unterstützung, weil ich mitten im Wald stehe und nach einem Fluss suche, mit dessen Strom ich schwimmen kann. Was ist, wenn ich ihr nie dieselbe Stabilität gegeben habe und ein Klotz am Bein bin? Ich weiß, dass Piet mich manchmal nicht leiden kann, weil mein Leben nicht linear verläuft und ich Lilly auch schon mal sitzenließ, um einen interessanten Job zu machen. Erschrocken sehe ich in den Spiegel: Ich bin nur halb so gut wie Lilly, wird mir klar. Aber sie wäre nicht so lange an meiner Seite, wenn ich ein schlechter Mensch wäre, beruhige ich mich und wühle ein weißes Sommerkleid aus der Tasche.

Nur Minuten später laufe ich die Treppe hinab und höre das Geräusch einer Kaffeemaschine. Valentin schmiert Aufbackbrötchen und deckt einen kleinen Tisch, auf dem sich Bücher und alte Hefte stapeln.

Eine geordnete Unordnung.

»Guten Morgen, du hättest mich ruhig wecken dürfen«, sage ich und wundere mich, wie sehr Valentin versucht, mir nicht in die Augen zu schauen. Man könnte meinen, es wäre etwas zwischen uns gelaufen, was ihm im Nachhinein unangenehm ist.

»Ist schon okay, wir sind noch früh genug«, lässt er mich wissen. »Kaffee?«

»Mit Milch«, bitte ich und setze mich auf die Bank an der Wand.

»Ich hab nur Orangensaft«, antwortet er leicht zerknirscht, und ich winke ab. »Dann lieber schwarz wie die Nacht.« Was für ein blöder Spruch. Am besten hätte ich die Schwärze von Kaffee noch mit meiner Seele verglichen.

Valentin stellt eine schlichte Tasse mit einem winzigen Sprung unter die Maschine und drückt den Knopf. Als sie sich mit herrlich duftendem Kaffee gefüllt hat, stellt er sie auf den Tisch und schiebt mir ein Brötchen mit Käse zu.

»Hab nichts anderes«, entschuldigt er sich halbherzig und fährt sich lässig durch die dunklen Haare, die wieder gekonnt gestylt von seinem Kopf abstehen. Mir fällt auf, dass er heute Kontaktlinsen trägt, und beinahe vermisse ich seine Brille mit dem schwarzen Gestell.

»Alles gut, Valentin«, beruhige ich ihn und mahne mich, ihn in seinem hellen, an den Armen gekrempelten Hemd und der Stoffhose nicht so anzustarren.

Ich muss zugeben, der Morgen verläuft ruckelig. Vielleicht ist Valentin wie ich kein Morgenmensch, oder er hat schlecht geschlafen, weil ich ihm die Decke geklaut habe. Ich werde einfach schweigen, bis er in die Gänge kommt, und schicke schon mal ein Lebenszeichen an Lilly, diesmal wähle ich eine Birne. Außerdem muss ich immer wieder an dieses schöne Lied denken, das Valentin gestern gespielt hat. Die Melodie klingt wie ein Versprechen in mir nach, das eng mit der Person verbunden ist, die sie gespielt hat. Was absurd ist und mich eine ganze Weile gedanklich in Beschlag nimmt.

*

Wir sind bereits anderthalb Stunden unterwegs. Kufstein liegt hinter uns, und das Licht der Morgensonne erhellt die Landschaft. Raue Alpenhügel verbinden sich mit herrlichen Blumenwiesen in Tälern und verleiten zum Träumen. Ich nehme meine Kamera aus meinem Rucksack, öffne das Fenster und schieße Fotos von der vorbeiziehenden Idylle. Noch nie bin ich mit dem Auto nach Italien gereist, was mir nun dumm vorkommt. Man sieht so verdammt viel, was einem sonst verborgen bleibt.

Im Radio spielt *Lovely Day* von *Bill Withers*, und ich singe leise mit. *Then I look at you, and the world's alright with me.*

Ich lächle Valentin an, der konzentriert der schmalen Straße folgt. Die Sonne brennt aufs Dach, die Klimaanlage läuft auf vollen Touren. Irgendwann stimmt Valentin mit in den Songtext ein, und mein Herz wird leicht: *A lovely day, lovely day, lovely day.*

Urige Heuschober und alte Bauernhäuser tauchen in der Landschaft auf, weichen weiteren Hängen und Wiesen.

Ich wippe zum Song, stoße Valentin ermunternd mit meiner Schulter an und er singt lauter. *Lovely day.*

Aus einem Schmunzeln wird ein echtes Lächeln, und er klopft den Takt auf dem Lenkrad. *Just one look at you and I know it's gonna be a lovely day.*

Ich schnipse mit den Fingern, lasse die Hüfte kreisen und groove, was das Zeug hält, und Valentin lacht immer lauter. Ganz plötzlich ist alles so leicht. Die Frage, was ich in Italien finden werde, verblasst. Die Sorge, meine Reise könnte ein Fehler sein, rückt in den Hintergrund, und wir singen, bis das Lied vom Verkehrsfunk gestört wird.

»Du hast eine schöne Stimme«, lasse ich Valentin wissen, der das Radio leiser stellt.

»Vielen Dank für die Blumen, das kann ich nur zurückgeben.«

»Dein Klavierstück hat mir auch sehr gefallen.«

»Gut, dass du das sagst. Ich hatte schon befürchtet, du mochtest es nicht.«

Mein Lächeln friert ein. »Vielleicht war es lediglich zu schön«, antworte ich und kaue auf meiner Unterlippe, was ich immer tue, wenn ein Gefühl in mir hochsteigt, das mich rührt.

»Ich glaube, das ist schlicht nicht möglich. Schönheit kann niemals zu viel sein.«

Der flüchtige Seitenblick, mit dem er mich bedenkt, wühlt mich ein bisschen auf. Fast bin ich dankbar, als mein Handy klingelt und ich eine Nachricht von Lilly bekomme: *Meld dich mal, lebst du noch?*

»Das ist Lilly, meine längste Freundin«, erkläre ich Valentin beiläufig und tippe.

»Längste Freundin«, wiederholt er und guckt mich schief an. »Wie groß ist sie denn?«

»Witzbold.« Ich grinse, antworte Lilly mit einer Clementine als Codewort und knipse ein Selfie, damit sie beruhigt und sicher sein kann, dass ich wohlauf und bei bester Gesundheit bin.

»Hat sie Angst um dich?«, vermutet Valentin goldrichtig.

»Und wie«, gebe ich zu und spüre sofort dieses schlechte Gewissen in mir hochsteigen, das ich empfinde, wenn ich mich nicht nach den Vorstellungen anderer verhalte. Papa mochte es noch nie, dass ich abenteuerlustig bin. Das Mädchen gehört nach Hause, sagte er und ließ mich seine Sorge und auch das Missfallen über die erste Fotoreise spüren, indem er mir den Geldhahn zudrehte und mir seine Unterstützung versagte. Es wäre ihm lieb gewesen, hätte ich in Hamburg studiert und die Praxis übernommen, anstatt mir die Welt anzusehen. Doch ich setzte mich durch, bereiste England und Schottland, lichtete vornehmlich Friedhöfe ab – ich hatte meine morbide Phase – und erstellte meinen ersten Bildband mit dem Namen *Das Leben neben uns*. Eines der interessantesten Fotos war ein Marmorengel, der sich über das Grab einer ganzen Familie aus dem 18. Jahrhundert beugte, als würde er nur darauf warten, dass sich die Erde hebt und alle einfach wieder aufstehen. Dieses erwartungsvolle Lächeln auf den Lippen, die Hand zum Grabstein strebend, bereit, den sechs Menschen Hilfestellung zu geben.

Zeige deine Wut nicht, war Mamas Rat, um ein braves Mädchen zu sein, und ich versuchte als Kind, die Bedürfnisse anderer so gut es ging zu erfüllen, und verbarg meine eigenen. Romy ist schon so erwachsen, sagten Verwandte, als ich neun war, und das klang wie ein Lob.

»Das lässt tatsächlich vermuten, dass du nicht regelmäßig Trips mit Fremden unternimmst«, werde ich von Valentin aus meinen Gedanken gerissen, und ich zucke mit den Schultern, lehne mich etwas weiter von ihm weg ans Fenster.

»Sind wir denn überhaupt noch Fremde? Immerhin haben wir ein Bett geteilt.« Berechtigte Frage, wie ich finde, doch Valentin zieht es vor, zu schweigen.

»Was ist los, Valentin? Ist es dir im Nachhinein unangenehm?« Ich gehe in den Konfrontationsmodus, blinzle ihn herausfordernd an. »Ich wette, du hast bereits zu Beginn der Reise geplant, mich in dein Bett zu bekommen.«

Ich lächle triumphierend, als er sich verspannt, und seine Augen verräterisch flackern. Ich habe viele Erfahrungen mit Männern gemacht, die sehr engagiert waren, um ans Ziel zu kommen.

»Deine Fantasie möchte ich haben.« Valentin richtet den Blick fest auf die Straße vor sich.

»Gib es doch einfach zu«, treibe ich es auf die Spitze und grinse breit. Er lacht, legt den Kopf in den Nacken und deutet ein Kopfschütteln an.

»Du bist wirklich eine Marke. Selbst wenn es so wäre, ich habe so etwas wie einen moralischen Kompass. Der funktioniert außerordentlich gut, weshalb ich eine Frau, die offensichtlich emotionale Probleme hat, nicht verführen würde.«

Jetzt bin ich baff. »Emotionale Probleme?«, hake ich nach, spüre leichten Ärger in mir aufkeimen.

Seine nächsten Worte, die er langsam und leise formuliert, sind mit Bedacht gewählt. »Ich denke, du bist jemand, der vor Bindungsangst nur so sprüht und unreflektiert einfach Reißaus nimmt, um ins nächste Abenteuer zu stolpern. Das ist gefährlich, für beide Seiten.«

Ich öffne den Mund, um etwas zu darauf zu erwidern, es abzustreiten, doch meine Lippen geben die Wörter nicht frei.

»Ich sehe schon, an höflicher Konversation müssen wir noch arbeiten«, schlage ich stattdessen amüsiert vor. »Du wagst dich da jetzt ganz schön vor. Aber ich will dir keinen Strick daraus drehen.« Ich lächle, und Stille kehrt ein. Minutenlang.

Irgendwann bekomme ich eine Nachricht von Lilly, die schockiert über Henry ist, der offiziell den Beziehungsstatus auf Facebook von *verlobt* in *Single* geändert hat. Das nenn ich eindeutig.

»Was ist los?«, bemerkt Valentin meine kippende Stimmung.

»Mein Verlobter hat sich von mir ganz offiziell getrennt.« Ich habe einen Frosch im Hals und räuspere mich. Was habe ich erwartet? Das war die logische Konsequenz auf meine – wie war das? – unreflektierte Flucht aus lauter Bindungsangst, die von meinen emotionalen Problemen herrührt? Oder diese befeuert? Wie hat Valentin es wohl genau gemeint? Ich vermeide es, Dr. Jung anzusehen, gebe ein leises *Pfff* von mir und unterdrücke die Frage nach seinem Psychologiestudium, das eine solche Analyse rechtfertigt. Wahrscheinlich bei Wish bestellt und nicht seriös absolviert.

»Das tut mir leid zu hören«, sagt er plötzlich. Eine Mischung aus aufrichtigem Bedauern und etwas anderem liegt in Valentins Stimme. Ich angle nach einer Flasche Wasser vom Rücksitz und trinke in großen Schlucken gegen dieses Gefühl an, das in meinem Hals kratzt. Ich kann es nicht deuten. Erleichterung über die offizielle Trennung? Vielleicht sogar Traurigkeit? Verdammt. Was stimmt nicht mit mir? Lilly weiß immer, wie sie sich fühlt, bis ins kleinste Detail. *Romy, ich glaube, man hat mir gerade mein Herz gebrochen. Es ist ein dumpfer Schmerz, gleichzeitig brennend mit leichter Übelkeit im Kopf. Ich kann es nicht fassen, dass mein Herz trotzdem wie zuvor einfach weiterschlägt,* hatte sie mal gesagt.

»Ist vielleicht gut so«, reagiere ich auf Valentins Worte.

»Mhm«, brummt er leise.

»Ich weiß nicht. Was ist, wenn ich wie du ebenfalls gar nicht für die Ehe gemacht bin?«

Ich warte darauf, dass er etwas sagt. Mir ist nicht klar, was es sein soll, aber ich will, dass er auf meine Worte reagiert.

»Ich meine, es ist doch so, dieser Vertrag schützt dich auch nicht vor dem Scheitern.« Trotzig verschränke ich die Arme, reibe mit den Händen meine Schultern. »Etwas gemeinsam erschaffen, das kann man doch auch ohne Hochzeit.«

»Sicher, meine Schwester und ihr Freund leben seit gefühlten hundert Jahren ohne Ring am Finger, und es funktioniert«, sagt Valentin endlich.

»Henry wollte immer, dass er meine erste Priorität ist.« Vermutlich ist es nicht fair, ihn so darzustellen, als sei er ein Egoist. Aber wenn ich es mir genau überlege, war es die Quintessenz unserer Beziehung, dass seine Wünsche mehr wogen als meine. Ich hatte mich ziemlich an ihn angepasst, was vielleicht mein Fehler war. Aber warum habe ich das eigentlich getan? *Sei ein braves Mädchen, Romy*, flüstert es in meinem Kopf.

»In einer Beziehung sollte der Partner die zweite Priorität sein. Die erste musst immer du selbst sein«, spricht Valentin mir aus dem Herzen. »Eine Partnerschaft ist dazu da, sich gegenseitig zu unterstützen, dem anderen die Möglichkeit zu geben, sich frei zu entfalten.«

»Wieso zum Teufel bist du eigentlich nicht liiert?« Ich runzle die Stirn. »Du scheinst zu wissen, wie es geht.« Mit dieser Frage erwische ich ihn, seine immer leicht überlegene Miene ist für einige Herzschläge verschwunden.

»Manchmal denke ich, ich habe keine Ahnung, wie dieses Spiel der Herzen funktioniert«, gebe ich zu, weil er nichts sagt.

»Erstens: In der Liebe gibt es keine Gewinner und Verlierer. Und zweitens: Mein Lebenskonzept ist nicht auf eine Beziehung ausgelegt. Ich will mich nicht an jemanden binden und Erwartungen erfüllen müssen. Und seien wir doch mal ganz ehrlich, die hat jeder: Erwartungen.«

Seine Ansicht kommt mir nicht unbekannt vor und ist mir auf gewisse Weise sympathisch.

»Bist du nicht manchmal einsam?«, frage ich trotzdem, mir ging es oft so, wenn ich wieder einmal Single war. Obwohl ich es verstand, einen gewissen Abstand zu wahren, mochte ich das Gefühl, jemanden zu haben. Neben Lilly natürlich.

Valentin lächelt belustigt, schüttelt aber viel zu energisch den Kopf über meine Worte.

»Was? Das ist doch eine berechtigte Frage?«, lasse ich nicht locker.

»Ich denke nicht, dass Einsamkeit mein Problem ist.«

»Du denkst?« Interessante Formulierung.

»Wir sind, was wir denken. Und ich denke, ich bin frei«, sagt Valentin stolz.

»Freiheit ist großartig, ich habe mir ein Tattoo mit den Worten *free liberty* stechen lassen«, erzähle ich und spüre, dass es einen Stachel in Valentins Brust gibt, den er wie einen Schatz hütet.

»Lass sehen«, fordert er, und ich schürze die Lippen.

»Es ist an einer brisanten Stelle.«

»Wie schade.« Sein Blick huscht über meine Statur, es wirkt, als frage er sich, wo genau dieses Tattoo wohl zu finden sei, und es interessiert ihn ganz bestimmt mehr, als er zugeben will. Zufrieden grinse ich ihn an, und er konzentriert sich wieder auf den Verkehr, der ins Stocken gerät.

»Und was ist dann dein Problem?«, komme ich auf seine Worte von zuvor zurück. Ich spreche es schneller an, als ich meine Zunge zügeln kann. Plötzlich würde ich meine Worte am liebsten wieder aus der Luft fischen, so sehr drücken sie uns beide plötzlich nieder.

Ich reiße meinen Blick von Valentin los, schaue auf mein Handy und stelle fest, dass ich nun Henrys Profilbild nicht mehr sehen kann. *What the fuck.* Er benimmt sich ja richtig erwachsen, ich muss froh sein, ihn los zu sein.

»Mein Problem? Dass ich einen Passagier an Bord habe, der ziemlich viel redet, wie mir scheint.«

»Das meinst du hoffentlich nicht ernst«, erwidere ich.

»Nein, natürlich nicht. Ich finde dich eigentlich ganz erfrischend«, antwortet er zum Glück sichtlich amüsiert.

Rechter Hand liegt die Nordkette, und ich freue mich, dass wir dem Süden immer näher kommen.

»Warum bist du eigentlich Fotografin geworden?«, fragt Valentin mich irgendwann, und ich hole weit aus, um diesen Moment, den ich damals erlebte, für ihn zu zeichnen.

»Ich war sieben und mit meinen Eltern in der Nähe von Florenz, genau genommen in Siena. Am Tag des berühmten *Palio*, des Pferderennens«, erzähle ich und kann mich noch genau an die vielen Eindrücke erinnern, die mich überwältigten. Reize von außen waren schon immer ein Thema für mich. Sie konnten mich überfordern, und ich hatte Mühe, sie zu filtern. »Es war so heiß, die Stimmung war aufgeheizt, und ich war zugegeben ziemlich quengelig.«

»Nein«, tut Valentin überrascht.

»Doch, ich war klein und reizüberflutet.«

»Ich kann kaum glauben, dass du quengelig werden

kannst«, meint Valentin halb belustigt, halb ernst, und ich knuffe ihn. »Kann ich. Und zickig geht auch, also hüte dich.«

»Gut, dass du mich warnst, ich werde versuchen, nicht deinen Zorn zu wecken oder bei dir in Ungnade zu fallen.« Da ist dieses amüsierte Blitzen in seinen grauen Augen, fast verborgen unter seiner Ernsthaftigkeit, das mich fasziniert. Und ich bin wirklich neugierig, was in diesem Mann vor sich geht, was ihn in seinem Kern ausmacht.

»Jedenfalls hat mein Vater mir seine Kamera, eine Pentax, gegeben«, erzähle ich weiter und betrachte ihn intensiver, während ich rede. Versuche, seine Mimik zu enträtseln. Die flüchtigen Gesichtsausdrücke, die nur Sekunden anhalten. Das Heben des Kopfes, die Andeutung eines Nickens, das leise Schmunzeln und die Fältchen, die sich dabei unter seinen Augen zeigen.

»Ich fühlte mich mit dem Blick durch die Linse sicherer, sah Dinge, die ich zuvor nicht wahrgenommen hatte. Es war magisch. Die Menschen, die so bedrohlich vor mir aufragten, wurden kleiner. Die Pferde, die durch Gassen jagten, mit ihren weit aufgerissenen Augen, wurden zahmer. Und die Welt begann, leiser zu werden.« Ich lächle versonnen, denke an mein allererstes Bild. Es waren Luftballons, die in den Himmel strebten, der Freiheit entgegen.

»Schön gesagt«, findet Valentin. »Das Rennen in Siena kann wirklich erschlagend sein. Es wird übrigens seit dem Mittelalter zweimal jährlich ausgetragen und gilt als bedeutendstes kulturelles Ereignis Sienas. Wann genau warst du dort? Zu Mariä Himmelfahrt oder …« Valentins Blick ist sanft.

»… am 2. Juli, das Rennen zu Ehren der *Madonna di Provenzano*.«

»Ich war auch schon einmal dabei.« Wenn sein Blick schon sanft war, ist es seine Stimme um ein Vielfaches mehr, und plötzlich wird es mir zu viel. Die deutliche Zuneigung durchbricht langsam meine Abwehrmauern, und ich reiße meinen Blick von diesem Mann los, schaue aus dem Fenster den steilen Abhang hinunter.

Als wir die Europabrücke überqueren, erfahre ich von Valentin, dass zweiundzwanzig Bauarbeiter beim Bau der technischen Meisterleistung ums Leben kamen. Es hält sich sogar die Legende, dass in den Pfeilern der Brücke Bauarbeiter einbetoniert wurden, was mich gedanklich so schön weit weg von mir selbst bringt, dass ich mich schnell wieder besser fühle.

Im Radio läuft irgendein basslastiger Sommerhit, und wir schweigen eine Weile. Bis Valentin mir etwas mehr über seinen Job und seine Kontakte nach Italien erzählt. Er drückt sich teils schwammig aus, was mich vermuten lässt, dass es um prominente Kunden geht, deren Namen er nicht verraten darf. Das würde Valentins bestimmt recht teuren Lebensstil erklären. Ich meine, der hat einen antiken Steinway-Flügel!

Die Stunden fliegen dahin. Die Luft wird frischer, salziger, und wir fahren einen Moment mit geöffneten Fenstern. Ich liebe es, wie der Wind meine Haare zerzaust und meinen Körper kühlt. Valentin hat den Arm hinausgelehnt und wirkt tiefenentspannt. In der Ferne entdecke ich Bologna, die ganze Stadt wirkt rot und einige Türme, vermutlich von Kirchen, ragen hervor.

»Was ist eigentlich für dich Liebe?«, frage ich recht unvermittelt meinen Chauffeur. Keine Ahnung, weshalb ich auf dieses Thema zurückkomme und ausgerechnet seine Meinung dazu hören will. Lillys Einstellung zur Liebe kenne ich:

Es ist eine Urgewalt, geformt vom Schicksal. Papa zitiert gerne Clemens von Brentano: *Die Liebe allein versteht das Geheimnis, andere zu beschenken und dabei selbst reich zu werden.* Mama ist da pragmatischer. Für sie bedeutet Liebe Sicherheit.

»Gute Frage, was ist sie für dich?«, kommt prompt die Gegenfrage von Valentin, und sein intensiver Blick, mit dem er mich dabei bedenkt, löst ein Kribbeln in meinem Magen aus. Automatisch wehre ich mich dagegen.

»Eine Illusion, konstruiert von der Evolution.« Nicht selten haben sich andere Menschen durch diese Aussage provoziert gesehen. Sogar Lilly, die sich sicher ist, dass Liebe pure Magie ist, hatte mal einen Streit mit mir darüber angefangen.

»Ich finde, sobald Interesse an einer Person besteht, sollte man sie erst mal küssen, damit es später nicht zu Verwirrungen kommt.«

Ganz kurz rutscht mein Blick auf Valentins Mund, der zu einem Schmunzeln verzogen ist. Wie seine Lippen wohl küssen?

»So einfach ist es für dich?«, fragt er, und ich verliere vollkommen den Faden.

»Was?«

»Na, die Frage, was Liebe eigentlich ist. So beantwortest du sie?« Sein hübscher Mund bekommt nun etwas Spöttelndes, das mich ärgert. Ich sollte nicht an seine Lippen denken und mich so etwas fragen. Vielmehr wäre es angebracht, mich mit meinem bisherigen Liebesleben zu beschäftigen und zu verstehen, was ich eigentlich erwarte und brauche. Und weshalb alles, was ich anfasse, zum Scheitern verurteilt scheint. Ich schraube die Flasche Wasser auf, weil meine Hände etwas zu tun brauchen, und trinke einen großen Schluck.

»Nein, natürlich nicht«, gebe ich dann irgendwann zu und mustere Valentin erneut ausgiebig. Auf irgendeine Weise scheint er mir ähnlich, und das kann ich von keinem Menschen behaupten, den ich bislang kennengelernt habe.

»Was denkst du, was Liebe ist? Mich würde deine Meinung wirklich interessieren.«

Valentin atmet scharf aus und überlegt. »Sie ist elementar, schätze ich. Und Liebe kann man nicht kontrollieren. Sie kann dich absolut machtlos werden lassen.« In seinem Gesicht spielt sich gerade so einiges ab. Sein Blick richtet sich weit in die Ferne, auf die Felder am blauen Horizont.

»Hast du dich so gefühlt, als du geliebt hast?«

»So ähnlich. Es war damals eine schwierige Beziehung, in der ich sechs Jahre stecken blieb. Alles war unnötig schwer und aufreibend, ein ewiger Kampf.«

Fast frage ich, inwiefern, wage es aber nicht, weil seine Miene sich schlagartig verschließt.

»Was ist mit dir, *topolina*, wirst du für deine Liebe kämpfen?«

Ich spüre seinen fragenden Blick auf mir ruhen.

»Um Henry?« Wie ein Gespenst taucht mein Ex-Verlobter vor meinem inneren Auge auf, sieht mich enttäuscht an, und mein Magen wird zu Eis. *Ich war kein braves Mädchen.*

»Ich meine, ob du es zulässt, dass dein Verlobter eure Beziehung beendet, oder ob du versuchen wirst, ihn umzustimmen, wenn du zurückkehrst.« Valentin spricht leise und meine Gedanken sind umso lauter. Würde ich das? Es wäre das erste Mal, dass ich versuchen würde, eine zerbrechende Beziehung zu retten. Es war immer einfacher zu gehen.

»Ehrlich gesagt weiß ich es nicht. Manchmal sind mir Beziehungen zu schwierig«, gebe ich zu und höre meine Mutter in meinen Gedanken. *Dann musst du dich mehr anstrengen, Romy. Alles im Leben wird hart erarbeitet.*

»Wenn Liebe einfach wäre, wäre sie nichts Besonderes mehr«, antwortet Valentin mit solcher Überzeugung, dass ich mir sicher bin, dass ihm große Gefühle nicht fremd sind.

Ich wende mich ihm zu, und während ich ihn ansehe, verlangsamt sich die Zeit. »Du hast wahrscheinlich recht«, flüstere ich. »Aber wann kann ich mir sicher sein, dass es diese eine große Liebe ist? Ich dachte wirklich, Henry könnte dieser eine Mann für mich sein. Und ich konnte mir vorstellen, mit ihm zu leben«, erkläre ich und gehe in Gedanken die schönen Momente mit ihm durch. Die Wochenenden, in denen wir Städtetrips unternahmen oder im Wellnessurlaub waren. Ich mochte die Art, wie er mir den Stuhl zurecht zog, wenn wir uns im Restaurant setzten, und ich fand es schön, wenn wir gemeinsam schwiegen.

»Liebe ist nicht, wenn du denkst, du kannst mit einer Person dein Leben verbringen, sondern wenn du weißt, dass du *ohne* sie nicht leben kannst«, sagt Valentin, und in mir wird es still. Ohrenbetäubend still.

Ich halte Valentin eine Wasserflasche entgegen. »Du solltest mehr trinken«, schlage ich besorgt vor.

»Weshalb, damit wir noch öfter anhalten müssen, um zu pinkeln?«, frotzelt er, und ich grinse: »Was wäre so schlimm daran, die Gegend bei einer kleinen Pause zu genießen?«

»Rein gar nichts, nur dass ich nicht zum Vergnügen hier bin.«

»Ich bin also kein Vergnügen? Das trifft mich jetzt aber doch«, sage ich theatralisch, und er seufzt.

»Ist es eigentlich in eurer DNA, dass ihr Frauen jedes Wort auf die Goldwaage legt oder, noch schlimmer, verdreht?«

»Wohl eher erlernt.« Ich zwinkere ihm zu und Valentin bremst zu scharf. Prompt rutscht mir die geöffnete Flasche aus der Hand. Wasser spritzt mir ins Gesicht und ins Dekolleté, und ich stoße einen Schrei aus.

»*Scusami*«, entschuldigt sich Valentin halbherzig und lacht leise.

»Du bist frecher, als ich dachte«, sage ich und muss zugeben, die unfreiwillige Erfrischung bringt mich auf eine Idee.

»Ich könnte eine Pause vertragen. Lass uns doch ans Meer fahren und uns ein wenig die Beine vertreten«, schlage ich mit einem geübten Augenaufschlag vor und verfehle meine Wirkung nicht. Valentin ringt mit sich, schaut auf die Uhr, murmelt etwas Unverständliches und lenkt irgendwann tatsächlich ein. Steuert einen der ewig langen Sandstrände bei Ravenna an und verfällt in Schwärmerei über ein kleines Fischerdorf namens Tellaro, das in einem versteckten Winkel Liguriens im Nordwesten Italiens liegt und sich an imposanten Felskulissen vorbei die Küste entlangschlängelt.

»Es gibt kaum einen romantischeren Ort«, findet Valentin. »Die kleinen, pittoresken, farbenfrohen Häuser, die sich in die zerklüftete Küste schmiegen. In der Bucht liegen kleine Fischerboote, die sich im Azurblau des Meeres bewegen. Und ich liebe die kleinen Gässchen und Küstenwanderwege mit ihren atemberaubenden Aussichtspunkten.«

»Das hört sich traumhaft an. Ich wäre dabei«, antworte ich, und Valentin lässt sich zu einem warmen Lächeln hinreißen.

»Ich muss zugeben, ich kann mir tatsächlich vorstellen, mit dir ein wenig *dolce far niente* zu genießen.«

»*Dolce*, wie?« Ich habe ihn nicht ganz verstanden. Was soll das bedeuten?

»Die Süße des Nichtstuns.« Valentin lehnt seinen Kopf an die Stütze, blickt mich auf diese unergründliche Weise an, und ich spüre einen warmen Funken in mir, der glüht und mich von innen heraus belebt.

»Tun wir es doch einfach.«

Valentin

Vermutlich hätte ich ihr nicht nachgeben sollen. Aber wen wunderts angesichts ihres Charmes. Ich hatte auf einer Reise nach Pesaro noch nie so viele Stopps eingelegt wie dieses Mal. Und anstatt mich zu ärgern, freue ich mich heimlich darüber, mit welchem Enthusiasmus Romy ihre Bilder schießt. Sie tanzt, steht kaum still, wenn sie ein Motiv entdeckt, das ihr gefällt, und ich bewundere die Effekte der Bewegungsunschärfe auf ihren Bildern.

Romy fasziniert mich. Sie ist kein Klischee. Und trotz dieser immer noch wachsenden Faszination ist mir klar, dass diese Frau so schwierig wie schön ist. Vor allem, weil sie tief in sich Narben trägt, die sie selbst noch nicht erforscht hat. Und aus eigener Erfahrung weiß ich, wer sich selbst nicht ausreichend kennt, der kommt nie richtig im Leben an.

Als wir schließlich an einem wunderschönen Sandstrand parken, springt Romy sofort aus dem Wagen. Wir beobachten die Wellen, die heranrollen und sich zu unseren nackten Füßen brechen. Romy direkt vor mir, die Linse ihrer Kamera vorm Gesicht und der Wind, der ihren Duft zu mir trägt. Unwillkürlich schließe ich die Augen, atme ihn ein. Irgendwo lachen Kinder, die weiter entfernt im Wasser spielen, und das Rauschen der Autos unweit vermengt sich mit dem des Meeres.

Ich bemerke erst, als ich das Klicken des Auslösers höre, dass Romy mich fotografiert. Das Unbehagen, das das in mir auslöst, versuche ich zu verbergen, trotzdem werde ich forsch. »Tu das nicht«, sage ich scharf, und sie tritt verwundert rückwärts, weiter hinein in die Wellen. Ihr weißes Kleid leuchtet in der Sonne und der Wind verweht ihr offenes Haar. »Warum nicht, ich will mich an dich erinnern«, sagt sie beinahe bestürzt, doch ich lasse nicht locker. Ich hasse es, wenn man mich ablichtet. Nicht, weil ich mich total unansehnlich finde, sondern weil ich hart daran arbeite, unter dem Radar zu fliegen, was in Zeiten von Social Media echt schwer ist.

»Das wirst du auch ohne ein Foto«, verspreche ich ihr und angle nach der Kamera. Sie ist schnell und entzieht sich mir geschickt. »Mein Gedächtnis ist unfassbar schlecht, Valentin. Ich brauche dieses Bild«, behauptet sie.

Ich lasse meine Finger auffordernd wackeln.

»Gib mir die Kamera!«, befehle ich. Ich kann ihr ja schlecht erklären, dass es für mich wichtig ist, keine Porträts im Umlauf zu haben. Es gibt Leute, die nicht erfahren müssen, wo ich lebe oder mein Geschäft habe.

»Komm schon, du willst mich doch nicht traurig machen. Es ist so wunderschön geworden. Unmöglich, so ein Bild einfach zu löschen.«

Ich wate weiter ins Wasser, meine Füße versinken im Sand, und meine hochgekrempelten Hosenbeine saugen sich mit Meerwasser voll. »Dann lass mal sehen«, sage ich. Glücklich grinsend kommt sie meiner Bitte nach, und ich muss zugeben, sie hat mein Wesen auf zwei Bildern sehr gut eingefangen. Auf dem einen Foto habe ich die Augen geschlossen, mein Gesichtsausdruck ist etwas zwischen melancholisch und zuversichtlich, auf dem anderen blicke ich Romy entschlossen an.

Trotzdem, die Aufnahmen dürfen nicht bleiben. Blitzschnell nehme ich ihr die Kamera ab, leider habe ich aber nicht damit gerechnet, dass sie mich im nächsten Moment einfach anspringen würde.

»Romy, bist du verrückt?« Ich habe echt Mühe, aufrecht stehen zu bleiben mit ihrem Gewicht um meinen Hals. Ihre eine Hand liegt in meinem Nacken, mit der anderen angelt sie nach ihrer Kamera, die ich hochhalte, möglichst weit weg von ihr. Ihre Beine liegen um meine Hüfte, umklammern mich. Ich bin perplex.

»*Du* bist verrückt, wenn du denkst, ich lasse mir mein Heiligtum so einfach wegnehmen«, höre ich sie schimpfen und schlinge den freien Arm reflexartig um ihre Mitte. Sie zappelt zu viel, streckt sich nach der Kamera in meiner Hand.

»Das habe ich nicht vor, ich werde nur die Bilder löschen.« Der Wind frischt auf, treibt eine große Welle heran, die bis zu meinen Knien schwappt. Leise Musik weht vom Strand herüber.

»Untersteh dich, das lasse ich nicht zu.« Romy startet einen neuen Versuch. Sie ist unglaublich schwer zu bändigen, und ich bin froh, dass ich regelmäßig trainiere, sonst würde sie mich vermutlich zu Fall bringen. Was für die Kamera auch nicht so toll wäre, schätze ich.

»Hör auf mit dem Unsinn.«

»Du wirst sie mir irgendwann geben müssen. Ich lass dich nämlich nicht los, bis ich sie habe«, prophezeit sie mir, und ich muss mir etwas einfallen lassen, um das hier abzukürzen.

Ich wate tiefer in die Wellen, ungeachtet dessen, dass ich

klatschnass werde, und strecke meine Arme weit nach hinten. Dann beuge ich mich nach vorne, die Gischt erwischt den Saum ihres weißen Kleides, und sie drückt kreischend den Rücken nach oben.

»Was hast du vor, du Monster?«, lacht sie, wie ein Klammeräffchen an mir hängend, den Hintern bei der nächsten Welle im Wasser.

»Wenn meine Kamera nass wird, wirst du es mir büßen«, verspricht sie mir, und die nächste Welle bricht sich an unseren Körpern.

»Gibst du auf?«, knurre ich, drohe, sie abzuschütteln und rücklings ins Meer fallen zu lassen. Wechsle dann aber, ohne eine Antwort abzuwarten, die Richtung und trage sie hinüber zum Strand. Tropfen perlen aus ihrem Haar, rinnen über ihre Schultern. Ihr Atem geht stoßweise, und ich kann sehen, dass sie angestrengt nachdenkt. Ich rechne damit, dass sie endlich aufgibt, werde aber überrascht.

»Auf gar keinen Fall«, wirft sie mir entgegen, ihr Blick blitzt kämpferisch auf. Ich muss wirklich lachen und hebe sie höher auf meine Hüfte, bevor sie mir entgleitet. Ihre Hände liegen immer noch fest in meinem Nacken, ihre niedliche Nasenspitze streift meine. Als ihr Blick zu meinen Lippen wandert, dort verweilt, stockt mein Atem. Ich will sie küssen. Sie ist einfach zu verlockend. Und eigentlich ist sie nicht mehr verlobt, wenn es nach ihrem Henry geht. Streng genommen, ist Romy Single.

»Was muss ich tun, damit du mir meinen Wunsch erfüllst?«, raune ich, bin mir nicht sicher, ob ich noch von den zu löschenden Bildern spreche. Nun bin ich es, der wie hypnotisiert auf ihren Mund schaut. Romy lächelt, schiebt ihre Zunge neckend zwischen die perfekten Zähne.

»Lass mich nachdenken, was ein angemessener Preis für deinen Wunsch wäre.« Sie fordert mich geradezu heraus, und ich packe sie fester, drehe mich mit ihr, bis mir selbst schwindelig wird.

»Hör auf, hör auf, ich ergebe mich«, lacht sie, und ich möchte sie nie wieder loslassen.

Ich fange mich, setze Romy am Strand ab, ihre Hände lösen sich von mir.

Eine Haarsträhne klebt an ihrer Wange, während sie sich um einen festen Stand bemüht.

»Hab ich dein Wort?«, vergewissere ich mich und warte die Antwort leider nicht ab, denn sie schnappt sich das teure Teil und rennt lachend los. Ich hinter ihr her. Ihre Füße versinken tief im Sand, und ich fange sie ein, bevor sie die Palmen nahe dem Parkplatz erreicht. Ich greife nach ihr, sie verliert den Boden unter den Füßen, und ich wirble sie herum. Dabei gerate ich ins Taumeln und sie zieht mich mit sich hinab. Etwas unsanft lande ich halb auf, halb neben ihr.

»Okay, okay, okay. Du hast gewonnen«, ergibt sie sich und hält die Kamera, der zum Glück nichts geschehen ist, über ihren Kopf. Ihr Atem streift meinen Mund und ich zögere, Romy freizugeben. Zu sehr genieße ich diese Umarmung, in der wir hier inmitten von Sand und Meer liegen.

»So leicht kommst du mir jetzt nicht mehr davon«, raune ich, und sie blinzelt. Ich spüre, wie ihr Brustkorb sich schneller hebt und senkt. Sie fühlt die Chemie zwischen uns ebenfalls. Ob sie ebenso dagegen ankämpft wie ich? Will sie am Ende sogar, dass ich sie küsse?

O Gott, hier bin ich. Und ich weiß eigentlich nicht, wie es dazu kommen konnte. Ich sollte sie jetzt einfach küssen, sehen, wie sie reagiert. Meine Vorsätze über Bord werfen und meinem Verlangen nachgeben. Was kann schon passieren? Entweder sie weist mich ab oder lässt mich gewähren. Ich schlucke, befeuchte meine Lippen. Ihre braunen Augen ruhen auf mir.

»Komme ich nicht?«, antwortet sie und bringt mich wieder zur Vernunft. Ich rücke von ihr ab, unterbreche diese verstörende Situation und entschuldige mich.

»Valentin?«, flüstert sie meinen Namen, und ich habe ihn noch nie auf diese Weise gehört. So sanft und verloren. »Ich werde die Bilder löschen, wenn du es willst.«

Ich reiche ihr die Hand. Ziehe sie auf die Beine. An ihrer Haut und am Kleid haftet Sand, sogar an der rechten Wange. Unwillkürlich streiche ich die glitzernden Körnchen fort und versuche, mich wieder zu sammeln.

»Das ist sehr freundlich von dir«, gebe ich zu, deute ihr mit einer ungeduldigen Geste an, es auch endlich zu machen.

»Du hast keine Ahnung, was du mir damit antust«, seufzt sie, öffnet den Ordner, und ich sehe dabei zu, wie sie auf Löschen drückt und mich strafend ansieht.

»Es wird Zeit, wir müssen weiter«, sage ich und schlage den Weg zum Auto ein. Bin ich irritiert, als Romy plötzlich ihre Finger in meine fädelt und neben mir hertrabt, als wären wir ein Pärchen? Ja, sehr. Lasse ich es dennoch zu? Natürlich.

Am Wagen angekommen, krame ich nach einer sauberen Hose und ziehe mich im Schutz vereinzelter Oleanderbüsche um. Romy ist da viel ungenierter und zerrt sich direkt neben der Beifahrertür das Kleid über den Kopf und schlüpft in ein neues, recht mädchenhaftes Blümchenkleid. Ganz zur Freude einer Gruppe junger Italiener, die gerade unweit unseres Fahrzeuges parken und ihr sofort zupfeifen. Ich frage mich, weshalb Romy nie einen BH trägt, ich kenne auf jeden Fall keine andere Frau, die ihren Brüsten so viel Freiheit zugesteht.

Ich runzle die Stirn und wechsle mein weißes Hemd. Dann wühle ich angespannt nach einer Packung Zigaretten im Koffer. Dabei fällt mir auf, dass ich zwei verpasste Anrufe auf meinem Handy habe. Verdammt!

Ich wähle die Nummer meines Kunden und werde sichtlich ungehalten begrüßt.

»Valentin, *mio dio*. Wo bist du?« Francescos Stimme sprüht nur so vor Ungeduld.

»Kurz vor Rimini«, antworte ich, zünde mir nebenbei eine Zigarette an.

»Warum gehst du nicht ans Telefon?« Zugegeben, gehe ich immer ran. »Ich musste mal austreten.«

»Eine halbe Stunde lang?« Anmaßend kann mein Kunde.

»*Scusa*, geht mich nichts an. Ich will, dass du aufs Gas drückst. Du musst früher hier sein«, befiehlt er mir, und ich unterdrücke den Impuls, zu fragen, weshalb. Wenn ich eines gelernt habe über Francesco, dann dass man keine Fragen stellt und bestenfalls einfach funktioniert.

»Und nimm den Hintereingang.«

»Ich beeile mich. Der Code ist derselbe wie sonst?«, vergewissere ich mich nachdenklich und habe dieses unbestimmte Gefühl, dass ein Gewitter in der Luft liegt. Es ist die Beklemmung, die man spürt, wenn Luftmassen mit einem Mal nach unten gedrückt werden und sich Energie in den oberen Wolkenschichten bereits auflädt.

Ohne ein weiteres Wort ist das Telefonat beendet. Ich

nehme einen langen Zug von der Zigarette, bevor ich sie auf dem staubigen Boden auch schon wieder austrete.

»Steig ein«, fordere ich knapp von Romy, die schon wieder die Kamera vor den Augen hat und die Blüten des Oleanders fotografiert.

»Ich hab's gleich.«

Das ist nicht die Antwort, mit der ich gerade leben kann.

»Sofort«, sage ich, und sie stutzt, lässt die Kamera sinken. Mit gerunzelter Stirn blickt sie sich zu mir um. Grillen zirpen laut, ich winke sie zu mir und sie bleibt unschlüssig vor dem Busch stehen. Überraschenderweise steigt sie ohne ein weiteres Wort ein und schnallt sich an. Kies spritzt, als die Reifen durchdrehen.

»Ist was passiert?«, wundert sie sich, während sie die Kamera im Rucksack verstaut und es meidet mich anzusehen.

»Ich muss früher bei meinem Kunden sein als geplant«, sage ich knapp.

»Hab ich jetzt alles durcheinandergebracht?«, fragt sie betroffen.

»Nein, nein, keine Sorge«, antworte ich, halb lächelnd, und meine eigentlich: und ob. Mehr Durcheinander gab es noch nie. Nicht einmal, als mir mein Herz damals gebrochen wurde und ich von heute auf morgen obdachlos war und mein Leben kopfstand. Damals zog ich in meine Geschäftsräume und musste mich erst mal neu sortieren, ordnete mein Innenleben und entschied mich, die Priorität bei mir und meinem Job zu setzen. Niemals wieder bei einer Frau.

Wir schweigen eine Weile, jeder in seinen eigenen Gedanken, und ich mache innerlich drei Kreuze, als ich die Hauptstraße hinter mir lasse, bei Francescos Villa ankomme und im

Schatten einzelner Pinien halte. Ich kenne den Code des eisernen Tores, das in rauen Felsen eingelassen ist, und von dem aus ein Pfad direkt zu seiner Villa führt. Ich nehme diesen diskreten Weg nicht das erste Mal, dennoch bin ich heute angespannt wie bescheuert.

Ohne viele Worte steige ich aus dem Wagen, gehe zum Kofferraum und hole den Koffer mit dem Bild und meine Tasche mit meinen Instrumenten heraus.

Plötzlich steht Romy neben mir, auf dem Rücken ihren kleinen schwarzen Rucksack.

Verblüfft schaue ich sie an. »Was wird das?«

»Ich habe mir überlegt, dass ich dich begleite.« Sie blinzelt zu mir herauf.

»Auf gar keinen Fall«, knurre ich.

»Mach dir keine Sorgen, ich werde nett sein. Die meisten Menschen mögen mich«, meint sie und stapft einfach voran, auf das Tor zu. Ich reagiere nur noch. Greife den Rucksack in ihrem Rücken, hebe ihn mit der zierlichen Frau daran hoch und wende sie auf der Stelle, führe sie zurück zum Wagen.

»*Scusa, Signora*, aber das hier läuft nach meinen Regeln. So war der Deal«, entscheide ich. »Wir hatten dieses Gespräch schon mal, du erinnerst dich?« Der Protest bleibt ihr im Hals stecken. Ich öffne die Beifahrertür, verfrachte sie mit Schwung zurück ins Auto.

»Hey, was stimmt nicht mit dir? So behandelt man keine Lady«, faucht sie und hebt das Kinn an. Etwas huscht über ihre Miene, das ich nicht deuten kann. Überraschung, vielleicht Skepsis, aber auch eine wage Verletzlichkeit. Und ich fühle mich wie der letzte Idiot.

»Du hast keine Ahnung, für welche Art Probleme du sor-

gen könntest«, sage ich und verusche, selbst wieder runterzukommen. Mir bricht so langsam der Schweiß aus, und das
liegt nicht allein an der brennenden Mittagssonne.

»Nein«, antwortet sie irritiert. »Oder doch? Sollte ich?«

»Du musst auf mich hören, du gefährdest gerade meine gesamte Existenz«, appelliere ich an ihre Vernunft.

»Sorry und not sorry. Du brauchst deshalb nicht so her-
risch zu werden.« Stur blickt sie an mir vorbei, hinüber zur
Zypressenallee, die wir eben noch passiert haben, als würde
sie darüber nachdenken, ihre Sachen zu nehmen und zu Fuß
zu verschwinden.

Sie schnappt nach Luft und ich würge sie sofort ab. »Ich
flehe dich an. Bitte tu einfach, was ich von dir verlange.« Zu
meiner Überraschung nickt sie. »Okay.«

»Okay«, wiederhole ich. »Wir können später in Rimini essen gehen, ich zeige dir die Sehenswürdigkeiten.« Wieder ein
Nicken und ich schließe die Autotür, nehme mir den Koffer
und meine Tasche. Ein schlechtes Gewissen keimt in mir auf.
Vermutlich hätte ich mich niemals darauf einlassen sollen, sie
mitzunehmen. Aber es ist, wie es ist.

Mit weit greifenden Schritten gehe ich zum Tor, gebe den
Code ins Bedienfeld ein und betrete das Grundstück.

Romy

»Und wie sieht es aus, ist dein Kunde glücklich?«, frage ich, als Valentin die Fahrertür aufreißt und einsteigt. Der Typ, der mit ihm dieses riesige, in muffigen Stoff gehüllte Etwas einlud, hat nicht mal gegrüßt, wirkte mehr als unfreundlich.

»Was ist das für ein großes Dingsbums, das du da mitnimmst?«

Der Blick, den er mir zuwirft, ist kühl. »Etwas, das dich nichts angeht. Also frag nicht weiter.«

»Okidoki«, versuche ich, cool zu bleiben.

Und schon startet er den Motor. Da hat es aber jemand eilig. Ich schenke ihm ein honigsüßes Lächeln.

Valentin war keine zwanzig Minuten weg gewesen und ich hoffte inständig, er hätte ausreichend Zeit gehabt, über seine schroffe Behandlung von eben nachzudenken. Ich muss zugeben, ich war noch nie auf diese Weise verfrachtet worden, wie ein kleines ungehorsames Kind. Selbst meine Eltern hatten andere Umgangsformen für brisante Momente, aber gut, es sei ihm verziehen, wenn es eine Ausnahme bleibt und er jetzt endlich wieder netter wird. Aber er scheint sich über irgendwas tierisch aufzuregen.

Während ich mich anschnalle, fährt er an, Reifen drehen durch und Valentins Kiefer mahlen. Mit viel Energie legt er den Rückwärtsgang rein, dreht sich um und setzt den Audi zurück. Fast touchieren wir eine Pinie, in deren Schatten der Wagen eben noch parkte, und wo ich mit einer Eidechse über Verhaltensweisen von Männern diskutierte, nachdem ich bestimmt zwanzigmal säuerlich ums Auto gestapft war, um runterzukommen. Sonst rede ich eigentlich nicht mit Tieren, zumindest nicht mehr, seit ich neun Jahre alt war. Damals war es die Nachbarskatze gewesen, der ich meine neuen Ideen zu meiner eigentlichen Herkunft anvertraute. In der Theorie war ich die Tochter einer Hutmacherin aus dem Wunderland, ganz klar, und musste lediglich den Weg zurückfinden, um den Jabberwocky zu erschlagen und selbst den Thron der roten Königin zu besteigen, um deren blutige und kopflose Herrschaft zu beenden.

Verstohlen schaue ich zu Valentin.

»Du wirkst dezent angespannt«, stelle ich fest und forsche in seiner verschlossenen Miene. »War dein Termin nicht so erquicklich?« Meine Güte, von dem Stimmungswechsel bekommt man ja ein Schleudertrauma. Vor Kurzem tollten wir noch losgelöst am Strand herum, wie Teenager, die den Sommer ihres Lebens haben. Wir kamen uns verdammt nahe, wenn ich mich recht erinnere. So nahe, dass ich die letzten Minuten damit verbrachte, über Valentin nachzudenken. Und mit Eidechse über ihn diskutierte. Über die elementare Frage, was Anziehung eigentlich genau ist und auf welchen Gesetzen sie beruht. Kommen hier Naturwissenschaften und Spiritismus zum Tragen? Was genau ist das zwischen mir und diesem Fremden, der immer weniger fremd ist? Lilly spricht gerne von Magie, wenn die Atmosphäre zwischen zwei Menschen sich verdichtet, und diesen luftleeren Raum schafft, in dem alles plötzlich so leicht wie auch beängstigend wird.

Eidechse hatte wider Erwarten nichts dazu zu sagen, verschwand irgendwann hinter dem Wurzelwerk der Pinien, ließ mich allein mit meinen Fragen, und ich setzte mich wieder brav in den überhitzten Wagen und wartete.

»Vielleicht hätte ich doch lieber mitkommen sollen, dann wäre es bestimmt besser gelaufen. Ich bin ein wahrer Eisbrecher«, zitiere ich Lilly, die mich gerne vorausschickt, wenn wir neue Bekanntschaften machen. Oft wirken wir dann zusammen wie dieses Meme von einem älteren Ehepaar, wo die Frau die Sätze spricht und der Mann die letzten Worte wiederholt wie ein Papagei.

»Hey, ihr seht aus, als wüsstet ihr, wie der Hase hier läuft«, war schon immer eine schöne Einleitung.

»… der Hase läuft«, wiederholt Lilly dann grenzdebil grinsend.

Valentin wirkt besorgt, während er rasant die Kurven nimmt. »Ich muss noch einen weiteren Job erledigen, der sich spontan ergeben hat«, brummt er, und ich kann die Mauer spüren, die sich zwischen uns befindet.

»Oh, ich bin mittelmäßig entsetzt«, gebe ich zu und frage mich, was genau passiert ist. Das kann unmöglich der Grund sein. Oder Valentin ist der launischste Mann, den ich je getroffen habe.

»Und das erklärt deinen riskanten Fahrstil und das Blitzen in deinen Augen, als würdest du deine Umgebung gerne anzünden wollen?« So entstehen wahrscheinlich Waldbrände, denke ich und werde sarkastisch. »Mir geht es auch immer so, wenn ich einen neuen Job bekomme. Das stresst total.«

»Ich bin nicht verärgert oder so«, sagt er, verzieht daraufhin bedauernd den Mund. »*Scusa*, ich muss mich beeilen. Es ist schwer zu erklären.« Er umfasst das Lenkrad zu fest, sodass seine Fingerknöchel weiß werden. »Ich muss ein anderes Gemälde *mal eben* nach Neapel fahren. Und das, so schnell es geht«, setzt er widerwillig zu einer dürftigen Erklärung an.

»Das große Ding ist ein Gemälde?«

»Richtig.«

»Schade, und ich dachte, ab jetzt gehörst du voll und ganz mir«, erinnere ich an unsere Verabredung und versuche zu grinsen. Selten schmerzt ein Lächeln auf meinen Lippen, mein liebstes Instrument im Leben, und doch tut es das nun.

»So kann es gehen, der Mensch dachte, Gott lachte.«

Ich kämpfe mit der Frustration, die in mir aufwallt. Eigentlich habe ich kein Recht dazu, mich zu mokieren, immerhin war ich es, die Valentins Reise durcheinandergebracht hat. Ich bin nur Gast oder so etwas Ähnliches.

Im Radio spielt ein Lied von Buddy Holly. *Everday it's a gettin' closer, goin' faster than a roller coaster.*

Ich fühle mich auch wie in einer Achterbahn, die immer schneller wird, und angle in Gedanken schon mal nach Kotztüten.

Sonst war ich es, die für Gefühlschaos bei anderen sorgte. *Love like yours will surely come my way.*

Ich beobachte das Muskelspiel seiner Arme, das sich unter dem hochgekrempelten Hemd abzeichnet. Die dunklen Härchen auf ihnen sind aufgestellt wie die einer angriffslustigen Katze.

Die Straße zweigt sich an einer Kreuzung, und Valentin biegt viel zu schnell nach rechts ab. Unbehagen macht sich in mir breit und die Frage, weshalb er plötzlich so abweisend wirkt, wird immer lauter. Bereut er nun doch, mich dabei zu haben? Ich lehne mich tief in den Sitz, fixiere die Straße vor uns und die karge Vegetation. Von der Sonne verbranntes Gras, Geröll, Büsche, vereinzelt gelbe Blümchen.

»Ich hätte übrigens gerne etwas mehr von Rimini und seinen Sehenswürdigkeiten gehabt. Die Piazza Cavour soll doch so toll sein. Sagtest du nicht, sie stammt noch aus dem Römischen Reich? Oder die Piazza *Tre Martiri*, wo Julius Caesar angeblich Reden vor seinen Soldaten gehalten haben soll«, murre ich. »Und eine Fahrt im Riesenrad und das großartige Nachtleben hätte ich auch gerne genossen«, zähle ich Stationen in Rimini auf, von denen er selbst geschwärmt hatte, und warte auf eine Reaktion. Ist Valentin ein Mann, der Versprechen macht, die er nicht hält?

»Ich mach es wieder gut«, haucht er und tritt noch mehr aufs Gas. Die nächste Kurve ist eng, und mein Magen flieht ins Unendliche, weil ich plötzlich in den Abgrund blicke, an dem die Leitplanke bereits zwei Holzkreuze stehen hat.

»Scheiße, ich will ja nicht meckern, aber geht es auch langsamer?« Er ignoriert mich gepflegt, biegt auf die nächstgrößere Straße und fädelt sich hinter anderen Reisenden ein. Ein Wohnmobil mit Fahrrädern bremst uns aus und ich bekreuzige mich innerlich. Gott sei Dank. Es wird ruhiger, bis uns plötzlich ein ganzes Aufgebot an Polizeiwagen entgegenrast und mit lautem Geheul verschwindet.

»Wahnsinn, das ist ja wie im Kino. Da muss sich aber jemand übelst Ärger eingehandelt haben«, vermute ich und schaue nach hinten, sehe dabei zu, wie der letzte Wagen an der Kreuzung, die wir eben noch passiert haben, abbiegt.

»Da verwette ich meinen Steinway drauf«, meint Valentin stumpf. Seine Finger trommeln einen unbekannten Takt auf dem Lenkrad und die Schatten auf seinem Gesicht lösen sich auf.

Ich ziehe die Beine an, schlinge die Arme um sie und betrachte eine ganze Weile stumm den Fahrer neben mir. Was geht in seinem Kopf vor? An seinen Schläfen kräuseln sich Locken und Schweiß glänzt auf der Stirn. Die Klimaanlage läuft auf Hochtouren, versucht, die Hitze, die sich während der Wartezeit im Wagen angestaut hat, zu vertreiben.

»Und wie lautet nun der konkrete Plan?«, versuche ich, Valentin zum Reden zu animieren.

»Ich muss erst mal tanken. Wir fahren dann an der Küste entlang bis Pescara, dann ins Landesinnere Richtung Neapel. Das werden bestimmt sechs Stunden Fahrt.«

»Na, das ist ja fast gar nichts.« Ich kann es nicht ganz verhindern, genervt zu klingen. Immerhin fahren wir bereits gut zehn Stunden umher und mein Hintern droht einzuschlafen.

Ich nehme mir meine Kamera, öffne das Fenster und schaue mir durch die Linse die Umgebung an. Vor uns fährt nun ein roter Kombi mit jungen Leuten drin, die laute Musik hören und lachen. Ein Mädchen lehnt ihren Kopf hinaus, lässt den Fahrtwind ihr braunes Haar zerzausen. Sie sieht wunderschön aus, und ich fotografiere diesen wilden Moment.

»Ob sie gerade versucht, ihren Ex zu vergessen?«, frage ich mich eher selbst, weil Lilly einst genau das auf diese Weise versuchte. Wir fuhren mit meinem Mini durch die Nacht, mit lauter Musik, nachdem sie stundenlang einem Jungen namens Mike nachgeweint hatte. Die Verzweiflung, mit der sie versuchte, der Nacht mit Fröhlichkeit zu begegnen, war herzzerreißend.

»Wer weiß«, sagt Valentin. »Jeder geht mit Herzschmerz anders um.«

Ich betrachte das Bild, überlege mir, was ich am PC noch verändern könnte. Die Farben würde ich verdunkeln, den Ausschnitt ein wenig anpassen, nach links verschieben, damit weniger vom Wagen zu sehen ist.

»Können wir versuchen, sie anzuhalten? Damit ich mir die Erlaubnis einholen kann, das Bild zu verwenden?«, frage ich hoffnungsvoll und bekomme ein knappes Kopfschütteln.

»Keine Zeit.«

»Dein Ernst?« Fassungslos starre ich ihn an. »Das Bild ist wirklich gut!«

»Zuerst mein Job, dann deiner. *Basta.*«

Ich entdecke weitere Menschen, die ich festhalten will. Jedes Motiv erzählt eine eigene Geschichte. Ein junger Mann fotografiert ein Mädchen. Sie wirkt verkrampft, vielleicht hasst sie es, fotografiert zu werden. Doch er ist so glücklich, während er sie mit der Handykamera ablichtet, findet sie fotogen und wunderschön.

Wir fahren weiter. Ein Hotel reiht sich an das nächste, dahinter gleitet ein Strandabschnitt in den anderen. Schirmchen im Sand, blaues Meer, wahre Postkartenmotive, und die typische Küstenstraßenluft mit dem Duft von Salz, Fisch und Benzin gelangt ins Wageninnere. Ich verändere die Blende, stelle scharf auf zwei alte Damen an einem Obststand mit frischen Pfirsichen, sie stecken die Köpfe auf eine so vertraute Weise zusammen, wie ich und Lilly es oft tun. Sie lieben sich, haben eine unglaublich enge Verbindung, ganz eindeutig.

»Ich denke, die romantische Liebe ist nicht die einzige Liebe, die im Leben etwas wiegt«, sage ich und prüfe das Bild auf dem Display. Der verschwörerische Blick, mit dem sich die beiden ansehen, ist perfekt eingefangen. Ebenso das süße Lächeln dabei und diese zauberhafte Zugewandtheit.

»Was ist wohl schlimmer, der Verlust eines wahren Freundes oder der einer Liebe?« Ich spüre, wie meine Brust sich zusammenzieht, und Valentin macht eine Vollbremsung, weil ein Roller seinen Weg kreuzt und ihm die Vorfahrt nimmt.

»*Vaffanculo*«, zischt er wütend, bemüht um Haltung. Ich beiße mir auf die Unterlippe, schweige, während er durch einen Kreisel und dann an einem Markt entlangfährt. Wir sind in einer etwas größeren Stadt gelandet, die Straße ist belebt, Geschäfte auf der einen, Stände mit bunten Sonnenschirmen auf der anderen Seite. Touristen und Einheimische spazieren umher. Paare, Hand in Hand, Eltern mit Kindern, einige davon auf dem Arm.

»Ich weiß nicht, aber ich denke, ein wahrer Freund erdolcht dich wenigstens von vorne«, sagt er, als ich schon nicht mehr mit einer Antwort rechne. Verblüfft schaue ich ihn an. Doch es fällt mir schwer in Momenten, die tiefer gehen, dranzubleiben, nachzuhaken. Denn das bedeutet, ich muss auch meine eigene Schutzmauer senken.

»Und kannst du das lassen?«, sagt er dann ernst und sieht mich geradezu gequält an.

»Was denn genau?«

»Mich mit diesen Augen anzusehen.«

»Mit welchen Augen sollte ich dich denn sonst ansehen?« So etwas wie Unsicherheit macht sich in mir breit. Ich drehe die Verschlusskappe meiner Wasserflasche auf und wieder zu, auf und wieder zu.

»Ehrlich, Romy, du machst mich nervös, wenn du mich so

ansiehst«, verrät Valentin mir und lächelt schief. Mein Blick rutscht auf meine Knie.

»Ich weiß nicht, was du meinst«, beteuere ich.

»Ich denke schon«, sagt er, und seine Stimme klingt rau.

Viel zu abrupt setzt er den Blinker und rauscht auf eine kleine Tankstelle direkt neben dem bunten Markttreiben. Nur eine Säule ist belegt und er hält vor der letzten. Der Motor verstummt und sein Mund verzieht sich zu einem Strich. Ich weiche seinem Blick aus, setze die Wasserflasche an meine Lippen und nehme einen großen Schluck.

»Pass auf, Romy. Ich habe nachgedacht. Ancona ist schön, du könntest eine Nacht hierbleiben, in einem hübschen Hotel, und ich erledige meinen Job.«

Prompt verschlucke ich mich und muss husten.

»Der Kunde, den ich besuche, ist ein hohes Tier in Neapel und sehr leicht reizbar. Weshalb ich dich lieber hier wieder einsammle, wenn ich fertig bin.«

Ich schwöre, ich ersticke. Besonders, weil Valentin nun einfach aussteigt, um zu tanken, und mich mit dem Gesagten allein lässt. So ein Arsch!

Ich steige aus, meine Sandalen klatschen laut auf dem glatten, von der Sonne aufgeheizten Asphalt, und ich laufe um den Wagen herum zur Zapfsäule. Es riecht nach Benzin, Salz und Algen.

»Romy, es tut mir leid, aber …«, beginnt Valentin mit diesem bedauernden Hundeblick, und ich fahre ihm über den Mund. »›Es tut mir leid, aber …‹ ist ein Satz ohne Sinn«, stelle ich klar. »Und ich bin nicht bereit, mich jetzt hier einfach aussetzen zu lassen.«

»Was? Wer redet von Aussetzen?«

»Du.« Ich tippe mit meinem Finger an seine Brust, kurz vor dem geöffneten Knopf, über dem sich eine dezente Behaarung andeutet. »Ich lasse mich nicht einfach abschütteln wie eine lästige Fliege.« Zumal das Henry anscheinend gerade mit mir gemacht hat, flüstert es in mir.

Die Zapfsäule läuft stur weiter, schickt ihr Geräusch in die Welt, und Valentin schüttelt den Kopf. »Du verstehst nicht, worum es hier geht. Mein Job ist brisant.«

»Wie brisant kann Kunsthandel schon sein, du willst mich doch verarschen«, sage ich energisch und stemme die Hände in die Seite. Ich kenne solch ein Verhalten. Ich habe es selbst perfektioniert, wenn mir jemand zu sehr auf die Pelle gerückt ist, und ich das Interesse verloren habe. Verliert er das Interesse an mir? Hatte er überhaupt Interesse, und inwiefern? Ich bin verwirrt. Ein Einheimischer, der aus dem Tankstellenshop kommt, zieht seine eigenen Schlüsse.

»*Giornata difficile?*«, fragt er an Valentin gerichtet, ob er einen schweren Tag hat, und Valentin grinst blöd. Dann schiebt er mich einfach zur Seite, zieht den Zapfhahn und holt sein Portemonnaie aus der Gesäßtasche.

»Warte im Auto«, befiehlt er mir, und ich denke gar nicht daran. Ich wette, die Eidechse von vorhin würde sich an die Stirn tippen. Ich laufe Valentin nach, höre ihn lange und tief seufzen.

»Wir bleiben bei dem vorherigen Plan. Ganz ehrlich, Neapel ist sowieso eine Reise wert, das perfekte Ziel, nicht wahr?« Mit weit greifenden Schritten betritt er den Tankstellenshop, ich bekomme fast die zurückschwingende Tür vor den Kopf. Er bezahlt, kauft sich noch ein Päckchen Zigaretten und bedenkt mich lediglich mit kurzen Seitenblicken.

Keine Ahnung, weshalb ich mich davor fürchte, Valentin könne mich hier absetzen und einfach nicht wiederkommen. Ich meine, ich bin ja nicht verloren und kann mich auch allein zurechtfinden. Ich brauche ihn nicht, ich brauche niemanden.

Diesmal hält Valentin mir beim Verlassen des Ladenlokals die Tür auf, ich schlüpfe vor ihm hinaus. Hitze flimmert auf Asphalt, Autos rauschen auf der Straße vorbei, und der Geruch von Meeresfrüchten und Brot weht vom Markt herüber.

»Hast du dir das wirklich gut überlegt?«, frage ich und wirble zu ihm herum, stoppe ihn. Der Wind in meinem Rücken weht mir das Haar vor die Augen, und ich wische es energisch zur Seite. Valentin hält inne, legt den Kopf in den Nacken und schaut dann nachdenklich unter langen Wimpern auf mich herab. Möwen kreischen, Marktfrauen preisen Waren an.

»Hast du?«, bohre ich nach. Valentin setzt sich wieder in Bewegung, versucht, mir auszuweichen, und es entsteht ein Tanz, der nicht zulässt, dass wir den Wagen erreichen und stattdessen neben dem Gebäude der Tankstelle landen. Auffordernd hebe ich die Augenbrauen, als wir stehen bleiben und ein wahres Blickduell entsteht. Seine Hände graben sich in die Hosentaschen.

»Was genau soll ich mir gut überlegt haben, Romy?«, fragt er dicht vor mir stehend, den Mund halb geöffnet.

»Nun …«, beginne ich, knicke die Hüfte ein und blitze ihn säuerlich an. »… ich weiß, dass du mich magst …«, hoffe ich. »… und lass dir gesagt sein, wenn du mich jetzt hier sitzenlässt, wird mich das sehr, sehr verärgern.« Zugegeben, ich höre mich an wie ein verwöhnter Teenager, dessen Krone eine

Delle und dessen Zepter einen ordentlichen Knick hat. Aber egal.

»Wie mir scheint, bist du sehr schnell zu verärgern«, stellt Valentin vollkommen ungerührt fest. Sein Blick huscht umher, sucht die Umgebung ab und landet dann wieder bei mir. Mein Mund wird trocken, ich komme mir blöd vor und überempfindlich, was mich nur noch mehr ärgert.

»Du solltest mich mal erleben, wenn ich meine Periode habe«, knurre ich und taxiere ihn.

»Lieber nicht.« Nun wird er anscheinend doch nervös, er nimmt die Hände aus den Hosentaschen, legt eine um meinen Oberarm und zieht mich überraschend zu sich heran. Ich blinzle zu ihm hoch, vielleicht ist ihm der Disput in der Öffentlichkeit unangenehm.

»Am besten, du beruhigst dich jetzt mal«, raunt er mir entgegen, und das hat den gleichen Effekt wie Mentos in Cola.

»Ich soll mich beruhigen? So einfach ist das?«, werde ich laut. Und ganz leise flüstert eine Stimme in mir *Lass mich nicht zurück*. Doch das sage ich nicht, formuliere es nicht. Stattdessen lache ich auf, stelle fest, dass ich mich genauso anhöre wie meine Mutter, wenn sie etwas aufregt oder sie die Fassung verliert.

»Halt den Mund.« Valentins Miene und Stimme sind düster, fast verzweifelt, und ich schnappe nach Luft, will ihn maßregeln, weil er so mit mir spricht. Doch dazu komme ich nicht. Er stößt ein tiefes Seufzen aus. Viel zu schnell beugt er seinen Kopf zu mir herunter, verstärkt den Griff um meinen Arm, zieht mich näher heran und sein Mund trifft auf meinen. Sein Kuss ist hart, dringlich, und ich bin zu überrumpelt, taumle in ein Gefühlswirrwarr, das ich nicht kenne.

Mit Schwung dreht er mich auf die andere Seite, manövriert mich rücklings an die Wand des Tankstellenshops und presst mich dagegen. Sein Körper bewegt sich an meinem und mir entweicht ein Stöhnen. Ich spüre, wie meine Beine weich werden, während seine Hände an mir hinabwandern, über die Hüfte bis zu meinen Oberschenkeln und wieder herauf. Verrückt, aber ich glaube, ich bin noch nie zuvor so geküsst worden. Oder hatte es schlicht nicht zugelassen, weil ich vor Intimitäten immer so etwas wie Höhenangst verspüre. Jetzt in diesem Moment falle ich. Lasse Valentin gewähren, in der unmöglichsten Situation, und liefere mich aus. Lasse seine Zunge die meine erobern. Ich bin froh, dass ich die Wand in meinem Rücken habe, die mich aufrecht hält. Valentin vergräbt eine Hand nun in meinem Haar am Hinterkopf. Er küsst mich sanfter, aber nicht weniger hungrig, und ich versinke in der Hitze, die er verströmt. Und als er sich von mir zurückzieht, will ich nicht, dass es endet. Ich strebe ihm entgegen, stelle mir vor, dass auch seine Augen geschlossen sind, und er genauso viel fühlt wie ich gerade. Ich hebe den Kopf, um seine Lippen wieder fester zu spüren, und er nimmt die Einladung an und küsst mich mit voller Entschlossenheit. Mein Blut tost wie die Wellen des Ozeans durch meine Adern, und ich kralle meine Finger Halt suchend in Valentins Hemd. Sein Kuss verlangsamt sich, wird konzentriert und behutsam, bevor er sich von mir löst und mich atemlos ansieht.

»Romy?«, flüstert er.

»Ja?«, frage ich benommen.

»Lass uns fahren.«

Valentin

Alles wankt. In mir und um mich herum. Ob es an dem Kuss lag, der Tatsache, dass ich ein millionenschweres gestohlenes Gemälde durch die Gegend kutschiere, oder an der bedauerlichen Tatsache, dass ich Luigi Lombardi auf der gegenüberliegenden Straßenseite entdeckte, weiß ich nicht genau. Vermutlich hat es sich bis zu ihm herumgesprochen, dass *Venus und Mars* von Sandro Botticelli aus dem 15. Jahrhundert sich nicht länger in der National Gallery of London befindet. Zumindest nicht das Original. Gestohlene Kunst ist ein großes Thema in Italien. Manchmal wird sie sogar von der Mafia als Druckmittel gegen den Staat eingesetzt. Ich hatte erst kürzlich eine Publikation von Plänen aus den 90ern der Cosa Nostra gelesen, die geraubte Kunst gegen bessere Haftbedingungen für inhaftierte Bosse eintauschen wollten. Francesco, dem ich eigentlich ganz legal das ersteigerte *La Ragazza di Capri* bringen wollte, saß sichtlich in der Zwickmühle und musste spontan *Venus und Mars* aus seinem Haus bekommen. Schließlich war die Polizei bereits auf dem Weg zu ihm. Für mich mehr als riskant, aber lukrativ. Und Francesco einen Wunsch abzuschlagen, kann einem teuer zu stehen kommen, somit sind wir also hier. In einer neuen Folge: Wie das Leben so spielt und den Schwierigkeitsgrad erhöht, ohne dass du auch nur im Entferntesten darauf vorbereitet bist. Ich wette, irgendjemand im Universum hat richtig Spaß dabei, mir gerade zuzuschauen. Fakt ist, ich musste Romy einfach küssen. Durch ihr Gezeter erregte sie viel zu viel Aufmerksamkeit, und dass Luigi sich hier herumtreibt, kann kein Zufall sein. Er ist immer dort, wo es etwas zu holen gibt. Sein Großvater war in den Achtzigerjahren ein geschickter Kunstdieb gewesen, der so einige Tricks auf Lager hatte, um Hochrisikoverbrechen durchzuziehen. Hollywood hätte sich hervorragend von ihm inspirieren lassen können, so viel ist klar, und meine Anerkennung hat der alte Herr. Doch Luigi selbst ist ein Idiot, was ihn gefährlich macht. Über Umwege hatte er mich vor ein paar Jahren mal kontaktiert, mir fünf einzigartige Grabtafeln angeboten. Es waren Szenen eines Heldenlebens, ein junger Krieger, der im Kampf triumphiert. Die Fragmente aus der antiken Tempelstadt Paestum, so heiß, dass es kein Hehler gewagt hätte, sie zu der Zeit auf den Markt zu bringen. Somit lehnte ich ab. Wahrscheinlich hatte Luigi davon Wind bekommen, dass jemand aktuell den Regenbogen mit einem Topf voll Gold darunter umherkutschiert. *Venus und Mars*. Er sollte mich also besser nicht entdecken, denn dann zählt er eins und eins zusammen. Und noch mehr Komplikationen kann ich nun wirklich nicht gebrauchen.

Eine Stunde ist das nun her und wir nähern uns bald einigen der Nationalparks. Wir rauschen an Olivenhainen vorbei, die Weite des Meeres zieht mich jedes Mal wieder in den Bann. Romy genießt neben mir die Aussicht, und ich versuche, mich zu beruhigen und mir einzureden, dass ich das Richtige tue. Dass der Kuss nicht weiter verwerflich war und die Tatsache, sie noch an Bord zu haben, kein Problem darstellt.

Ich drehe die Musik lauter. *Feel Good Inc.* läuft und Romy

singt gut gelaunt mit. *Windmill, windmill for the land, turn forever hand in hand.* Sie greift nach meiner Hand, die locker auf dem Schalthebel liegt, und ich entziehe mich ihr, klopfe ihr neckend auf die Finger.

Love forever, love is freely turned forever, you and me.

Romy schaukelt von einer zur anderen Seite, erwischt nun doch meine Hand und fädelt ihre Finger in meine. *Sha, sha-ba-da, sha-ba-da-ca, feel good.*

Irgendwann schießt sie Fotos aus dem geöffneten Fenster heraus. Der Fahrtwind zupft an unseren Haaren und der Kleidung, fährt über unsere Haut, und ich spüre noch immer ihre Lippen auf meinen.

»Was ist deine Lieblingsfarbe?«, fragt Romy irgendwann mit einer solchen Intensität im Blick, als würde von meiner Antwort die Gestaltung ihres ganzen Universums abhängen.

»Ich habe keine«, sage ich, und sie lehnt sich lächelnd auf dem Sitz zurück.

»Das ist unmöglich, denk nach, Valentin.«

»Das brauche ich nicht, ich kann mich schlichtweg nie entscheiden. Ich liebe die Farbe von Zitronen ebenso wie das Türkis des Meeres, das Grün der Olivenbäume und das Rot der untergehenden Sonne. Ich fürchte, ich will keine Wahl treffen.«

»Ich verstehe dich gut, mir geht es ähnlich. Sagen wir einfach Lieblingsfarbe Regenbogen«, antwortet sie plötzlich nachdenklich und blickt lange auf die Straße vor uns.

Wir kommen an einem Küstenwachtturm im Renaissancestil vorbei, der sich wie eine kleine Festung mit Zinnen aus gelbem Sandstein erhebt, fahren ein Stück am Meer entlang und ich frage mich, ob es ein schlechtes Omen ist, dass ich mich nicht einmal für eine Lieblingsfarbe entscheiden kann. Was genau erwarte ich mir eigentlich wirklich vom Leben, ist dieses Leben das, was ich wirklich will? Die Gefahren haben ihren Reiz und der Verdienst ist gigantisch. Die Freiheit, die mir das eröffnet, ist alles für mich. Ich kann es mir leisten zu reisen und ich kann die Autos fahren, die ich will, ohne lange über Kosten nachzudenken. Ich schiele zu Romy, die die Welt durch ihre Linse betrachtet.

Diese Frau zu treffen, war reiner Zufall. Sie mitzunehmen, sie kennenzulernen eine spontane Entscheidung. Doch was sich nun in mir anbahnt, liegt außerhalb meiner Kontrolle. Und ich liebe und hasse es zu gleichen Teilen.

Wir passieren kleine bunte Häuser mit hölzernen Fensterläden, vor einigen weidet Vieh auf kargem Boden. Dünne Ziegen suchen Schatten unter Olivenbäumen oder Zypressen. Eine verfallene Ruine auf einer Anhöhe ist Romy das nächste Foto wert.

Dann piept ihr Handy und sie verstaut die Nikon im Rucksack, öffnet eine Nachricht.

Die Sonne steht nicht mehr hoch am Himmel, wandert tiefer nach Westen. Wir verlassen die Küste, steuern quer durchs Land. Die Umgebung ist von Macchia-Gewächsen mit ihren weißen, gelben oder rosafarbenen Blüten und ihrem Duft gezeichnet. Olivenhaine werden von Pinien abgelöst und wir rauschen an mittelalterlichen Kirchen vorbei.

Als Romy um eine Pause bittet, lasse ich mich dazu hinreißen, einen Stopp am Rande eines Nationalparks einzulegen. Ich lenke den Audi in einen Weg, auf dem eigentlich nur forstwirtschaftlicher Verkehr erlaubt ist, und steuere nach wenigen Minuten hinüber zu einem kleinen Flussbett. Friedlich schlängelt es sich durch Felsen und Geröll, gesäumt von einigen alten Buchen, Gräsern und Büschen.

»Du tust gerne Dinge, die verboten sind, nicht wahr?«, stellt Romy fest und ahnt nicht, wie richtig sie damit liegt. Sie steigt aus dem Wagen. Die Sonne bricht sich im Geäst über uns, zaubert tanzende Punkte auf dem Waldboden und ein Duft von Jasmin steigt mir in die Nase.

Romy schultert ihren Rucksack, folgt dem gurgelnden Geräusch des Wassers und ich ihr. Ihre Bewegungen sind die einer Katze, gut ausbalanciert, anmutig und flink. Ich könnte ihr ewig zuschauen, wie sie vorantänzelt und sich staunend umsieht.

»Warst du schon mit vielen Frauen hier?«, fragt sie mich neckend, streift die Sandalen ab und legt den Rucksack auf einen Felsen, der etwas über das Flussbett mit seinen weißen Kieseln ragt. Dann watet sie vorsichtig über glitschige Steine ins kühle Nass.

»Mit Unmengen, ich kann sie gar nicht zählen«, antworte ich. Sie hat keine Ahnung, was für ein Mensch ich bin. Ich treffe die ein oder andere Frau in München, schlafe mit ihr und vergesse sie. Dass ich eine Frau an einen anderen Ort als mein Bett brachte, kam lange nicht mehr vor.

»Du bist also ein richtiger Herzensbrecher«, meint sie. Mit unergründlicher Miene blickt sie mich über die Schulter an. Licht bricht sich in ihrem hellen Haar, zaubert einen Heiligenschein, und ich erinnere mich ganz klar an diesen ersten Augenblick bei der Auktion, als ich sie das erste Mal sah. Dieses eigentümlich zarte Gefühl, das mich sofort einnahm.

»Ich sollte dich warnen«, sage ich so leise, dass sie es über das Geräusch des fließenden Wassers nicht verstehen kann, und zucke innerlich vor der Wahrheit meiner Worte zurück. Wenn sie wüsste, dass ich ein Krimineller bin, würde sie mich verachten? Hätte ich es ihr vielleicht einfach sagen sollen, als wir darüber stritten, ob sie mit nach Neapel fährt? Vermutlich. Aber am Ende war ich wohl doch einfach zu egoistisch. Denn ich wollte schlicht und ergreifend nicht, dass sie mich anders ansieht.

Ich versinke in dem Anblick, der sich mir bietet. Romy dreht sich im Kreis, die Arme leicht abgewinkelt und ähnelt in diesem Licht so unfassbar einer Nymphe, dass ich mir einfach ihre Kamera aus dem Rucksack nehme und selbst ein paar Bilder schieße. Ich tue mich ein wenig schwer mit dem diffusen Gegenlicht, fürchte, dass Romys Körper zu dunkel dadurch gerät. Vielleicht sollte ich den Füllblitz nutzen, aber dann würde sie merken, dass ich sie fotografiere, und der Moment wäre dahin. Dieser Zauber, wie sie nachdenklich dasteht, den Blick in die Ferne gerichtet, dem Gesang der Drosseln lauschend.

Sie watet weiter durchs Nass, wendet sich dann ganz langsam in meine Richtung, und ich lasse die Kamera sinken.

»Was hält dich nachts wach, Valentin?«, fragt sie mich plötzlich ernst.

Ich will beinahe antworten »Zuletzt du«, verschlucke meine Worte aber eilig.

»Gar nichts hält mich wach«, sage ich, während ich mich ungelenk auf den Felsen setze.

Sie steht da wie eine römische Göttin, das Haar sanft vom Wind bewegt und lächelt mich an.

»Du lügst doch.«

»Ich schlafe wunderbar.«

Ich ziehe mir die Schuhe aus, lasse meine Füße ebenfalls ins Wasser gleiten. Sofort kühlt mein Körper runter.

»Was hält dich denn so wach?«, frage ich. Ich wette, es gibt so einiges, was sie in schlaflosen Nächten mit sich ausmachen muss.

»Die Frage, ob ein Neutraldichtefilter beim Shooten mit hellem Fensterlicht mit meiner Nikon CoolPix helfen könnte. Sie hat keine schnelle Verschlusszeit, ich brauche aber einen unscharfen Hintergrund und will die Blende nicht verringern«, sagt sie todernst.

»Ich verstehe, das ist wirklich ein Problem.«

»Ja, oder?« Sie sieht dabei nachdenklich aus, fast traurig, und so wunderschön.

Ich hebe erneut ihre Kamera, visiere sie an und drücke den Auslöser. Ihre Miene wechselt von überrascht zu erschrocken. Ihr Mund ist zu einem leichten O geöffnet.

»Mund zu, denkst du, nur du kannst fotografieren?«, sage ich spöttelnd. Mund, tanzt das Wort durch meinen Geist. Keiner von uns hatte zu dem unfassbar guten Kuss von vorhin etwas gesagt und doch sollten wir. Oder besser nicht?

Romy bückt sich, benetzt ihr Gesicht mit dem kühlen Wasser und sprüht Tropfen in meine Richtung, ungeachtet dessen, dass die Kamera etwas abbekommen könnte.

»Oh, *Signore* ist nass geworden«, neckt sie, als ich vor der plötzlichen Erfrischung zurückzucke.

»Und weshalb darfst du eigentlich Bilder von mir machen, ich aber nicht von dir? Findest du das nicht ein bisschen unfair?« Sie nimmt direkt neben mir auf dem Stein Platz, lächelt ihr honigsüßes Lächeln, und ich kann nicht anders, als auf ihre Lippen zu starren. Ich habe ihren Geschmack noch auf meiner Zunge. Der Kuss war etwas Besonderes gewesen, aber ich sollte ihn nicht wiederholen. Niemals mehr. Romy wird schon sehr bald wieder aus meinem Leben verschwinden, die logische Konsequenz unserer unterschiedlichen Leben. Und wer kann schon wissen, ob sie nicht schlussendlich sogar zu ihrem Verlobten zurückkehrt? Es wird Gründe geben, weshalb es überhaupt zu dieser Verbindung kam, und wir kennen uns gerade einmal, ja, wie viele Stunden sind es jetzt? Sechsunddreißig?

»Worüber denkst du nach?«, fragt Romy und nimmt die Kamera an sich, prüft die Fotos, die ich von ihr gemacht habe, und ich rechne fest damit, dass sie sie löscht. So wie ich es von ihr verlangt habe.

»Über die Zeit.« Ich stehe auf, klopfe mir imaginären Dreck von der Hose. Dann schaue ich alibimäßig auf meine Armbanduhr, als wüsste ich gerne, wie viel Uhr es ist.

»Die Zeit, der Dieb, der alles stiehlt«, raunt Romy, und mir fällt auf, dass ich sie anstrengend finden könnte. Sie ist unglaublich präsent, neugierig und stur. So etwas kann einem den letzten Nerv rauben. Ich schiebe die Hände tief in die Hosentaschen, wate nun selbst im kalten Wasser umher, spüre die rund gewaschenen und einige spitze Steine unter den Füßen. Ich täte gut daran, Romy nicht zu idealisieren. Viel zu leicht sieht man nur das, was man sehen will. Die Person, die man sich vielleicht wünscht, und nicht den Menschen, den man vor sich hat. So etwas ist mir schon einmal passiert, und es war im Nachhinein übel.

»Und? Woran denkst du jetzt?«, höre ich sie sagen. Ich wusste es, Romy kann einem auf die Nerven gehen mit ihrer Fragerei.

»An meine Ex«, antworte ich und warte, wie sie darauf reagiert. Ihre Miene bleibt neutral.

»Du denkst an eine andere Frau, während du mit mir hier bist?«

Ihre Stimme klingt amüsiert.

»Sieht so aus«, murmle ich mit dem Wasser um die Wette.

»Was ist aus ihr geworden?«

»Eine blasse Erinnerung«, antworte ich und denke an Eve. An die Eifersucht, mit der sie mich einengte, und die bösen Worte, die gefallen waren. Es ist traurig, wie sehr die schönen Momente neben den hässlichen verblassen.

»Wieso habt ihr euch getrennt?«

Mit straffen Schultern entferne ich mich von Romy, ich will nicht, dass sie in meinem Gesicht liest wie in einem offenen Buch.

»Wir stritten viel.«

»Das kommt doch in jeder guten Beziehung vor, habe ich mir sagen lassen.«

Irgendetwas verrät mir, dass Romy sich mit wirklich guten Beziehungen ebenso wenig auskennt wie ich.

»Weihnachten vor neun Jahren haben wir uns das letzte Mal gestritten, sie fuhr weg und ich sah sie nie wieder.«

Ich rechne mit Bedauern, einem mitfühlenden »Das tut mir leid für dich«, aber stattdessen sagt sie: »Zu so etwas gehören immer zwei, nicht wahr?«

Ich drehe mich zu ihr um, sie wirkt plötzlich etwas blass.

»Danke für den Hinweis. Aber dessen bin ich mir bewusst«, antworte ich, sie streng musternd, und ich bemerke ihr plötzliches Unbehagen. Erst langsam fällt bei mir der Groschen, dass sie ihren Verlobten gerade auf ähnlich galante Weise sitzen gelassen hat.

»Wollen wir weiter?«, schlage ich vor. Romy tut beschäftigt, schaut angestrengt auf das Display ihrer Kamera und nickt stumm. Zwischen ihren Brauen entsteht diese steile Falte, von der man Kopfschmerzen bekommen könnte, und ich steige aus dem Flussbett, schlüpfe wieder in die Schuhe. Wenige Schritte später bin ich bei ihr, reiche ihr meine Hand. Sie klammert sich an ihren Fotoapparat, unschlüssig, ob sie sie ergreifen soll.

»Komm, wir haben es eilig«, fordere ich sie auf und stelle mir vor, sie einfach zu packen, sie hochzuziehen, direkt in meinen Arm.

»Wir? Du meinst wohl, du. Ich hingegen habe Zeit.« Sie fummelt an ihrem Rucksack herum, verstaut die Kamera und angelt nach Gummibärchen.

»Eher nicht, denn du bist auf mich angewiesen, und ich fahre jetzt los.« Hatte ich nicht irgendwann einmal behauptet, diese Reise würde nach meinen Regeln verlaufen? Ich kann mich kaum noch erinnern.

»Nein, du wirst noch eine halbe Stunde warten«, blockt sie, und ich werde ungeduldig.

»Wie bist du eigentlich bisher durchs Leben gekommen?«, frage ich mich ernsthaft. Sie hat echt ein Problem, sich unterzuordnen. So kann man doch nicht klarkommen, oder? Selbst Mia-Florentine ist kooperativer und sie ist ebenfalls willensstark.

»Das willst du wissen?«, fragt Romy mich mit einem plötzlich lauernden Unterton, der mich aufhorchen lässt. Und als ihr Blick an mir hochgleitet, entzündet sich jede Stelle meines

Körpers, die er berührt. In ihren warmen braunen Augen liegt ein Hunger nach dem Leben, den ich nur zu gut kenne und den ich, seitdem ich sie traf, versuche, nicht aufflammen zu lassen. Und als würde sie diesen verzweifelten Versuch meinerseits bemerken und es sich zur Aufgabe machen, mich zu sabotieren, steht sie auf und bleibt dicht vor mir stehen.

»Wie steht es eigentlich mit deinem moralischen Kompass, Valentin?« Ihr Lächeln wird breiter, ihre Hand nestelt an meinem Hemdkragen herum. »Ich hab das Gefühl, er funktioniert gar nicht so gut, wie du meintest.«

Klar, sie spielt auf den Kuss an, und ich will fast einen Schritt zurücktun, doch da ist der Bach.

»Der funktioniert einwandfrei«, behaupte ich halb lachend, meine Hände landen wie von selbst auf ihrer Hüfte. Der Bach gurgelt wilder, die Vögel singen lauter.

»Sicher? Ich glaube nicht, dass dem so ist. Willst du wissen, wieso?«

»Raus damit.«

»Anziehung. Und Neugierde«, raunt sie verführerisch.

Hitze jagt durch meinen Unterleib. Ihr Mund ist nur Zentimeter von meinem entfernt, ich fühle ihren Atem auf meinem Gesicht und ich würde sie am liebsten küssen.

»Du bist ganz schön unanständig«, tadle ich sie.

»Bin ich gerne. Und du wirst es auch sein«, prophezeit sie mit einer Gewissheit, die meinen Körper eigenwillig reagieren lässt. Er tut, was er will, und ich verfluche meine Männlichkeit.

»Und das weißt du, weil?«

»Du wirst nicht widerstehen können, du wirst es wissen wollen. Wie Unanständigkeit schmeckt.«

Ich will tatsächlich wissen, wie sie schmeckt.

»Du bist dir deiner sehr sicher, nicht wahr?« Ich glaube, ich habe noch nie in meinem Leben eine Frau getroffen, die so selbstbewusst war. Oder es zumindest so überzeugend verkauft.

»Wer weiß das schon. Vielleicht spiele ich auch nur gerne …«, raunt sie, fährt mit der Fingerkuppe meinen Hals hinauf und stellt sich auf Zehenspitzen. »… und verlasse mich auf deinen moralischen Kompass und darauf, dass du keine Grenzen überschreitest.«

Ich blinzle und erwache aus einem Traum, als der verklärte Ausdruck auf ihrem Gesicht etwas leicht Spöttisches bekommt.

»Du wolltest doch wissen, wie ich durchs Leben gekommen bin«, erinnert sie mich und nimmt Abstand. »Im Zweifelsfall nutze ich das, was andere gerne in Frauen sehen, um meinen Kopf durchzusetzen.«

»Das funktioniert?«

»Meistens«, sagt sie, den Kopf schief gelegt.

»Du zündelst also gerne. Ganz schön gefährlich.« In mir kocht Bedauern hoch. Darüber sie geküsst zu haben ebenso, wie sie vielleicht nie wieder küssen zu können.

*

Die nächsten anderthalb Stunden plaudern wir über Familie und Verwandte. Ich erzähle von meinem Onkel mütterlicherseits, der mir aus der schweren Zeit meiner Eltern heraushalf, indem er mich in seine Tätigkeit als Kurator einiger Münchner Museen einband. Er liebte das Bildnis der *Madame de*

Pompadour von 1756, einflussreiche Beraterin, Freundin und Mätresse des Königs, und ich fand es faszinierend, mit welcher Hingabe mein Onkel über das Bild sprach. Er brachte mir bei, was darin zwischen den Pinselstrichen steht. Die Bürgerliche gibt sich offen und gleichzeitig distanziert, sie macht ihren Status deutlich und wirkt doch privat. Es ist diese gewisse Unverfrorenheit für die damalige Zeit, die einen in den Bann zieht.

Die Momente mit ihm, in denen er mich mitnahm in seine Welt, in die Lager, wo er Restaurierungsarbeiten beaufsichtigte, und in die Museen, in denen er Dauerausstellungen betreute, legten den Grundstein für meine Karriere als Antiquitätenhändler.

»Ihr wart euch sehr nah, oder?«, fragt Romy.

»Ja, er hatte diese Art an sich, die einen Probleme vergessen lässt. Wir suchten auf allen möglichen Märkten altes Original-Blechspielzeug, am liebsten das zum Aufziehen, kleine bunte Vögel, die Körner pickten, oder Autos. Ich liebte es, sie …« Der Rest meines Satzes bleibt mir in der Kehle stecken, als mir klar wird, dass wir verfolgt werden. Der graue Range Rover war mir vor einer halben Stunde schon einmal aufgefallen, doch dann verschwand er. Jetzt hält er sich exakt zwei Wagen hinter uns auf der *Strada Statale*. Adrenalin rauscht durch meine Adern. Blitzschnell reagiere ich. Mehr intuitiv als gut durchdacht.

Ich überhole den blauen Van vor uns. Der Fahrer des Wagens hupt, als ich ihn beim Einfädeln abrupt schneide, um im letzten Moment in die Abzweigung rechts einzubiegen. Eigentlich eine Einfahrt, aber was soll's, über den angrenzenden Parkplatz weiche ich den entgegenkommenden Fahrzeugen aus.

»Bist du bescheuert?«, ruft Romy erschrocken. Ich trete aufs Gas, rumple über eine harte Bordsteinkante und komme schließlich auf die rechte Fahrbahn hinüber.

»Hab die Abzweigung fast verpasst«, entschuldige ich mich, während ich im Rückspiegel sehe, wie der Verfolger versucht, das Manöver zu kopieren. Beinahe kracht es dabei, ein Kleinwagen gerät ins Schlingern, jemand hupt, Reifen quietschen und der Range Rover hat keine Wahl, er fährt weiter auf der Schnellstraße geradeaus.

Wer könnte alles von meiner Fracht wissen? Ich wette, in den entsprechenden Kreisen sprach es sich schnell rum, dass *Venus und Mars* hier in Italien ist. Der Startschuss für ein Wettrennen der kriminellen Oberschicht?

»O Gott«, stöhnt Romy neben mir. »Mach das nicht noch mal, ich hab schon mein ganzes Leben vor meinen Augen vorbeiziehen sehen.«

»*Scusa*«, antworte ich zerknirscht, lenke auf die Autobahnauffahrt und hoffe, wir sind den Verfolger los. Nicht auszudenken, wenn sie uns erwischen. Mit diesem Schlag Mensch ist nicht zu spaßen.

»Du knirschst ja mit den Zähnen«, bemerkt sie, und ich angle meine Sonnenbrille aus dem Handschuhfach. Setze sie auf, weil mir mein Kopf, geblendet von der tief stehenden Sonne und aufgewühlt von dem Scheißärger im Gepäck, mit Migräne droht.

»Ich kann auch mal fahren, wenn du müde bist«, bietet Romy besorgt an und legt ihre Hand auf meine, die den Schaltknüppel umklammert.

»Nicht nötig, aber danke.« Ich werfe ihr einen verstohlenen Blick zu. Wenn sie wüsste, in was sie hier reingeraten ist.

Sie würde bestimmt richtig sauer sein. Oder mich sogar hassen.

»Traust du meinen Fahrkünsten nicht?«, fragt sie grinsend.

Ich schüttle den Kopf.

»Sollte sich tief in dir ein kleiner Macho verstecken?«, frotzelt sie. »Frauen fahren genauso gut, wenn nicht sogar umsichtiger als Männer. *Mir* wäre das von eben sicher nicht passiert.«

»Solltest du es wagen, meinen Audi anzurühren, wirst du das büßen«, drohe ich ihr halbherzig.

»Wie denn?«, fordert sie mich wie gewohnt heraus und blitzt mich an, den Kopf neckisch in den Nacken gelehnt, den Mund amüsiert voller Erwartungen gekräuselt.

»Sollte sich tief in dir etwa neben einem Macho auch ein kleiner Sadist verstecken?«

Wenn ich eines nicht bin, dann sadistisch. »Was redest du da?«, antworte ich halb überrascht, halb lachend. »Wenn du nicht aufhörst, reden wir davon, dass du mich zu spüren bekommst.« Keine Ahnung, was ich damit meine. Der Satz ist formuliert und draußen, bevor mein Hirn ihn analysiert. Und mir entgeht die leichte Röte nicht, die sich bei den Worten auf Romys Wangen legt.

»Oh, ich mag Herausforderungen«, sind ihre etwas verspäteten Worte dazu, und ich zwinge mich, meinen Blick wieder auf die Straße zu richten und nicht zu bemerken, wie Romy mit ihren Fingern über ihr Dekolleté streicht. Mit einer hektischen Bewegung stelle ich die Klimaanlage höher, es ist beinahe unerträglich heiß hier drinnen.

»Hast du schon mal den Vesuv gesehen?«, lenke ich ab.

»Nur auf Bildern. Und da war sein Anblick schon spektakulär«, findet Romy und beugt sich zu mir, um an mir vorbei aus meinem Fenster Fotos zu machen. Ihre Haare wehen zu mir herüber und kitzeln mich.

»Wenn du das schon toll fandest, empfehle ich dir einen Ausflug zum Gipfel.« Ich erinnere mich an den atemberaubenden Ausblick. Der Tag war teils verhangen, eine feuchte Wolkenbank war von der Herbstluft herangetragen worden, die die Küstenlinie der Bucht von Neapel und Sorrento umfing. In der Ferne konnte man noch Capri und Ischia erkennen, wie sie aus den Wolken herausragten, schemenhaft und verzaubert.

Ich trete aufs Gas, mein ungutes Gefühl im Bauch rührt sich erneut. War gerade der Range Rover wieder hinter mir? Oder doch nicht?

»Warst du schon einmal in Pompeji?«, frage ich nach einigen Minuten, um mich etwas von meinem Verfolgungswahn abzulenken. Wahrscheinlich ist da niemand, und ich sehe Gespenster.

»Ich wollte immer, hab es aber noch nicht geschafft«, sagt Romy nachdenklich.

»Dann solltest du dich beeilen, der Vulkan könnte jederzeit wieder ausbrechen, heißt es«, spreche ich erst kürzlich gelesene Schlagzeilen an, die Phlegräischen Felder Kampaniens seien so aktiv wie nie. Erst vor einer Woche bebte die Erde unter Neapel, Magma ist definitiv in Bewegung, man kann nur nicht sagen, ob es sich in Richtung Oberfläche bewegt.

»Wie beruhigend, du meinst, es könnte jetzt passieren? Morgen? Gestern?«

Ich lächle halb. »Der letzte Ausbruch des Vesuvs war 1944. Der letzte der Campi Flegrei liegt 500 Jahre zurück.«

Romy verschränkt die Arme und guckt mich trotzig an. »Ich habe keine Angst.«

»Ich auch nicht«, lüge ich, denn mein Herz ist gerade voll davon.

»Was sind schon Asche und Lava spuckende Vulkane? Ich habe einen Mordshunger, wir müssen uns etwas zu Essen besorgen«, befiehlt meine Beifahrerin, und mir kommt die Idee, sie doch auszusetzen, um sie vor Unannehmlichkeiten zu schützen.

Ich steure Maddaloni, eine Provinzstadt vor Neapel am Fuße der Tifata-Berge, an. Bald schon fahren wir an Schulen, Werkstätten und Bäckereien vorbei, und ich versuche, mich daran zu erinnern, als ich das letzte Mal hier war. Wir erreichen das Stadtzentrum, über uns auf einem Berg thront das *Castello di Maddaloni*, ein Schloss aus normannischer Zeit, und glüht ein letztes Mal auf, als die Sonne untergeht.

»Ich glaube, irgendwo hier gibt es eine zauberhafte kleine Pizzeria«, grüble ich und verschlucke einen Fluch, als ich den Range Rover schlussendlich doch einige Fahrzeuge hinter uns entdecke. Ich verlasse einen Kirchplatz, biege ab, lande in einem älteren Teil Maddalonis, der Romy mit seinen hübschen Gebäuden in Verzückung versetzt. Der Verfolger rauscht auf gleicher Höhe durch die alten Gassen. Es wird unweigerlich zu einer Konfrontation kommen, fürchte ich. Ich könnte aus der Haut fahren. Wo soll ich mit Romy hin?

Wir kommen wieder näher zum Ortskern, fahren auf eine viel befahrene Straße. Nach endlosen Minuten taucht das hübsche Restaurant *La Dolce Vita* auf, und ich stoppe den Wagen in zweiter Reihe. Es gibt keinen freien Parkplatz, was mir sehr entgegenkommt, um Romy aus dem Auto und von mir weg zu bekommen.

»Ich hol dich hier wieder ab, wenn du uns was Leckeres zu Essen organisiert hast«, erkläre ich so entspannt wie möglich. Romy nimmt unmöglich langsam ihren kleinen schwarzen Rucksack und sieht mich fragend an. »Was möchtest du denn gerne haben?«

»Pizza. Lass nur keine Ananas dran, die gehört da nicht drauf«, antworte ich und beschwöre sie mit Blicken, dass sie endlich aussteigt.

»Was? Das ist Gotteslästerung, weißt du das? Pizza Hawaii ist das Beste, was die Schöpfung jemals hervorgebracht hat«, meint sie, und ich lächle angespannt. Diese Geste gleicht vermutlich einem dämlichen Zähnefletschen, und ich könnte ausflippen, weil Romy, endlich ausgestiegen, eine halbe Ewigkeit in der geöffneten Beifahrertür stehen bleibt und mich fragend ansieht.

»Ist alles in Ordnung zwischen uns?«

»Aber natürlich, warum denn nicht?«

Sie verengt ihre Augen misstrauisch. »Nur so ein Gefühl. Du lässt mich hier nicht sitzen, oder?« Ihr Gespür ist gar nicht schlecht, aber ich bin besser.

»Würde ich niemals tun. Nur, wenn ich vorher tot umfalle«, bleibe ich nahe an der Wahrheit und gebe Gas, als sie die Autotür endlich schließt.

Ich biege an der nächsten Kreuzung ab, bemerke mit einem schnellen Blick durch die Seitenscheibe, dass der Range Rover mich bereits gefunden hat. Die Gasse vor mir wird eng, zu eng. Volle Mülltonnen stehen dicht und unordentlich an den Straßenrändern. Schlaglöcher im Kopfsteinpflaster lassen den Wagen aufsetzen, vor mir setzt ein Kühlwagen für Meeresfrüchte zurück, versperrt mir den Weg. Der Fahrer denkt nicht dran, Platz zu machen. Hektisch fahre ich rückwärts, sehe den Verfolger und schaffe es, rechts in eine andere Straße zu setzen. Ich kann nicht so schnell fahren, wie ich will. Überall sind Leute, Kinder, die in der sich abkühlenden Abendluft mit einem Ball spielen. Ich bemühe mich um einen klaren Kopf. Was kann ich tun? Mir ein Wettrennen bis zum Zielort in Neapel liefern? Diesen Arsch, wer auch immer es ist, abhängen? Romy hier doch einfach zurücklassen? Aber was, wenn man sie bereits im Visier hat? Was würde mit ihr passieren, wenn man versucht, Informationen aus ihr herauszubekommen oder sie als Druckmittel zu missbrauchen?

»Shit!« Ich schlage aufs Lenkrad ein, biege in die nächste Straße, die mit Geschäften gesäumt ist. Ein Modelabel mit teuren Taschen im Schaufenster, ein Lebensmittelladen, Obststände, Melonen und Zitronen in der Auslage unter rot-weiß gestreiftem Sonnenschutz.

Das Katz-und-Maus-Spiel in dieser belebten mediterranen Vorstadt geht eine ganze Weile weiter. Ich wechsle die Richtung, der Verfolger taucht wieder auf, vor mir, hinter mir. Eine scharfe Linkskurve, der Motor meines Audis heult, und ich lande schließlich hinter einer Geschäftszeile, sprenge eine Katzenzusammenkunft. Die Tiere flüchten, eine die Feuerleiter hinauf, rüber zu einem Balkon mit rankenden Pflanzen – eine akrobatische Höchstleistung.

Plötzlich schießt der Range Rover aus einer Zufahrt vor mir und hat mich. Ich mache eine Vollbremsung und eine rundliche *Signora* in blauem Blümchenkleid eilt aus einem der Hinterausgänge. Vielleicht einem Restaurant, denn sie wirft mit faulen Tomaten nach mir und gestikuliert wild, schreit herum. Ich verstehe nur einige ihrer wütenden Beleidigungen, die definitiv mit meinem Fahrstil zu tun haben, und eine Tomate zerplatzt an meiner Heckscheibe. Eilig kloppe ich den Rückwärtsgang rein und gebe Gas. Im nächsten Moment tuckert ein roter Transporter aus einer Einfahrt und es knallt. Irgendwas trifft auf die Scheibe der Beifahrertür. Glas sprüht in meine Richtung. Der Audi hüpft über Altpapier, das am Wegrand lagert, und nietet einen Blumenkübel um. Ich weiß nicht wie, aber ich schaffe es irgendwie am Transporter vorbei und fahre rückwärts Richtung Hauptstraße.

»*Aih! Dio mio!*«, kreischt die Signora und streitet sich nun mit den Leuten im Range Rover, die mir folgen wollen, aber durch den Transporter blockiert werden. Plötzlich reißt die zeternde Signora erschrocken die Hände hoch. »*Polizia, polizia!*«, brüllt sie, wer weiß, was sie zu sehen bekommt, und ich verschwinde.

Irgendwann, als mein wilder Puls sich etwas beruhigt, halte ich in der Nähe des Marktplatzes, an dem ich Romy bei der Pizzeria rausgelassen habe. In Windeseile säubere ich den Sitz- und Fußraum so gut es geht vom Glas. Meine Fingerkuppe reißt an einem Splitter auf und ich fluche seelenlos vor mich hin. Wie soll ich Romy diesen Schaden erklären? Dürftig putze ich den Tomatenschmodder von der Heckscheibe und den Scheinwerfern. Vielleicht erzähl ich ihr einfach, dass ich von einer Jugendgang angegriffen wurde, die gerne Touristen abzieht? Die goldene Grundregel für Lügner, so nahe an der Wahrheit bleiben wie möglich.

Romy

»*Arrivederci*«, wünscht mir der freundliche Pizzabäcker noch, während ich zwei Pappschachteln mit herrlich duftendem Inhalt nach draußen balanciere. Ich muss zugeben, diese Wartezeit war die schönste seit Langem. Während ich an einem hübschen Tisch mit rot karierter Decke und Kerzenschein saß, konnte ich Marco und seine Freundin Luna ein wenig beobachten. Wie sie sich bei der Arbeit umgarnten, während sie wie eine Einheit funktionierten. Ich schoss heimlich Fotos, hielt einen Augenblick fest, an dem sie sich so zugewandt waren, dass es mich rührte. Der französische Fotograf Henri Cartier-Bresson nannte solche Fotografien »den entscheidenden Augenblick«, bei dem Pose, Handlung und Umgebung die Umstände des Bildes am besten repräsentieren. Marcos Arm umfing Lunas Gestalt leicht, während er ihr ein Tablett übergab, den Blick so liebevoll auf sie gerichtet, dass man dieses Gefühl selbst spürte. Das natürliche Licht, das von außen durch die Fenster drang, ließ das Paar zusätzlich strahlen, und ich zeigte es ihnen in einem ruhigen Moment. Luna erzählte mir daraufhin, dass sie sich in Berlin am Hauptbahnhof am 23. Dezember 2018 kennenlernten, als sie auf dem Weg zu Verwandten gewesen war. Beinahe hätten sie sich nie wieder getroffen, da sie vergaß, ihm ihre Telefonnummer zu geben. Erst vier Jahre später, an exakt demselben Tag zur selben Uhrzeit, traf sie ihn auf dem Bahnsteig wieder, nachdem er jedes Jahr dort auf sie gewartet hatte. Ich glaube, ich habe selten etwas Bewegenderes gehört, und brenne darauf, diese Geschichte Lilly zu erzählen.

Ich bin froh, als ich den Audi sofort entdecke, der genau dort hält, wo ich ausgestiegen war. Valentin beugt sich über die Beifahrerseite, schubst die Tür für mich auf.

»Perfektes Timing«, lobe ich ihn, und er wirkt irgendwie aufgekratzt. Dann entdecke ich die Scherben, die im Fußraum liegen, und begreife, dass die Scheibe kaputt ist.

»Was zur Hölle ist passiert?«, frage ich entsetzt.

»Jugendliche Straftäter und ein Einbruchsversuch.«

»Was?« Fast rutscht mir die Pizza aus der Hand.

»Sie wollten einbrechen, und ich habe sie dabei gestört. Aber alles gut, es ist nichts passiert.«

»Gott sei Dank.« Ungelenk die Pizzakartons balancierend, steige ich ein. »Ich habe ja davon gehört, dass Italien nicht ohne sein soll, aber in einem Vorort?«

»Halb so wild, wir reparieren es, wenn ich den Job erledigt habe.« Dafür, dass er gerade noch darüber sprach, was denjenigen blüht, sollten sie seinen Audi Q7 anrühren, ist er bemüht gefasst. Henry rastete aus, als er nach dem Einkaufen einen Kratzer auf dem Lack entdeckte.

Als Valentin anfährt, touchiert er beinahe eine römische Statue, die am Fußgängerweg vor dem Restaurant steht.

Anscheinend hat er es eilig, aus der Stadt zu kommen. Ich klappe eine der Schachteln auf und nehme ein vorgeschnittenes Stück Pizza Prosciutto heraus. Der Käse zieht herrliche Fäden, die Tomatensauce und der Oregano entfalten ihr Aroma.

»Ich lass dich beißen, wenn du mich lieb bittest«, versuche ich, ihn von dem Schaden einer möglichen Beinahe-Katastrophe abzulenken, und halte ihm das erste Stück entgegen, während er aus dem Ort herausfährt. Meine Schulter berührt seinen Oberarm, ich halte meine andere Hand unter das leckere Stück und füttere meinen Chauffeur. Etwas Sauce bleibt an seiner Wange kleben, und ich unterdrücke den Impuls, sie mit den Fingerspitzen fortwischen zu wollen.

»Ich muss zugeben, das ist wohl die beste Pizza, die ich jemals hatte«, sage ich. »Und was noch besser ist, ich habe ein unschlagbar gutes Foto von zwei Verliebten geschossen.« Ich umreiße die Geschichte, schwärme ein wenig und spüre, dass Valentin irgendwie nervös zu sein scheint, auch wenn er versucht, es zu verbergen.

»Weißt du was?«, sagt Valentin nach einer Weile. »Wenn ich den Job erledigt habe, könnten wir in der Pension eines Freundes übernachten und uns Neapel und den Dom San Gennaro ansehen.«

»Wow, die Kirche, die durch ihre Blutwunder bekannt ist?«, denke ich laut.

»Genau die. San Gennaro ist der Stadtpatron von Neapel und Heiligenfigur der Einheimischen. Im Jahre 305 wurde laut einer Legende das Blut des enthaupteten Märtyrers von seiner Frau in einer Phiole aufgefangen. Es soll sich nach Jahrhunderten verflüssigt haben und bis heute gilt dieses Blutwunder als glücksverheißendes Omen. Und tatsächlich wurde Neapel einige Male von Katastrophen verschont, etwa beim Erdbeben 1980«, referiert Valentin mit seiner gewohnt ruhigen Stimme. Ich könnte ihm ewig zuhören. Mir fällt auf, dass dieser Mann die Stimme nie wirklich erhebt. Auch als wir einen Disput hatten, blieb er leise und bestimmt. Die Männer in meiner Umgebung neigen dazu, laut zu werden, zornig. Allen voran mein Vater, der mich, nachdem ich mein Studium zur Zahnärztin abbrach, so anbrüllte, dass ich dachte, einen Hörsturz zu erleiden. Meine Mutter hingegen wird gefährlich, wenn sie still wird. *In der Ruhe liegt die Kraft, Romy. Männer lenkt man im Stillen.*

»Liegt dort nicht auch ein Eingang zu den unterirdischen Katakomben, die sich unter ganz Neapel erstrecken?«, hake ich nach und versuche, die Dinge, die ich vor langer Zeit mal über Neapel gelesen hatte, zu rekonstruieren und meine Eltern aus meinen Gedanken zu verbannen.

»Nein, nein, das ist die *Basilica di Santa Maria della Sanità*. Der Untergrund war zu griechisch-römischer Zeit Aquädukt und Wasserspeicher und wurde später als Müllplatz missbraucht. Man hat den Müll irgendwann einbetoniert, also geht man mancherorts fröhlich darauf spazieren. Gruseliger finde ich den *Cimitero delle Fontanelle*, den Friedhof der vielen Pesttoten. Man hat ihre Knochen hübsch gestapelt und geschichtet und der Öffentlichkeit zugänglich gemacht«, erzählt er mir.

»Ich würde es bevorzugen, das hübsche Gesicht Neapels kennenzulernen«, stelle ich fest.

»Dann wird dir sicher gefallen, dass mein Freund mit der Pension Flora den besten Limoncello Italiens hat. Und ich würde gerade für einen sterben, muss ich zugeben.«

»Ist das so?«

»*Si.*«

»Na, dann müssen wir das unbedingt so machen, ich will ja deine Gesundheit nicht gefährden«, stimme ich zu und freue mich tierisch auf Neapel und darauf, mit Valentin endlich den Wagen verlassen zu können.

»Warst du schon oft in Neapel?«, will ich wissen und forsche in seiner Miene. Irgendetwas geht ihm durch den Sinn, was einen Schatten wirft.

»Beruflich.«

»Und privat nicht?«

»Doch, mit Eve.« Die Ex, na gut, was hatte ich erwartet.

»Sie mochte die Stadt nicht sonderlich, sie war ihr zu laut.« Ob Valentin dieser Frau noch nachhängt, nach all der Zeit?

Ich muss an unseren Kuss denken, und etwas Spitzes tief in mir regt sich schmerzlich. Er war gut, sehr gut sogar, und hatte mich auf eine Weise mitgerissen, die ich nicht in Worte fassen kann. Nur bin ich mir nicht sicher, ob ich die Art, wie die Gefühle mich dabei überwältigten, mochte. Es war neu, aufregend … und außer Kontrolle.

»Vermisst du sie?«, höre ich mich plötzlich flüstern und reiße meinen Blick erschrocken über mich selbst von Valentin los.

»Nein, Gott bewahre«, reagiert er amüsiert. »Aber ich bereue einiges.«

»Was denn genau?«, frage ich und zwinge mich, auf meine Fingerspitzen zu schauen, die sich in die Haut meiner Oberschenkel graben. Es ist seltsam, mich hat das vorherige Liebesleben eines Mannes noch nie auf diese Weise interessiert.

»Dass wir uns enttäuscht haben«, höre ich Valentin antworten und denke an Henry. Ich muss mir seinen anklagenden Blick vorstellen, den ich mir mit Bravour verdient hatte.

»Jemand sagte mir mal, Enttäuschungen sind nur Haltestellen im Leben. Sie sind die Möglichkeit umzusteigen, wenn wir in die falsche Richtung unterwegs sind«, klugscheiße ich und weiß nur zu gut von Lilly, was diese Weggabelungen mit einem Menschen anstellen können. Wenn plötzlich jegliche Perspektive vom Nebel der Wut oder Trauer verschleiert wird und einem der Boden unter den Füßen scheinbar wegbröckelt.

»Sehr weise, wer war das?«, fragt Valentin interessiert und schaut kurz zu mir, bevor jemand hupt und uns schneidet.

»*Idiota*«, knurrt Valentin und knallt fast in einen Lastwagen vor uns.

»Meine Mutter hat das zu mir gesagt, als ich vierzehn war und die falschen Freunde hatte.« Mir fällt auf, dass meine Eltern mir unter anderem auch viele Dinge mit auf den Weg gaben, die sehr klug waren.

»Und meine sagte mir mal: Trau keiner Frau, außer deiner Mamma.« Valentin zwinkert mir linkisch zu und er sieht für einen Moment lang so unfassbar jung aus. Unbeschwert und fröhlich, trotz Beinahe-Crash. »Ich glaube, meine Mutter würde dich mögen«, fügt er sanft hinzu, und ich fürchte, das träfe nicht auf meine Eltern zu. Valentin hat etwas Geheimnisvolles an sich, das niemand so schnell entschlüsselt. Und das wäre meiner Mutter ganz und gar nicht recht: *Die simplen Männer sind zum Heiraten da*, höre ich sie beinahe reden.

Ich will wissen, ob seine Ex ein ähnlicher Typ Frau war wie ich oder das exakte Gegenteil. Also frage ich weiter: »Was mochtest du so an Eve?«

»Sie war sehr lebendig, und ich mochte den Sex, leider war sie pures Chaos für meine Seele.«

»Guter Sex ist also deine Priorität?« Da muss ich dann doch ein bisschen lachen. Ich mag Sex, aber ich kann ihn oft nicht genießen, weil ich zu sehr damit beschäftigt bin, zu gefallen. Lilly hatte mich deshalb schon mal auseinandergenommen.

»Was stimmt nicht mit dir?«, hatte sie skeptisch gefragt. »Du musst dich doch mal fallen lassen können. Mal an dich denken.«

Irgendwie ist mir das klar, schon immer, aber ich konnte nie aus meiner Haut. Früher sah ich sogar Pornos an, nicht, weil ich sie geil fand, eher um zu lernen. Manchmal, wenn ich mit einem Mann schlief, stellte ich mir mich selbst als Puppenspielerin vor, die Taille bewegend, den Rücken genau auf die richtige Weise gebogen, damit es ihm gefiel.

»Im Bett muss es stimmen, sonst bringt dir die harmonischste Beziehung nichts«, höre ich Valentin sagen. Ich frage mich, ob ich durch meine Entertainerqualitäten gut im Bett bin. Henry schien sehr zufrieden, aber was macht ein gutes Sexleben aus? Lilly denkt, es ist wichtig, dass beide ihren Höhepunkt erreichen und eine Verbindung besteht. Doch ich bin mir nicht sicher, ob ich mich schon jemals mit einem Mann ernsthaft verbunden fühlte, während wir es taten. Vielmehr trat ich aus der Situation heraus, wenn es zu intim wurde.

»Und womit hast du sie enttäuscht, dass es zur Trennung kam?«, frage ich.

»Sie warf mir vor, ich hätte sie alleingelassen, wenn es ihr nicht gut ging.« Seine Stimme senkt sich, sein Blick bekommt eine gewisse Härte.

»Und stimmt es?«

»Ich schätze ja, ich kann es nicht ertragen, wenn jemand leidet.«

»Verstehe.« Nicht wirklich, aber es fällt mir schwer, ihn dafür zu kritisieren, weil er in diesem Moment so verletzlich wirkt, dass es mir beinahe selbst wehtut.

»Heute ist mir bewusst, was ich ihr damit antat. Partner sollten füreinander da sein, auch wenn es mal nicht so gut läuft.«

»Würdest du es heute anders machen?«

»Vermutlich«, antwortet er knapp und wirft mir einen schnellen Seitenblick zu. »Aber jetzt zu dir, Romy. Was war es an Henry, das dich anzog?«

Ich atme tief ein, denke nach. »Ich schätze, ich mag es, dass er mir sagt, wie ich das Beste aus mir herausholen kann. Er ist immer bemüht, mich über mein Potenzial zu erheben, er spornt mich an«, versuche ich zu erklären, was unsere Beziehung ausmacht.

Mich überrascht Valentins Reaktion. Ein Schnaufen, gepaart mit einem Kopfschütteln. »Was brauchst du, Romy? Einen Freund oder einen Liftboy?«

»Wie meinst du das?«

»Na, ich bin mir sicher, du kannst dich ganz allein entfalten und brauchst niemanden, der dich antreibt oder dir erklärt, wie man das am besten macht.«

Das nächtliche Treiben Neapels nimmt mich ein. Dennoch geht mir das Gesagte nicht aus dem Kopf. Sollte Henry ein Mansplainer sein und denken, er müsse mir mein Leben erklären, weil ich eine Frau bin und Hilfe brauche? Ein bisschen besserwisserisch und herablassend konnte er durchaus sein. Zum Glück lassen mich die Gedanken los, als eine Welle aus Tumult über uns zusammenschlägt und ich eine Ahnung bekomme, was Valentin meint, wenn er sagt: »Neapel ist anders als Rom oder Florenz. Es ist jenseits von Gut und Böse.«

Staunend blicke ich mich um, die Luft, die durchs Fenster weht, wird heißer, führt einen Cocktail aus Gerüchen mit sich.

»Diese Stadt ist einzigartig, entweder man liebt oder man hasst sie«, höre ich Valentin sagen, während er in einen Kreisel fährt, ohne abzubremsen oder auf andere Fahrende zu warten. Fast sehe ich es schon krachen.

»Wow, die sind ja verrückt hier«, wundere ich mich, als ein Rollerfahrer sich einfach durch die Reihen der Autos und Transporter schlängelt, als könnten sie ihm nichts anhaben.

»Neapolitaner sind ein unerschrockenes Volk, sonst würde sich kaum erklären lassen, wie sie sich am Fuße des Vesuvs ansiedeln konnten.« Ich spüre, Valentin ist in diesem Verkehrschaos ganz in seinem Element. Ein Durcheinander von Autos und Motorrädern, und ich frage mich, ob jemals ein Fahrzeug Neapel ohne Dellen verlässt. Ampelfarben werden getrost ignoriert. Eine ganze Kleinfamilie auf einem Moped, den Helm am Lenker baumelnd, saust an uns vorbei, als wir an einer Kreuzung halten. Ich nehme meine Kamera, schaue mir das Treiben durch die Linse an. Es ist bunt, es wird geschrien, geflucht, wild gestikuliert.

Ich lehne mich viel zu weit aus dem offenen Fenster, spüre Valentins Hand am Stoff meines Kleides, als er mich zurückzieht.

»Tu mir einen Gefallen und geh mir nicht verloren«, bittet er mich halblaut, und ich bin einfach zu überwältigt von dem Anblick, der sich mir bietet.

»Es ist so wunderbar wild«, finde ich, sauge die Gerüche auf, bestaune, wie die Umgebung sich nach weiteren Minuten Fahrt schon wieder verändert.

Ich schieße Fotos. Sowohl das Schöne als auch das Hässliche dominieren gleichzeitig. Chaotisches Stadttreiben inmitten romantischer Umgebung. Einfach unglaublich.

Ich fange das neapolitanische Pflaster ein, einige Brunnen auf belebten Plätzen, das Labyrinth Hunderter steiler Gassen der Altstadt. Wäscheleinen baumeln wie italienische Schmuckstücke von Hauswand zu Hauswand. Vor einigen Hauseingängen sitzt das älteste Mitglied der Familie, still beobachtend oder wild mit einem Nachbarn diskutierend. Ein Traum.

»Können wir nicht anhalten und eine Pause machen?«, flehe ich, und Valentin deutet ein Kopfschütteln an.

»Unmöglich. Eigentumsdelikte sind hier an der Tagesordnung, und ich habe zu wertvolle Fracht, wie du sicher noch weißt«, erinnert er mich, und ich gebe nach.

Wir fahren in Richtung Portonapoli, zum Hafen, das Ziel soll dort in der Nähe sein. Die Stadt wird in die Lichter der Nacht gehüllt, überall flammen Laternen und Lampions auf, und ich warte darauf, dass alles zahmer wird. Vergebens.

Irgendwann erreichen wir das Ziel, ein hübsches Viertel, über dem Golf von Neapel thronend.

Blauregen erklimmt die historische Fassade eines vierstöckigen Hauses und ein riesiger Stahlzaun trennt es von der Anliegerstraße, in der Valentin den Wagen hält. Weiter vorne ist es abschüssig, und mir bietet sich ein atemberaubender Blick über die Dächer Neapels. In mir regen sich allerlei warme und aufregende Gefühle. Nicht nur für die Umgebung, auch für mich und das Leben … und Valentin, der mich anlächelt und sich abschnallt. Konfuzius sagte einst über die Liebe, sie existiere um der Liebe willen. Und wohin man auch gehen möge, man tue es mit seinem ganzen Herzen. In diesem Moment verstehe ich diese Worte.

Valentin streckt sich und rückt dann näher zu mir herüber.

»Wenn ich zurück bin, machen wir es uns schön«, verspricht er und legt unverhofft seine Finger unter mein Kinn, sodass ich ihn anschauen muss. »Ich kann dich doch hier ein paar Minuten allein lassen? Ohne dass du Unsinn anstellst?«

»Was für Unsinn sollte das sein?«, frage ich leise und versinke in seinen grauen Augen. Um die Iris herum ruhen helle Punkte, die wie Sterne in dunkler Nacht aufleuchten und einen ganz eigenen Zauber entfalten. Hatte ich jemals zuvor jemandem so tief in die Augen geschaut?

»Den Wagen verlassen zum Beispiel? Mein Kunde soll nicht wissen, dass ich jemanden während eines Auftrages mit an Bord habe. Also mach dich am besten unsichtbar, okay?«, bittet er eindringlich. Seine andere Hand befindet sich plötzlich an meiner Taille und fühlt sich elektrisierend an, ebenso wie sein intensiver Blick auf mir.

»Und wenn nicht?«, flüstere ich ihm entgegen. Ich fixiere seine Lippen, spüre das Kribbeln zwischen meinen Schenkeln, das eigentlich fehl am Platz sein sollte, und schlucke trocken.

»Dann setze ich dich aus und du musst allein in Neapel zurechtkommen.« Wider seinen harten Worten lächelt er sanft, steigt aus, um sich Hilfe für die Fracht zu organisieren und diese schwere Büchse der Pandora aus dem Wagen zu bekommen. Ich bleibe aufgewühlt zurück.

Valentin

Ich gehe mit einem Angestellten die Gasse mit den üppigen Blumenarrangements entlang zum Haupttor und muss unbedingt aufhören, mir Romy unter mir liegend vorzustellen. Mit leicht geöffnetem Mund, dem ein Stöhnen entrinnt, wenn ich mich in ihr bewege. Gott, meine Fantasie benebelt mir auf berauschende Weise meine Sinne, und ich habe Mühe, geradeaus zu denken. Die Luft zwischen uns ist zum Zerreißen gespannt. Ihre körperlichen Reaktionen auf mich werden deutlicher, je länger wir umeinander hertanzen. Die leise Röte, die ihr ins Gesicht steigt, wenn ich ihr näher komme. Der beschleunigte Atem, wenn ich sie berühre …

Ich seufze. Der Angestellte interpretiert meine Regung falsch und scherzt über schwere Kunst, und ich lächle. Wie kann man sich nur so wenig im Griff haben? Kurz schaue ich zurück zum Wagen, in dem sich mein Untergang befindet. Ich hatte mir geschworen, nie wieder eine Frau nah an mich heranzulassen. Und jetzt? Ich will sie. Und die Widrigkeiten rücken immer mehr in den Hintergrund.

Über mir geht der Mond auf und das melodische Zirpen der Grillen bringt mich ein wenig zur Ruhe.

Es dauert nicht lange, und wir werden von weiterem Sicherheitspersonal in Empfang genommen. Über einem Steinpfad zwischen zwei Wohnhäusern sind Laternen entzündet und die Umgebung ist zauberhaft dekoriert mit weißen Schleifen. Als ob hier eine Party stattfinden würde, das Anwesen ist allerdings unheimlich ruhig. Ich werde gefilzt, und egal, wie sehr ich versichere, sauber zu sein, dauert das Abtasten eine Ewigkeit. Ich muss sogar die Schuhe ausziehen, die penibel auf Abhörtechnik untersucht werden. Das nenn ich mal vorsichtig. Ich werde in einen Raum gebracht, der kahl und gekachelt ist und an die Garage angrenzt. Und von dort aus in ein herrschaftliches Zimmer mit freiem Blick aufs Meer. Ich setze mich auf eine Ledercouch und denke darüber nach, was ich über diesen Mann weiß. Mitte fünfzig, Vater von zwei Kindern, die mit der Mutter meist auf Sizilien leben. Ein Charakter mit Prinzipien, Loyalität geht ihm über alles. Es heißt, er sei überdurchschnittlich intelligent und ebenso kühl, wenn es um unbequeme Entscheidungen geht. Neapel hat er gutgetan, viel für die Wirtschaft erreicht, und doch gibt es Menschen, die ihn in sehr dunklen Farben malen. Wenn bei den meisten Menschen das Herz ein Muskel ist, sei es bei ihm ein Knochen.

»Signor Russo«, werde ich wenig später vom Bürgermeister Neapels begrüßt. In weiten Schritten kommt er auf mich zu, durchmisst den Raum und gibt mir die Hand. Er drückt sie fest, lässt sie nicht mehr los, während seine Männer uns allein lassen.

»Signor Farina, ich bringe Ihnen das gewünschte Objekt«, antworte ich, und mir entgeht das zornige Blitzen in seinen Augen nicht. Die Stimmung hier ist eindeutig noch mieser als bei Francesco. Eigentlich bin ich es gewohnt, dass meine Klientel sich freut, wenn ich liefere. Aber was ist zurzeit schon normal?

»Gewünscht? Sie machen Witze«, knurrt der Bürgermeister und kommt richtig in Fahrt. Er holt tief Luft und beginnt zu fluchen, gestikuliert. »Dieser Idiot Francesco bringt mich in Teufels Küche, mir ausgerechnet an diesem einen beschissenen Tag so eine heiße Ware liefern zu lassen.« Meine Verwirrung trägt dazu bei, dass er noch wütender wird. »Ich habe gleich den Stadtrat und seine Frau zu Besuch und ich will, verdammt noch mal, wiedergewählt werden. Wenn die falsche Person davon Wind kriegt, wird es mich einiges kosten, das wieder geradezubiegen. Das können Sie mir glauben.«

Für einen Moment fürchte ich, dass ich mit dem Stück des Regenbogens und dem Topf voll Gold darunter weitergeschickt werden könnte. Das wäre mehr als lästig.

»Das bedaure ich sehr, mein Auftrag war eindeutig. Ich war überzeugt, nach Ihren Wünschen zu handeln«, sage ich gefasst, und erst jetzt lässt der genervte Mann meine Hand los und blickt auf das in Stoff gehüllte Gemälde.

»Ist es dort drin?« Er löst seine gestreifte Krawatte, um besser atmen zu können. Auf seiner Stirn schimmern feine Schweißperlen, und ich kann hören, dass sein Atem leicht pfeift.

»Francesco, dieses Schlitzohr, hätte es mit Sicherheit selbst behalten, wären seine Leute nicht solche Stümper und hätten die Aufmerksamkeit der Polizei erregt.« Er stößt hart die Luft aus und wedelt anschließend wild gestikulierend mit seiner Hand. »Zeigen Sie schon her.«

Zu zweit wuchten wir das Gemälde auf einen großen Tisch aus Ebenholz und schlagen den Stoff auf.

»Nun, schön ist es«, stellt Signor Farina fest und fährt sich über den ergrauten Bart. Sein Blick ist dunkel, als er mich streift, und ich bekomme eine Gänsehaut. »Ihnen ist niemand gefolgt?«

Ich deute ein Kopfschütteln an, werde auf gar keinen Fall den grauen Range Rover auch nur erwähnen.

»Sind Sie sicher, Signor Russo? Ich will heute keine Probleme bekommen.«

»Absolut sicher«, lüge ich, mir der Tatsache bewusst, dass dieser Mann auf seinem Weg in die Politik mit Widersachern nicht gerade zimperlich umgegangen ist.

»Sehr schön.« Nun lässt der Bürgermeister seinen Blick unendlich lange über mein Gesicht wandern. »Ich habe viel von Ihnen gehört, Signor Russo. Sie sind unscheinbar.«

Ich bin mir nicht sicher, ob das ein Kompliment ist, und schweige. Ich hatte immer darauf geachtet, meine falsche Identität zu bewahren. Niemand sollte über meinen Namen auf meine Nonna Maria Fontanelli auf Capri oder meine Familie in München aufmerksam werden, falls mal irgendein Job nicht gut läuft.

»Was haben Sie mit Francesco als Bezahlung für den Transport ausgemacht?«, will er wissen.

»Die üblichen sieben Prozent. In Bitcoins«, antworte ich und erwidere den durchdringenden Blick, während ich mich wieder setze und mich lässig zurücklehne. Körpersprache ist alles.

»Dann haben Sie gut verdient, mein Freund«, meint er und widmet sich nun etwas intensiver dem Gemälde. »Es ist faszinierend, nicht wahr?«, sagt Signor Farina und betrachtet die Frau und den Mann, die auf einer Wiese liegen, unmittelbar nach dem Akt. Venus betrachtet Mars, der tief schläft. Vielleicht wandern ihre Gedanken zwischen Neugier und Gleichgültigkeit, Zufriedenheit und Enttäuschung umher.

»Venus hat Mars gezähmt, die Liebe triumphiert über die Gewalt«, stimme ich ihm zu und freue mich, dass ich endlich frei von diesem Gemälde und seiner Last bin.

Ich verabschiede mich, laufe beschwingt zurück zum Wagen und kann es kaum erwarten, mit Romy endlich in einen entspannteren Modus zu starten. Vielleicht kehren wir erst mal in einem Hotel ein? Oder, falls der Range Rover mich noch sucht, besser bei Pietro in seiner kleinen Pension. Gut, seine Mutter ist etwas gewöhnungsbedürftig, erzkatholisch und legt einen großen Wert auf Tugend und Tradition, aber das lässt sich verschmerzen. Und Pietro könnte mir eine Werkstatt für das Auto empfehlen und einen Kontakt zu einem Bootsverleih herstellen. Zu gerne möchte ich Romy Capri zeigen. Ich seufze, stelle mir vor, wie wir gemeinsam in einem hübschen kleinen Boot zwischen den *Faraglioni* hindurchfahren. Nur sie und ich und das Azurblau des Meeres.

Romy

Ich verusche, mich zu beruhigen. Die Erregung, die Valentin durch seine Nähe gerade erneut in mir ausgelöst hat, zu vergessen. Es ist doch schlicht nicht möglich, dass ich so heftig auf diesen Mann reagieren sollte, wo ich gerade erst einen anderen verloren habe. Das muss an der Hitze des vergangenen Tages liegen.

Ich nehme meine Nikon zur Hand, klicke mich durch die letzten Aufnahmen, als ich eine Bewegung am Ende der Straße im Schein der Laternen wahrnehme. Ein junger Mann fährt mit dem Fahrrad den Hang herauf. Auf dem Gepäckträger ein Mädchen, die Nase in einem Buch, das Gleichgewicht perfekt haltend. Ich zoome heran, während sie langsam an mir im Dämmerlicht vorbeifahren.

»*Scusi, Signore, Signorina!*«, rufe ich den beiden nach, und sie halten für mich an. Ich lese den Titel des Buches, *Just a hug*, und während sie vom Gepäckträger steigt, sich das Foto anschaut, legt er seinen Arm um sie. Ich kann beinahe spüren, wie ihre Herzen im selben Takt schlagen. Sie sind so verliebt und jung, und ich wundere mich darüber, dass es bei ihnen so natürlich aussieht. Sie füllen mir meinen Zettel aus und freuen sich ebenso sehr über die Bilder wie ich.

Als ich zum Wagen zurückkehre, kommt eine Traurigkeit über mich. Und zu allem Überfluss schneide ich mich auch noch an einer übersehenen Scherbe, als ich mich zurück auf den Sitz fallen lasse. Wir sollten den Wagen baldmöglichst intensiv reinigen.

Ich wähle Lillys Nummer.

»Hey, Süße, wo bist du?«, fragt sie ohne Umschweife.

»Neapel.« Die Luft kühlt langsam ab, weht durch die geöffneten Fenster.

»Im Hexenkessel Italiens? Beeindruckend! Kennst du das Sprichwort? *Vedi Napoli e poi muori*«, fragt sie mich. »Wenn man Neapel gesehen hat, kann man beruhigt sterben, heißt es.«

»Okay, sterben kommt nicht infrage«, antworte ich gedehnt, und ich höre die Türklingel von Lillys Wohnung.

»Welche Optionen siehst du denn für dich? Wo stehst du mittlerweile in deinem emotionalen Findungsprozess?«, fragt sie, und ich höre, wie sie die Treppe hinunter hetzt. Ich kenne das steile Ding nur zu gut, war mal schneller unten, als mir lieb war.

Seufzend lehne ich mich zurück, schaue aus dem Fenster zur Villa, in der Valentin verschwunden ist.

»Moment, ein Paketbote«, nuschelt sie.

Ich nutze die Zeit, um meine Worte zurechtzulegen, dass ich mich womöglich zu Valentin mehr hingezogen fühle, als ich sollte. Und drücke mich dann davor, sie zu formulieren.

»Was hast du denn schon wieder bestellt?«, frage ich stattdessen, als Lilly unter irgendetwas ächzt und es verdächtig klappert.

»Ach, Romy, ehrlich gesagt, weiß ich gar nicht so genau, was ich so alles bestelle. Wenn UPS oder Hermes morgen ein

Zwergpony liefern, wird das wohl richtig sein.« Lilly kichert. »Aber jetzt bist du dran, erzähl mir, was du so machst.«

»Mich verlieben, fürchte ich.« Ich kann es kaum fassen, dass ich das sage.

»Was?« Ich glaube, Lilly wechselt das Ohr. Auf dem rechten hört sie besser, sagt sie.

»Ich weiß, ich weiß, hört sich komisch an …«

»Komisch? Du hast das Wort noch nie im Zusammenhang mit deiner Gefühlswelt benutzt. Du bist angetan, findest einen Kerl toll oder, ich zitiere: Es kribbelt unterhalb der Gürtellinie …«

»Unsinn«, unterbreche ich sie. »Es kribbelt unterhalb der Gürtellinie, das hört sich nach Chlamydien an.«

»Deine Worte.«

»Scheiße, echt?«

Ich kann Lilly nicken hören. »Was ist passiert?«

»Valentin ist so anders, er …« Ich weiß nicht, wie ich es beschreiben soll. »Manchmal denke ich, er blickt tief in mich hinein«, versuche ich es, und Lilly lauscht, bis ich ihr von dem Kuss erzähle und von seiner ruhigen Ausstrahlung, die bestimmt nichts jemals aus dem Gleichgewicht bringt.

»Du schwärmst ja richtig«, sagt Lilly und wirkt fast entzückt. Aber nur fast. »Dann hast du Henry bereits abgeschrieben?«, fragt sie plötzlich in einem doch etwas seltsamen Ton, der mich aufhorchen lässt.

»Keine Ahnung, das eine hat mit dem anderen gar nichts zu tun«, überlege ich. Das, was für Valentin in mir aufkeimt, ist etwas ganz anderes. Meine Gefühle für Henry sind … Ja, was eigentlich? »Hast du etwas von Henry gehört?«, frage ich und spüre etwas an meinem Oberschenkel kratzen. Ich überkreuze meine Beine, fahre mit den Fingern zu der Stelle und finde den Splitter.

Lilly druckst rum.

»Lilly?«, sage ich ins Handy. »Mein Leben steht kopf, jede Information hilft mir, die Puzzleteile zusammenzusetzen.« So etwas wie Verzweiflung kocht in mir hoch. Und ich beneide Lilly, die immer den Durchblick hat.

»Von was für einem Puzzle reden wir, Romy? Eins für Kinder oder so ein Hunderttausend-Teile-Ding? Denn dieses kleine Stück, das ich für mich behalten möchte, hilft dir bestimmt gar nicht weiter.«

»Das will ich selbst entscheiden«, schnappe ich und werde ungeduldig.

Lilly seufzt. »Piet hat Henry am Flughafen getroffen, weil er zurück nach Berlin wollte. Purer Zufall, mein Schatz hat nur jemanden abgeholt und Fahrdienst gemacht, sozusagen.«

»Ja, und?« Für gewöhnlich fliegt Henry lieber, als dass er den Zug oder das Auto nimmt. Also, worauf will sie hinaus?

»Er war nicht allein«, sagt sie zögerlich.

»Okay?« Was soll mir das jetzt sagen?

»Piet meint, er schien etwas zu vertraut mit der Tussi, die bei ihm war.«

»Wie genau soll ich mir diese Vertrautheit jetzt vorstellen, Lilly? So wie Bruder und Schwester, Chef und Sekretärin?«, hake ich nach und weiß natürlich, dass Henry viele Frauenfreundschaften in beinahe jeder Stadt pflegt. Einige davon hatte ich auch bereits kennengelernt. Da war Maja, eine ehemalige Kommilitonin, oder Britt, eine Stewardess. Womöglich war es eine von ihnen, die Henrys Ego streichelt. Und nachdem ich ihn so mies behandelt habe, bin ich nicht sicher, ob mich das etwas angeht, mit wem er gerade Zeit verbringt.

»Vielleicht brauchte er ein wenig Trost. Sicher ist es völlig harmlos.«

Meine Hände schwitzen.

»Ich wünschte, ich könnte meinen Gefühlen trauen, so wie du«, höre ich mich sagen und drehe das Stück Glas zwischen Daumen und Zeigefinger.

»Du schaffst das schon. Manchmal ist das Spontane das Richtige. Wie bei mir und Piet, weißt du noch?«

»Wie könnte ich das vergessen.« Es war der Sommer 2013, Lilly wollte mit mir nach Paris fahren, ließ mich dann aber sitzen, weil sie sich in Piet verliebt hatte. Nach nur zwei Nächten, was ich, zugegeben, geisteskrank fand und es aus Frust auch so benannte.

»Denkst du, dieser Valentin fühlt sich ebenfalls zu dir hingezogen?«

»Bin mir nicht sicher.« Und das macht es wirklich kompliziert. Denn ich war mir immer sicher, bevor ich mich jemandem näherte. Ich ging nie das Risiko ein, abgewiesen zu werden.

»Vielleicht sprichst du ihn einfach darauf an?«, schlägt Lilly vor, und ich muss fast lachen.

Einen winzigen Moment erwäge ich die Möglichkeit, es wirklich zu tun. Zu sagen: Hey, Valentin, ich bin so gerne mit dir zusammen, geht es dir auch so?

»Ich weiß nicht.« Mir wird unerträglich warm.

»Romy, du hast neun Jahre lang an den Weihnachtsmann geglaubt, jetzt nimm dich zusammen und glaub einfach an dich! Du bist durchaus in der Lage, solche Gespräche zu führen.«

Mir rutscht das Handy aus den Fingern. »Mist.«

»Romy?«, höre ich Lilly rufen, ich bücke mich. Ein Heftchen liegt inmitten der restlichen Scherben, halb verborgen unter dem Sitz. »Seltsam«, murmle ich und hebe es mit dem Handy zusammen auf. »Mit mir ist alles *tutti*«, versichere ich und klappe das schwarze Heftchen auf.

In ihm Bargeld und ein Ausweis. Ich ziehe ihn heraus, lese den Namen: Luca Fontanelli. Und das Passbild zeigt eindeutig Valentino Russo. Ich würge Lilly ab, lege auf.

Großartig. Hatte ich kürzlich noch versichert, Valentin sei ein anständiger und ungefährlicher Kunsthändler, dämmert mir, dass ich mich getäuscht haben könnte. Von wegen Einbruchsversuch, jugendliche Straftäter. Hier ist was beträchtlich faul.

»Wie bedauerlich«, flüstere ich mir selbst entgegen und stehe augenblicklich unter Strom, meine Gedanken überschlagen sich. Bereit, sich in die Tiefe zu stürzen.

Sofort ist da diese Szene aus meiner und Lillys Jugend in meinem übervollen Kopf und spielt sich ungefragt ab.

»Hoch die Hände, Schulende!«, kreischte ich auf unserer Abifeier und wirbelte Lilly auf dem Tanzparkett umher. Trockeneisnebel nahm mir die Sicht, und *Steady, as she goes* wurde gespielt.

»Wie läuft es eigentlich mit Tom?«, fragte sie mich, und mein Blick wanderte zum Rand der Tanzfläche, wo er mit seinen Jungs stand und herumalberte.

»Ganz gut.« Ich betrachtete ihn durch den Nebel und die Lichtblitze und war ziemlich verliebt. Fast konnte ich Toms Hände noch überall auf meinem Körper fühlen und fragte mich, warum ich Lilly nicht längst jedes Detail davon erzählt hatte. Eigentlich teilten wir alles, was uns bewegte.

»Wie gut genau?«, hakte Lilly nach und übte einen langen Augenaufschlag.

»Das ist jetzt unwichtig«, behauptete ich und sah Tom mit Ilka, unserer Schönheitskönigin, plaudern.

»Jungs sind doch nicht unwichtig, Romy.« Lilly zwinkerte keck. »Ich kann es gar nicht erwarten, bis ich endlich meinen Prinzen finde.« Sie seufzte, ließ sich in meine Arme sinken und blinzelte zu mir hoch.

»Du bist so was von albern. Wir brauchen keinen Prinzen, Lilly«, erinnerte ich an die Tatsache, dass wir im 21. Jahrhundert leben.

Abrupt löste sie sich von mir, runzelte die Stirn.

»Wieso eigentlich nicht? Ich hätte gerne einen, der für mich die Drachen erlegt und Schwert voraus die Welt erobert und sie mir zu Füßen legt.« Schmollend schob sie die Unterlippe vor.

»Das kannst du doch viel besser selbst machen, Drachen töten und so«, beharrte ich.

»Will ich aber gar nicht. Ist mir viel zu anstrengend.« Lilly tanzte weiter. »Ich will mein Märchen, starke Arme, die mich halten, und einen anständigen Prinzen, der mein Herz im Sturm erobert.«

»Du bist hoffnungslos.« Ich lachte, und die Musik wechselte, wurde basslastig und schnell.

»Du wirst schon sehen«, waren ihre vorerst letzten Worte, bevor Joost zu uns tänzelte und unsere ausgelassene Stimmung störte. Er wedelte mit einem hellen Stofflappen herum und grinste diabolisch. Zuerst erkannte ich es nicht, doch dann wurde mir klar, was er da hatte. Mein Höschen. Das perlenbesetzte von Victoria's Secret, das ich seit der Nacht mit Tom nicht wiedergefunden hatte. Ich trat auf den Saum meines Ballkleides, strauchelte.

»Uhuhu, Victoria, das Secret ist raus«, frotzelte Joost, und ich riss es ihm aus der Hand. Gefühlt hörten alle um uns herum auf zu tanzen, starrten mich an. Vielleicht nur Einbildung, aber ich wünschte, ich würde einfach verschwinden können. Mich in Luft auflösen.

»Tom hat unsere Miss Belladonna geknackt«, waren weitere Worte, die mich innerlich beben ließen und mich Stück für Stück aushöhlten.

»Was ist hier los, Romy? Ich versteh das nicht?« Lilly runzelte die Stirn, schaute verwirrt mich und wieder Joost an.

Ich raffte meinen Rock und bahnte mir wütend einen Weg durch die Menge zu Tom. Meine Faust traf sein Jochbein, bevor er etwas sagen konnte, und ich spürte den Knochen meines kleinen Fingers brechen.

»Argh!« Ich krümmte mich, dieser Schmerz war zum Glück heftiger als der in meiner Brust. »Du blödes Arschloch«, knurrte ich und trat dann mit hoch erhobenem Haupt die Flucht an. Lilly war neben mir, spie noch ein paar wüste Beschimpfungen in Toms Richtung, obwohl sie gar nicht wusste, warum. Denn so ist Lilly, absolut loyal.

Tränen standen in meinen Augen, ich blinzelte nicht, wollte auf gar keinen Fall, dass sie fließen, und lief stur weiter über die Tanzfläche in Richtung Ausgang. Lilly eilte mir nach, legte ihren Arm sacht um meine Mitte.

»Was ist denn passiert?«, fragte sie wieder. »Was hat der Idiot denn gemacht?«

Ich wollte es ihr sagen, holte Luft, um zu sprechen, doch sämtliche Worte steckten in meiner Kehle fest.

Ungehalten drängte ich mich an ein paar Mädchen in roten Kleidern vorbei, verfluchte meine hohen Schuhe, die meine Mutter mir gekauft hatte.

Was würde sie wohl dazu sagen?

»Fuck!«, schrie ich irgendwann, verdrängte den Kloß in meinem Hals.

»Ja, genau. Fuck«, krächzte Lilly.

Meine Finger pochten mit meinem Herzen um die Wette.

»Du musst mir sagen, was passiert ist, Romy«, bat Lilly, stoppte mich, legte ihre Hände an meine Wangen und zwang mich, sie anzusehen. Sie weinte jetzt an meiner Stelle. Tränen tropften aus ihren Wimpern, zogen Kajalspuren über ihre Wangen.

»Mein Märchen ist nicht gut gelaufen«, würgte ich schließlich hervor und ließ mich von ihr in den Arm nehmen.

Ich blinzle, verdränge die Bilder und befehle meinem Herzen, einen Gang runterzuschalten, was kläglich scheitert.

»Was mach ich denn jetzt?«, stöhne ich, erwäge, Lilly wieder anzurufen, und verwerfe den Gedanken. Sie würde ausflippen und einen Herzinfarkt bekommen. Oder sofort in den Flieger steigen, um mich aus einem vermeintlichen Schlamassel zu holen. Hektisch wische ich mir die Haare aus der Stirn. Wer ist Valentino Russo, wenn der Mann, mit dem ich hier in Neapel bin, Luca Fontanelli ist? Nein, anders, wer ist Luca Fontanelli, wenn Valentin nicht Valentin ist? Vielleicht sind die beiden Männer Zwillinge? Das muss es sein, ganz klar. Aber weshalb sollte ein Valentin Russo dann den Ausweis des Zwillings Luca Fontanelli dabeihaben und verstecken? Lava fließt durch meine Venen, verbrüht mich von innen heraus.

Ich schlage meinen Kopf an die Rückenlehne und stöhne, haue mir ein paarmal an die Stirn. Denk doch mal logisch, Romy Winter, mahne ich mich. Diese ganze Geheimniskrämerei, seine dubiosen Kunden, die ich nicht sehen durfte, das Polizeigroßaufgebot bei Pesaro, als wir dort waren, und nun als krönender Abschluss das zersplitterte Glas und ein falscher Ausweis.

In meinem Hirn formen sich abenteuerliche Theorien über die Identität des Kerls, mit dem ich unterwegs bin. Er könnte ein Geheimagent sein. Oder ein Auftragskiller. Will ich wissen, was von beidem? Ich kaue auf meiner Unterlippe, balle die Fäuste. Wenn ich schlau bin, nehme ich jetzt meine Sachen und suche das Weite. Dummerweise war ich auf diese Weise noch nie schlau, und ich will wissen, was Valentin zu verheimlichen hat. Ich muss es erfahren, und ich ahne, dass er mir nicht einfach die Wahrheit sagen wird, wenn ich ihn nett frage, sobald er zurück ist.

Ich nehme mir meinen Rucksack und steige mit klopfendem Herzen aus dem überhitzten Audi. Eilig schnalle ich ihn mir fest auf den Rücken und schleiche im Schutze der Dämmerung hinüber zur Bruchsteinmauer. Das Tor ist bombenfest verschlossen. Ich spähe hindurch, sehe im Licht der Außenlaterne einen Typen so groß wie breit in schwarzem Anzug mit Headset, wie ein Bodyguard oder so was. Keine Ahnung, warum mir *Ein ganzer Kerl dank Chappi*, ein uralter Werbeslogan für Hundefutter, durch den Kopf geht.

Er redet mit jemandem, steht dabei stocksteif vor dem imposanten vierstöckigen Gebäude im venezianischen Stil mit

seinen Verzierungen und Rundbögen. Die weißen Fensterläden sind alle halb geschlossen, und es wirkt gespenstisch
ruhig. Ich gehe verunsichert zurück zum Wagen, steige wieder ein und kaue an den Fingernägeln. Valentin. Oder Luca.
Mir schwirrt der Schädel. Seine ach so geheime Ware ist womöglich was? Schmugglerware? Gestohlen?

Ich erhasche eine Bewegung im Rückspiegel, da kommt er
ja, der … ein Verbrecher auf jeden Fall. Und ich habe mich
bei ihm rundum wohlgefühlt. Was genau sagt das eigentlich
über mich aus?

Wind frischt auf, trägt Nachtluft ins Innere des Wagens, in
dem ich vermutlich längst nicht mehr sitzen sollte.

Ich höre das Meer in der Tiefe rauschen, obwohl mein
Herzschlag mir laut in den Ohren dröhnt, und ich hadere mit
mir. Streite mit der Stimme der Vernunft und diesem irren
Gefühl von Anziehung zu ihm.

*

Unfassbar selbstzufrieden steigt Valentin ein und startet den
Motor. Er lächelt mich an, mein Magen flirrt.

»Und? Konntest du deinen Drogendeal abschließen?«,
frage ich einfach mal.

»Was?« Sein Blick schnellt verräterisch zu mir.

»Die Katze ist aus dem Sack, Valentin«, zische ich ihn nun
an und wedle mit seinem anderen Ausweis. »Oder soll ich
lieber ›Luca‹ sagen?«

Seine Augen weiten sich vor Überraschung und ich werfe
ihm den Ausweis wütend entgegen. Er rutscht von der Kupp-
lung ab, der Wagen ruckt vorwärts.

»Drogen, so ein Unsinn.« Unverhohlener Spott zeigt sich auf seinem Gesicht und ich werde richtig wütend.

»Wer würde denn Drogen in einem so unhandlichen Behälter transportieren«, sagt er. »Komm schon, Romy, das müsste dir einleuchten.« Er legt den Kopf in den Nacken, grinst schief, was ihn gleichzeitig so attraktiv wie überheblich wirken lässt.

»Was war denn in dem Ding.«

»Ein Kunstwerk, sagte ich bereits.«

»Gestohlen. Du bist ein Hehler«, bin ich mir jetzt ganz sicher. »Und die kaputte Scheibe? Hatte die auch damit zu tun?«, dämmert es mir. »Jemand hatte es auf dein Diebesgut abgesehen, stimmt's?« Erstaunlicherweise streitet er das nicht sofort ab, hält ein paar Sekunden inne und sammelt sich dann. »Also wirklich, du bist eine sehr fantasievolle Pessimistin.«

»Ich habe recht.« Mein Mund klappt auf.

»Ich kann dir alles erklären«, meint er dann so gefasst wie immer, und ich möchte ihn erwürgen.

»Da bin ich aber gespannt.« In mir bebt es, der Vesuv ist nichts gegen mich. Valentin setzt ein Pokerface auf.

»Atme mal tief durch«, rät er mir.

Ich zähle innerlich bis fünf, damit ich nicht ausflippe.

»Romy, entspann dich, sonst kann ich nicht mit dir reden.« Behutsam gibt er Gas, lenkt den Wagen die Straße hinab, weg von der Villa und seinen zwielichtigen Bewohnern.

Ich blitze ihn an. »Ohoho, du legst es richtig drauf an, wie? Entweder du sagst mir jetzt, wer du bist, oder ich steige aus. Jetzt. Sofort.«

Er seufzt. »Das solltest du nicht tun.«

»Oder ich rufe die Polizei, das wäre auch 'ne Möglichkeit.«
Die Straße führt hinab, der Wagen wird schneller.

»Was willst du denen sagen?« Valentins Miene wirkt verschlossen.

»Dann pass mal auf«, fauche ich ihn an. Mir reicht's, augenscheinlich ist er, wie ich geahnt hatte, nicht bereit, mit offenen Karten zu spielen. Dabei hatte ich ohnehin schon das Entscheidende aufgedeckt. Seine grauen Augen bekommen eine Dunkelheit, die mir bis jetzt noch nicht aufgefallen ist, und er stoppt abrupt den Wagen an einer Klippe. Er beugt sich zu mir, intensiviert den Blick, und ich schnappe nach Luft.

»Ich gebe es zu, ich bin das, was man weitläufig als kriminell bezeichnet«, sagt er mir dann trocken, unter seinen langen Wimpern abwartend, auf mich herabblickend, den Kopf leicht geneigt.

»Du bist ein Hehler.« Ich mache mich von ihm los, schaue ihn trotzig an. »Und was noch?«

»Wie, was noch?« Sein Blick wird schmal.

»Na, was bist du noch so alles?«

»Kunsthändler und Experte, wie ich dir schon sagte.« Fragend sieht er mich an, während er sich noch weiter zu mir herunterbeugt und gedämpft spricht. »Ich bin dir zu nichts verpflichtet. Ich habe dich nicht gezwungen, mit mir zu reisen, du erinnerst dich?«

Touché. Und wenn ich mich recht erinnere, hat er mehrfach versucht, mich zu überreden, nicht mitzufahren, aber ich wollte ja nicht hören. Fuck!

»Wer bist du? Valentin oder Luca?«

»Beides.«

»Bullshit.«

Er zögert, unterdrückt ein Seufzen. Ob er sich wünscht, mich nie getroffen zu haben? Der Gedanke tut weh, und ich werde noch angriffslustiger.

»Ich hab genug, ich bin raus«, werfe ich ihm entgegen, weil ich spüre, wie er mich weiter auf Abstand hält …

Ziemlich schnell fasse ich den Türöffner und stelle fest, dass ich eingeschlossen bin.

What the fuck!

»Was soll das?« Ich rüttle fester und schaue Valentin fest an. »Mach sofort auf.«

»Und dann?« Er zuckt die Achseln. »Dann steigst du aus, läufst mitten in der Nacht allein durch Neapel?«

»Genau.«

»Ich kann dich zu einem Bahnhof fahren«, schlägt er vor, und ich fühle mich wie damals auf der Tanzfläche.

»Danke, aber nein danke.«

»Sei einfach vernünftig.«

Es ist nicht das erste Mal, dass ich so etwas höre … *Sei ein braves Mädchen, Romy.* Und eine ganze Weile war ich vernünftig und brav, für Henry. Was mir im Nachhinein bescheuert vorkommt und mich in eine beschissene Sackgasse gebracht hat.

Ich unterbreche ihn. »Oh, entschuldige bitte, bin ich dem Herrn nicht unterwürfig genug?« Meine Hand greift erneut zur Tür, und ich versuche dann einfach, durch das Fenster zu klettern.

»Hör auf mit dem Scheiß, du verletzt dich noch.« Valentin wird grob, seine Finger graben sich tief in mein Fleisch. Er ist stärker, als ich annahm, und ich komme nicht gegen ihn an. In seinen Augen flackert etwas auf, Wut, Leid.

Mein Puls jagt davon. Ich schnappe mir den Rucksack, wühle mein Handy heraus. »Ich rufe jetzt die Polizei.«

Valentin schnappt nach Luft.

»Begreifst du, zu was die Leute, für die ich arbeite, imstande sind, wenn sie ihre Interessen bedroht sehen?«, warnt er mich ganz deutlich.

Ich recke mein Kinn vor, löse seine Finger um meinen Arm und schlage nach Valentins nachgreifender Hand.

»Da heißt es schneller: Hoch die Hände, Lebensende, als du es denken kannst«, sagt er ernst. Jetzt bekomme ich Angst.

»Hör zu, alles ist gut. Niemand von uns verlässt pulslos diese Welt, wenn wir einfach weiterfahren und erst mal über die ganze Sache schlafen. Du musst das erst mal verarbeiten«, meint Valentin, doch ich bin kurz vor der Kernschmelze.

Als Nächstes trifft ihn eine Ohrfeige und ich bin vermutlich genauso überrascht wie er.

Die Zeit zerfällt in ihre Bestandteile, rauscht durch mich hindurch. Die Verwunderung in Valentins Miene weicht zuerst Zorn, anschließend einer Weichheit, die ich nicht erwartet hätte. Er fängt meine Hände ein, die am liebsten noch einmal zuschlagen würden, zieht mich an sich heran und zwingt mich in seine Umarmung.

»Du hast alles ruiniert«, klage ich ihn an und habe keinen Schimmer, was ich damit meine. Ich weiß nur, dass ich mich bis vor Kurzem so leicht an Valentins Seite fühlte. Und fast glücklich. Nach einiger Gegenwehr bette ich meinen Kopf an seiner Brust. Sein Herzschlag ist laut, ich lausche und stoße zitternd meinen Atem aus, genieße seine Nähe und spüre, wie ich mich ganz langsam wieder entspanne.

»Es tut mir leid«, raunt er in mein Haar. »Es wird alles gut.«

Ich will seinen Worten nicht ganz trauen und die ganze Wahrheit erfahren. Denn eines weiß ich, Valentin würde mir nie wehtun, zumindest nicht körperlich. Ich stimme also zu, mit ihm das Haus seines Freundes Pietro Rinaldi anzufahren, der eine Pension hat, und mich nicht umgehend zum Bahnhof fahren zu lassen.

Die kleine Villa liegt an der Steilküste Neapels mit Blick auf das nächtliche Meer. Der Anblick ist bezaubernd, doch es fällt mir schwer, es zu genießen. Ich schlendere mit meinem Gepäck neben Valentin her und vermeide es, ihn direkt anzusehen. Ich wünschte, ich wüsste um seine Gedanken.

Eine steile Treppe mit verschnörkeltem Geländer zu unseren Rechten führt den Hang hinunter in die Tiefe, wo sich Wellen an Felsen brechen. Die Gischt glitzert im Mondlicht und ich bleibe noch einen Moment an der frischen Luft, lasse Valentin den Zimmerschlüssel besorgen.

Später führt er mich eine Treppe hinauf ins Obergeschoss. Die moderne Einrichtung unseres Zimmers, das sich als einzig freies entpuppt hat, bricht mit dem rustikalen Flair der Holzstreben der Dachschrägen. Durch ein großes halb geöffnetes Fenster mit Blick auf die Bucht weht eine Meeresbrise, bewegt die weißen Vorhänge. Ein Bad grenzt an dieses wunderschöne Zimmer, auf einem Glastisch stehen Getränke, Wein und Kanapees bereit.

Ich wandere zum Fenster, der Blick in die Nacht über dem Meer ist so friedvoll, dass er mich langsam, aber sicher beruhigt. Und dennoch: Meine Emotionen folgen keinem klaren Muster mehr.

Ich setze mich aufs Bett. Eine Weile starre ich vor mich hin, während meine Gedanken umherwandern. Vermutlich will mir das Universum irgendwas sagen und ich verstehe nur einmal mehr seine Sprache nicht. Ich fühle mich hellwach, was bei alldem Adrenalin kein Wunder ist.

Valentin geht ins Bad, vollkommen relaxt, was mich irgendwie aufregt. Ich will die Wahrheit über ihn wissen, ihn ergründen und verstehen, was mich hier hält.

Valentin

Nach einem knappen Telefonat mit Francesco, um ihm zu sagen, dass alles geklappt hat, kann ich wieder freier atmen. Ich schätze, niemand hat bemerkt, dass ich einen Passagier dabeihatte, eine Zahlung in Bitcoins ist bereits eingegangen, und er verspricht bereits einen neuen Auftrag für den nächsten Monat.

Ich muss an die Worte von Paolo Pepe denken, dem ich einen nicht unwesentlichen Teil meiner Kontakte zu verdanken habe. Der Gastronom aus Erfurt lässt mit hoch komplizierten Finanzaktionen Gelder nach Italien fließen. Er sagt immer: Gefährlich wird es erst, wenn dir jemand deine Bezahlung schuldig bleibt.

Er war es auch, der mich dazu ermunterte, meine Dienstleistungen auszubauen. Die ganze Welt ist korrupt, auch die Politik, warum sich also nicht ein Stück vom Kuchen abschneiden.

Ich fürchte, jemand wie Romy wird nie verstehen, weshalb ich diesen Weg einschlug. Und jetzt, da sie es weiß – und bei Gott, ich habe keine Ahnung, warum ich es schließlich zugegeben hatte –, muss ich sehen, wie ich Schadensbegrenzung betreibe. Sie könnte mir Schwierigkeiten machen, mich anzeigen. Aber wäre das das Schlimmste, was mir passieren könnte?

Ich kneife mir die Nasenwurzel, merke, wie sehr mich der Trip bis jetzt geschlaucht hat. Und entscheide mich, erst mal zu duschen und die Pause zu genießen. Auch wenn Romy noch schmollt und ich keinen Schimmer habe, wie es weitergehen wird.

In frischen Klamotten fühle ich mich belebter. Der Duft nach Bergamotte, Thymian und Salz liegt in der Luft. Ich bediene mich an den eigens für uns kredenzten Antipasti im Zimmer. Die Weintrauben sind zuckersüß, die in Knoblauch eingelegten Oliven die besten, die ich seit Langem gegessen habe.

Romy sitzt auf dem kleinen Balkon, hält ein Glas Wein in der Hand, dreht es unaufhörlich und sieht hinauf in einen atemberaubenden Sternenhimmel.

»Romy, willst du nicht etwas essen?«, frage ich, während ich ihr einfach ein paar Häppchen mit Mortadella und Mozzarella auf einen der kleinen Teller lege. Ich gehe zu ihr, reiche ihn ihr, und sie sieht ihn lange an, bevor sie sich etwas davon nimmt. Ich mag es nicht, sie so aufgewühlt zu sehen. Aber noch mehr hasse ich es, dass sie mich geschlagen hat. Diesen Moment, in dem sie die Kontrolle vor lauter Wut auf mich verlor, triggerte etwas tief in mir. Für einen winzigen Augenblick hatte ich das Gefühl gehabt zu fallen. Wie einst mein Vater, als der Streit zwischen meinen Eltern auf der Treppe in unserem Haus eskalierte. Ich weiß, dass es Unsinn ist, die beiden Situationen miteinander zu vergleichen, dennoch ploppte die Ohnmacht, die ich damals empfand, sofort in mir auf. Andererseits, ich hatte Romy in eine unmögliche Lage gebracht und es verdient.

»Für dich ist die Welt vollkommen in Ordnung, oder?«,

wundert sie sich und schaut mich so verletzlich dabei an, dass es schmerzt. »Wieso hast du dich für so ein Leben entschieden, Valentin?«

»Ich schätze, es hat sich einfach ergeben.« Die kühle Abendluft umschmeichelt uns.

»So was ergibt sich doch nicht einfach.« Spott huscht über ihr Gesicht. »Also, erklär es mir. War es das schnelle Geld? Der Nervenkitzel?«

Sie sieht plötzlich schrecklich leidend aus, wie sie versucht zu begreifen. Meine Finger machen sich auf den Weg zu ihrer Stirn, sehnen sich danach, die steile Falte zu glätten, tun es aber nicht. Sie verharren in der Luft, bevor ich einen Schritt zurücktrete.

»Luca Fontanelli war in einer Sackgasse und wollte sich neu erfinden«, höre ich mir selbst zu und frage mich, ob das alles war, was mich antrieb. »Und vielleicht war es auch ein Akt der Rebellion.«

»Gegen was?«

»Gegen alles.« Ich denke einen Moment nach, überlege, wie ich ihr das, was in meinem Inneren vor sich ging, erklären könnte.

»Damals, als ich meine Entscheidung traf, diesen Weg zu gehen ... In dieser Zeit fragte ich mich so unfassbar oft, ob ich überhaupt lebe«, erkläre ich weiter. »Luca war ein Kunsthändler mit einer Leere in sich, die sich selbst durch all die Kuriositäten und Schätze, die er sammelte, nicht ausfüllen ließ.« Traurig, wenn ich mich das so formulieren höre. »Ich musste mich neu definieren und wurde zu Valentino Russo«, erinnere ich mich nur zu gut an diese Zeit. Ich erzähle ihr von Paolo Pepe, von meinen ersten Aufträgen und wie lebendig ich mich danach gefühlt hatte. Außerdem setze ich sie über *Venus und Mars* ins Bild, und was es heißt, solch eine heiße Ware zu transportieren.

Romy hört aufmerksam zu, manchmal weiten sich ihre Augen vor Entsetzen, aber sie sagt nichts. Es tut plötzlich wieder so gut, sie bei mir zu haben und mich ihr ganz zu öffnen. Als ich ihr den wahren Grund für die Scherben im Auto verrate, schnappt sie wütend nach Luft, und ich habe Angst, sie könnte kurz ausflippen. Doch überraschenderweise bleibt sie ganz still und meint nach einer Weile leise: »Vielleicht tust du genau das Richtige. Du lebst das Leben, das du leben willst.«

Ich schlucke schwer. Jetzt, in diesem Moment, lebe ich tatsächlich. Wenn diese Frau im Halbdunkel des Zimmers hinter uns so nahe neben mir steht, scheint es, als verschmelzen wir miteinander, als würden wir einander wirklich sehen.

Irgendwann erwacht das Haus zum Leben, wir können Klänge einer italienischen Oper und das Gelächter der Gäste im Aufenthaltsraum hören.

»Schau mal«, flüstert sie plötzlich, greift nach meinem Arm und zieht mich zu sich heran. Sie deutet zum Himmel, eine Sternschnuppe huscht übers Firmament und verglüht irgendwo zwischen Himmel und Meer.

»Du musst dir etwas wünschen«, sagt sie, lehnt sich an meine Seite, und ich spüre ihre Wärme. Unsicher sieht sie zu mir auf, meine Hand findet nun doch ihre Wange und sie schmiegt sich hinein.

»Schon geschehen«, sage ich und wundere mich gleichzeitig über meinen Wunsch. Ganz selbstverständlich sah ich mich morgen mit Romy Neapel verlassen, nach Capri oder an die Amalfi-Küste reisen, um ihr die schönsten Ecken und den

Zauber von Portofino zu zeigen. Verrückt. Denn es war beinahe verabredet, dass sie morgen abreist. Ich hatte sie Zugverbindungen studieren sehen. Nach dieser Nacht wird sie aus meinem Leben verschwinden und nie wieder zurückschauen.

»Verrätst du ihn mir?«, holt sie mich aus meinen Gedanken.

Ich schüttle den Kopf mit einem wehmütigen Lächeln.

»Dann stirbt der Wunsch.«

*

Ich setze mich auf das gemachte Bett, lehne mich ans Rückenteil, während Romy ins Bad geht. Sie ist eine ganze Weile verschwunden und ich blättere durch eine Zeitschrift. Dann lege ich sie zur Seite, schließe einen Moment die Augen, lausche den Geräuschen von unten, die sich mit dem der sich brechenden Wellen vermengen.

Als sich die Badezimmertür öffnet, steht Romy im Türrahmen. In ein blütenweißes Handtuch gehüllt, die Haare tropfnass, während Wasser auf den schmalen Schultern glitzert.

»Valentin?«, sagt sie leise. »Oder soll ich Luca sagen?«

»Wie du willst«, antworte ich, und mein Mund wird trocken. Ihre Finger halten das Handtuch vor der Brust und sie lockert es. So weit, dass es einige Zentimeter weiter nach unten rutscht und mehr von ihrem Dekolleté zeigt.

»Na gut, ich habe nachgedacht«, murmelt sie, und wir starren uns an. Taxieren uns mit Blicken.

»Mhm«, brumme ich, weil ich zu mehr nicht in der Lage bin.

»Wenn das unsere letzte gemeinsame Nacht werden sollte, weil der Range-Rover-Typ uns doch noch aufspürt …«

»Wird er nicht«, unterbreche ich sie leise und schlucke schwer.

»Falls doch, würde ich mir wünschen, dass es eine wirklich gute Nacht wird. Du verstehst?«

Ich schaue stumm dabei zu, wie ihr Handtuch sich noch weiter nach unten bewegt und ihre Augen mir Fragen stellen, auf die ich keine Antwort weiß. Vermutlich müsste ich sie jetzt bremsen. Doch ich starre sie nur weiter an, fühle, wie mein Puls sich erhöht. Ganz langsam setze ich mich auf, und der Frotteestoff um ihren Körper fällt auf die dunklen Fliesen. Nichts spielt mehr eine Rolle. Meine Gedanken von vorhin, die Mahnung zur Vorsicht, was diese Frau angeht. Ich stehe auf, gehe barfuß auf sie zu. Sie macht ebenfalls einige Schritte, und ich hebe die Hand, stoppe sie.

»Bleib dort«, flüstere ich, weil das Licht sie perfekt ausleuchtet. »Weißt du eigentlich, wie faszinierend du bist?«

»Ja, vielleicht. Sollte ich?« Ihre Unsicherheit berührt mich, und ich bemühe mich, nichts zu überstürzen. Mein Blick wandert über ihren Bauch, hinauf zu den runden Brüsten und zu ihrem verführerischen Schlüsselbein. Ihr Anblick treibt mich in den Wahnsinn.

»Willst du mich?«, fragt sie allen Ernstes, und ihr folgender Augenaufschlag killt mich. »Es könnte unser süßes Geheimnis sein. Ein Moment, der in Neapel bleibt.«

»Einer von uns könnte mehr als eine Nacht wollen. Ich könnte dir dein Herz brechen«, wage ich mich vor. Meine Stimme ist nur ein Wispern. Tropfen fallen aus ihrem Haar auf ihre Brüste, rinnen an ihnen hinab.

»Oder ich dir deins«, antwortet sie mir mit einem gewissen Bedauern in der Stimme, das mich aufhorchen lassen sollte.

»Du kannst es probieren«, antworte ich, genieße es, wie sie reglos dasteht und auf meine Initiative wartet. Ich trete hinter sie. Auf ihrem Rücken formt ein Tattoo feine Linien zu Blüten und Libellen, die sich zauberhaft miteinander verstricken. So einzigartig wie sie, denke ich und lege sanft meine Hände auf ihre vom Haar feuchten Schultern, ziehe sie zu mir heran. Ihr nackter Körper schmiegt sich an mich, drückt gegen meine Härte. Romy seufzt, während ich mit der einen Hand ihre Haare zur Seite streiche, um ihren Nacken zu küssen.

»Bist du dir wirklich sicher?«, vergewissere ich mich, weil wir uns hier trotz allem in einer Ausnahmesituation befinden. Was, wenn sie es im Nachhinein bereut? Sacht lasse ich meine Finger über ihre Schultern abwärts zu ihren Brüsten fahren. Streiche federleicht über ihre Nippel. Sie lehnt sich gegen mich, bewegt ihre Hüfte.

»Ich will dich, Valentin«, antwortet sie mit zittriger Stimme, und ich drehe sie zu mir um. In ihren Augen der Hauch eines Zweifels, der mich zögern lässt. »Es ist das, was ich jetzt gerade fühle«, sagt sie, als müsse sie sich dafür entschuldigen.

Und ich verstehe. Sie meint die Umstände, einen anderen Mann, der bis vor Kurzem eine wesentliche Rolle in ihrem Leben gespielt hat. Ich schiebe dieses Gespenst energisch zur Seite und hebe sie hoch, trage sie zum Bett … Sacht lege ich sie rücklings ab, kann nicht glauben, wie schön sie ist.

»Ich wollte dich vom ersten Moment an, als ich dich sah«, gestehe ich ihr, und ein zufriedenes Lächeln huscht über ihre Züge.

»Du hast es gut verborgen.« Sie greift nach dem Stoff meines Hemdes und zieht mich zu sich herunter. »Küss mich.«

Ich kann ihren Herzschlag spüren, während meine Hand die weichen Rundungen ihres Busens erkundet, und ich verharre mit meinem Mund nahe über ihrem.

»Warte«, necke ich sie und genieße das leise Seufzen, das sie zu unterdrücken versucht, als meine Finger sich in ihre Brust graben. Sie passt perfekt in meine Hand.

Ungeduldig zupft Romy an meinem Hemdkragen. Ich will es langsam, jede Sekunde genießen und alles so lange ausdehnen, wie es nur geht. Doch sie strebt mir entgegen, legt ihre Hand in meinen Nacken, um mich ihren Lippen näher zu bringen. Sacht streiche ich mit der Zungenspitze darüber, presse dann die meinen auf ihre und dringe mit der Zunge in sie ein. Sie schmeckt so gut, nach Wein und Trauben.

»Du kannst unfassbar gut küssen, weißt du das?«, raunt sie, als ich mich kurz von ihr löse.

»Hervorragend, so habe ich eine reelle Chance, dass du mich nie wieder vergisst«, flüstere ich an ihrem Ohr, vergrabe mein Gesicht an ihrem Schlüsselbein und verstecke ein zufriedenes Grinsen.

»Wer hier wen niemals vergessen wird, zeigt sich noch.« Ihre Hände sind überall, lassen mich wohlig seufzen. Ich befreie mich von dem Hemd, schmeiße es zu Boden und rolle mich halb über sie. Die Hitze ihres Körpers verbrennt mich und schon bald stehe ich selbst lichterloh in Flammen. Je fordernder sie wird, desto langsamer werde ich. Behutsam streiche ich über ihre Taille, über ihre Oberschenkel. Ich entdecke das winzige Tattoo *free liberty* auf der rechten Innenseite und erkunde jeden Fleck ihres Körpers. Romys kurvige Hüften machen mich so unfassbar an. Ihre Haut hebt sich vom weißen Laken ab und ich fahre die Linien ihres Körpers mit den Fingerspitzen nach. Ihre Hände finden meine Brust, streichen darüber, teilen die Härchen und suchen schließlich Halt in meinem Rücken. Ich verteile Küsse auf ihrem Hals, atme ihren blumigen Duft ein.

»Du hast es doch nicht eilig, oder?«, frage ich sanft, als ihre Hand sich am Verschluss meiner Hose zu schaffen macht. Ein verlegenes Lächeln zupft an ihren Lippen und ich küsse sie erneut. So lange, bis unser Atem sich ineinanderflicht und mein Herz mir bis zum Hals schlägt. Beim nächsten Kuss erforscht meine Hand die Innenseiten ihrer Schenkel und meine Finger gleiten sacht in sie hinein. Ihr Wimmern ist köstlich und sie ist mehr als bereit. Meine Zurückhaltung gerät ins Wanken, als Romy nun forscher am Knopf der Hose zerrt.

»Was ist das? Ist da 'ne Kindersicherung dran?« Mit einem Schmunzeln befreie ich mich selbst von der Hose, lasse mich dann behutsam auf ihren weichen Körper sinken, zwischen ihre warmen Schenkel. Ihr Arm legt sich um meinen Nacken und sie zieht meinen Mund zu sich heran. Ihr Kuss ist wild und tief, und ich gleite in sie hinein, beuge mich dabei zurück, um sie anzusehen. Ihre Augen sind geschlossen, und ich ziehe mich aus ihr zurück, um anschließend tiefer in sie vorzudringen.

»Sieh mich an, Romy. Ich will sehen, was du fühlst«, fordere ich rau, und sie schlägt ihre braunen Augen auf, Verwunderung im Blick. Als hätte dies noch nie ein Mann zuvor zu ihr gesagt. Ich werde schneller, mit jedem Stöhnen und flehenden Ton, der ihr über die Lippen kommt, treibe ich dem

Höhepunkt entgegen. Viel zu schnell, viel zu köstlich. Mit dem Meeresrauschen im Hintergrund erhöhen wir das Tempo. Ich kann ihre Muskeln um mich spüren, ihr fehlt nicht mehr viel. Bereits der Gedanke daran macht mich so an, dass ich unterbrechen muss, um nicht schon zu kommen.

Doch Romy denkt nicht dran, zu warten, kreist ihre Hüfte. Ich fädle meine Finger in ihre, drücke ihre Hände neben ihren Kopf in die Kissen, schaffe es, mich zu kontrollieren, und gebe ihrer Aufforderung nach mehr nach.

Romys Lider flattern.

»Sieh mich an, ich will sehen, wie es passiert.« Sie hebt ihre Hüfte an, strebt mir mit jedem weiteren Stoß entgegen, und ich kann spüren, wie der Höhepunkt über sie hinwegfegt. Ihre Knie beben, ihre Lippen öffnen sich zu einem Schrei und ihre Finger schließen sich fest um meine. Ich seufze schwer, werde langsamer, presse meine Lippen an ihre Halsbeuge und lasse los.

Romy

Es ist verrückt. Von Minute zu Minute wird es schöner. Ich hatte noch nie das Gefühl, auf diese Weise gesehen zu werden, und vermied es umgekehrt genauso, aber jetzt, in diesem Moment bin ich mit einem anderen Menschen auf eine Weise verbunden, die mich schweben lässt. Und egal was das Licht des nächsten Morgens auch bringen mag, ich genieße es in vollen Zügen. Unsere Körper finden ihren eigenen Rhythmus, als wir es immer und immer wieder tun. Unser Stöhnen mischt sich zu einem harmonischen Akkord, unser Herzschlag synchronisiert sich. Dieser Sex hat alles, was ich nie zuvor erlebt habe. Er wird zu etwas Neuem, und ich wage es nicht, das Wort, das mir als erstes dabei durch den Kopf geht, zu formulieren. Denn es ist verrückt. Liebe.

Überwältigt von meinen Gefühlen, stöhne ich auf, es gibt keinen Teil von mir, der nicht hier sein will. Der an jemand anderen oder die Konsequenzen denkt. Alles fühlt sich richtig an. Als ich erneut komme, schaut Valentin mich an, als wolle er sich meinen Gesichtsausdruck für immer einprägen. Und als die Wellen meiner Lust mich durchfluten, erstickt er meinen Aufschrei mit seinem Kuss. Zitternd schmiege ich mich in seine Umarmung, seine Schläfe an meiner.

»Geht es dir gut?«, höre ich ihn irgendwann leise an meinem Ohr fragen, nachdem wir wieder zu Atem gekommen sind.

»So viel besser.« Ich spüre sein Lachen an meinem Hals.

»Mission erfüllt. Ich hab doch gesagt, du brauchst kein Foto von mir, um mich nicht zu vergessen.« Er fährt mit den Fingerkuppen meine Wirbelsäule entlang. Ich bekomme eine Gänsehaut.

»Da ist aber jemand sehr von sich überzeugt«, antworte ich und zwicke ihn in die weiche Haut der Innenseite seines Oberarms. »Du hattest nicht wissen können, dass wir hier landen.«

Valentin wird ernst. »Nein, du hast recht, das hätte ich nicht gedacht.«

»Hast du es dir gewünscht?«

»Eher nicht.«

Das ist eine Antwort, mit der ich nicht gerechnet habe.

»Wieso nicht?« Ich forsche in seinem Gesicht, streichle über seine Wange.

»Ich wollte das zwischen uns nicht verkomplizieren ...«

Das klingt wie eine Frage, und ich lasse meine Finger seinen Hals hinab zu seiner Brust wandern.

»Es war jedenfalls sehr schön«, gebe ich zu, wenngleich eine kindische Enttäuschung über seine Worte durch mich hindurchwandert.

»Absolut! Und ich schätze, ich ...«

Er verstummt, zieht mich fest an sich. Mein Bein verschränkt mit seinem, das Laken lose über unseren Körpern.

»Und du schätzt was?«, hake ich nach und blinzle ihn an. Das Mondlicht fällt aufs Bett, im Haus ist es still.

»Ich bereue nichts«, sagt er beinahe zögerlich, und ich

nehme Abstand, um in seinem Gesicht zu lesen. Meine Finger entwirren sein Haar an den Schläfen, streichen über seine stoppelige Wange. Ich liebe sein Gesicht. Es hat etwas Aristokratisches und gleichzeitig Melancholisches, und wenn dieser Mann lächelt, was er selten tut, ist es, als würde sich das Universum vor mir auftun.

»Ich wünschte, wir könnten die Zeit anhalten«, murmle ich und fahre in seinen Nacken, greife in die verschwitzten Haare. »Versprichst du mir etwas?«

»Vielleicht?« Valentin stützt seinen Kopf mit der Hand, beugt sich über mich und sieht an mir vorbei zum offenen Fenster. Ich verstärke den Druck in seinem Nacken, damit er mir in die Augen sehen muss.

»Lügst du mich nie wieder an?«, frage ich, und sein stummes Nicken ist ein Widerspruch zu seinen Worten.

»Ich bin kriminell, richtig? Und Kriminelle lügen.«

Ein Schatten huscht über seine Züge.

»Es ist aber nicht nötig, mich zu belügen.«

Ich frage mich, ob es Unterschiede gibt zwischen einem Lügner und jemandem, der die Wahrheit verschleiert, um sein Gegenüber zu schützen. Henry ist gnadenlos ehrlich. Mit Blick auf meinen winzigen Nasenhöcker sprach er sich mir gegenüber für Schönheitsoperationen aus. Keine Ahnung, warum mir das in diesem Zusammenhang durch den Kopf geht, aber ich fürchte plötzlich, dass ich womöglich gerade noch rechtzeitig dem Chirurgen von der Schippe gesprungen bin. Wer weiß, was Henry noch so für mich geplant hatte.

Ich kneife die Augen zusammen, verscheuche meinen Ex aus meinen Gedanken.

»Romy, ich kann dir nichts versprechen«, höre ich Valentin sanft sagen. »Aber ich werde mir Mühe geben und so ehrlich mit dir sein, wie es mir möglich ist.«

»Das ist ein Anfang.« Mit meinen Fingerkuppen fahre ich über seine markanten Brauen, die seine grauen Augen so wunderbar rahmen.

»Du kannst dir einer Sache sicher sein«, flüstert er. »Ich würde dich niemals absichtlich verletzen oder in Gefahr bringen.«

»Ich weiß«, antworte ich. Langsam hebt er den Blick von meinen Lippen zu meinen Augen.

»Und ich muss mich noch entschuldigen«, würge ich endlich heraus, was mir schon seit Stunden auf der Zunge liegt. »Ich hätte dich nicht ohrfeigen sollen.«

Seine Brauen wandern nach oben. »Oh ja, das hättest du nicht. Da gebe ich dir vollkommen recht.«

»Verzeihst du mir?«

»Darüber denke ich noch nach«, sagt Valentin neckend.

»Was ist das mit uns?«, fragt er ausgerechnet mich, seine Hände umfassen sanft mein Gesicht, seine Miene wirkt nun so aufgewühlt wie das Meer draußen.

»Wenn ich das wüsste«, seufze ich und fühle, wie sehr mich diese Frage selbst durcheinanderbringt. Sacht zieht er mich auf sich, küsst mich mit noch mehr Gefühl als vorhin, und die Lust erwacht erneut in mir, pocht und prickelt. Ich unterdrücke ein Stöhnen, positioniere mich und nehme diesen wunderbaren Mann erneut in mich auf.

»Du bist das unersättlichste Wesen, das ich je kennengelernt habe.«

Valentins raue Stimme jagt ein Ziehen durch meinen Körper. Es beginnt im Magen, endet zwischen meinen Beinen. Diesmal bin ich es, die die Führung übernimmt, und er lässt mich gewähren. Niemals wollte ich etwas dringender als die Nähe zu diesem Mann. Wir lieben uns erneut, als würde uns die Welt gehören. Als gebe es nur uns.

*

Am nächsten Morgen weckt mich der Gesang der Vögel. Der gestrige Abend wirkt immer noch nach, und mir stellen sich Fragen über Fragen: Wie verliebt man sich eigentlich? Und wie fühlt man das so richtig? Und ich meine nicht die simple Anziehung, die man verspüren kann. Ob ich Valentin so anschauen könnte wie Lilly ihren Piet? Ist nicht alles im Leben eine Frage des Timings? Stellt sich das Leben selbst nicht oft genug der Liebe in den Weg? Oder kann wahre Liebe tatsächlich alles überwinden? Fakt ist, die Zeit hier in Italien mit Valentin verläuft nicht linear. Sie verheddert sich, macht Kurven und schlägt Saltos. Doch ist sie auf unserer Seite, oder spielt sie gegen uns?

Ich seufze unter dem Gewicht dieser ganzen Gedanken, meine Lider sind schwer und ich würde sie lieber geschlossen lassen und mich zurück in den Schlaf flüchten. Doch das geht nicht.

»Guten Morgen, *topolina*«, höre ich Valentin wünschen. Er kommt aus dem Bad, setzt sich auf die Bettkante und küsst meine Wange. Er ist fix und fertig angezogen. Sofort bin ich hellwach.

Die Morgensonne flutet den Raum, und ich blinzle gegen die Helligkeit an. Valentin ist exakt so gekleidet wie bei unserer ersten Begegnung. Brille, Hemd, Hosenträger, als hätte die Matrix einen Sprung.

»Deine Brille …«, murmle ich und lächle.

»Ich musste die Kontaktlinsen rausnehmen«, sagt er. »Ich dachte, du stehst auf meine Brille.«

»Tue ich«, sage ich. Nach und nach formen sich all die Ereignisse von gestern Nacht und erschaffen dieses aufwühlende Gefühl in meinem Magen.

Ich schlage die dünne Decke zur Seite, hüpfe aus den Federn, bemerke, wie Valentin sich unruhig mit der Hand über den Mund fährt, den Blick auf meinem nackten Körper.

»Wie spät ist es?«, frage ich eher mich selbst und schaue auf mein Handy. Es ist bereits nach 11 Uhr, der erste Zug nach Hause ist auf jeden Fall weg. Aber hätte ich ihn nehmen wollen?

»Du hast so tief geschlafen. Ich schätze, ich hab dich die Nacht wirklich geschafft.«

»Du mich?«, frage ich neckend, und in wenigen Schritten durchmisst er den Raum, erreicht mich und packt mich.

»Hey, was hast du vor?« Ich wehre mich halbherzig gegen seinen Griff, er legt den Kopf auf eine süße Art schief und grinst mich an.

»Was glaubst du?« Er fängt meine Hände ein, führt sie in seinen Nacken.

»Hast du noch nicht genug?« Mir wird erneut heiß, während er sich zu mir herunterbeugt und ich sein Lächeln an meinem Ohr heraushöre. »Noch lange nicht«, haucht er.

»Die alles entscheidende Frage ist, willst du abreisen oder mit mir nach Capri?« Die letzten Worte zittern leicht, als spüre er genauso wie ich, dass sich alles verändern könnte, wenn ich bei ihm bliebe. Ich stelle mich auf die Zehenspitzen, küsse ihn hauchzart auf den Mund.

»Ich würde sagen, wir frühstücken erst mal«, antworte ich und schiebe ihn sanft, aber bestimmt von mir.

Ich schnappe mir meine Tasche, beginne, mich anzuziehen.

»Nur so fürs Protokoll, dein Freund Pietro ist aber kein Gangster, oder?« Das würde mich wirklich interessieren. Nur für den Fall, dass ich auf der Hut sein muss. Mir zweimal überlegen sollte, was ich so sage.

»Nicht wirklich.« Valentin lacht trocken, und ein Gedanke flattert durch meinen Geist: Womöglich habe ich weniger Angst vor Verbrechern als vor mir selbst und dem Wirrwarr in mir, das ich weder benennen noch begreifen kann.

»Aber eins noch, für heute sind wir verheiratet«, fügt Valentin ungeniert an.

»Wieso das?«, falle ich aus allen Wolken. »Wir sind nicht verheiratet.«

»Wir tun ja nur so«, meint er. »Seine Mutter ist erzkatholisch und hätte uns niemals in einem Zimmer nächtigen lassen, wenn sie annehmen müsste, die Tugend wäre unter ihrem Dach gefährdet. Und ehrlich gesagt, ich wollte dir nicht zumuten, bei ihr schlafen zu müssen.«

»Nicht dein Ernst.«

Valentin grinst breit.

»Allerdings.«

»Ich will aber nicht so tun, als ob wir verheiratet wären«, nuschle ich.

»Warum, weil es dir gefallen könnte?« Sein Grinsen wird breiter und ich gebe auf. Weshalb sollte ich nicht für heute so tun als ob? Das spielt vermutlich auch keine Rolle mehr. Die ganze Reise mit diesem Mann ist ein großes Märchen voller Lügen, das nirgends hinführt. Egal was ich auch fühlen mag, wie heftig er mein Herz zum Schlagen bringt, diese Geschichte hat kein Happy End.

Ganz langsam beginne ich, meine Mauer, die sonst längst besteht, bevor ich mit einem Mann intim werde, zu errichten. Automatisch kühlt mein Gemüt herunter, mein Herz wird langsamer, und ich gehe ins Bad, um mich fertig zu machen. Diese Geschichte mit Valentin, egal was es ist, hat ein Verfallsdatum. Und es liegt nicht in einer fernen Zukunft, dessen bin ich mir plötzlich sicher.

Als ich in Shorts und Stricktop heraustrete, trage ich mutig meine Tasche voran, direkt auf die Tür zu, um den Zauber dieses Zimmers und dieser eigentümlichen Nacht hinter mir zu lassen.

Im Erdgeschoss angekommen, betreten wir das Esszimmer, an dem ein gut gelaunter Pietro Rinaldi mit einer älteren Dame sitzt und aus einer feinen Porzellantasse Espresso schlürft.

»*Amici*, setzt euch«, flötet er freundlich, steht auf und rückt mir einen Stuhl zurecht. Die Signora verzieht keine Miene. Wenn man mich fragt, könnte sie super bei *Der Pate* mitspielen. Als Familienoberhaupt. Aber was weiß ich schon.

»Wie habt ihr geschlafen?«, erkundigt Pietro sich, während er sich wieder setzt.

»Sehr gut, wie immer. Du weißt, wenn ich in Neapel übernachte, dann bei dir«, schmeichelt Valentin, und die Signora sagt etwas auf Italienisch, das sich abschätzig anhört, und ein Wortgefecht entbrennt zwischen den beiden.

Ich schaue dabei zu, wie Valentin seelenruhig einen *Bis-*

cotto in die Tasse tunkt und abbeißt. Dann bekomme ich ebenfalls welche angeboten.

»*Grazie*«, würge ich hervor. Die grauhaarige Signora ist schlank, trägt eine weiße Bluse mit Rüschen, die Haare zu einem strengen Dutt frisiert und erinnert mich irgendwie an die Direktorin unseres Gymnasiums. Sie hatte eine ähnlich dominante Ausstrahlung, die mich so sehr einschüchterte, dass ich weinte, als ich wegen eines durch einen geworfenen Stein zerbrochenen Fensters zu ihr musste. Eigentlich war der Unfall gar nicht meine Schuld gewesen, sondern die von Paul, der den Stein überhaupt erst ins Spiel brachte, indem er Lilly und mich damit bedrohte. Ich hatte ihn ihm allerdings abgenommen und ihn weggeschleudert. Aber das war anscheinend egal, ich heulte jedenfalls Rotz und Wasser. Als ich mit meiner Mutter zur Direktorin bestellt wurde, bekam ich fürs Heulen gleich noch mal Ärger. »Romy, Tränen machen hässlich. Reiß dich zusammen, trag die Konsequenzen für dein Handeln und stell dich der Situation, die du kreierst«, hatte mich meine Mutter angeschnauzt. Ich weiß noch, dass ich weder ihre Worte noch ihre Reaktion verstanden hatte und mir wünschte, Papa wäre an ihrer statt in die Schule zitiert worden. Denn er hätte mich getröstet, mir etwas Süßes gekauft und gesagt: *Na, na, wer wird denn so weinen. Nicht, dass wir noch alle in Tränen ertrinken.*

Pietro bietet mir Caffè Latte an, und ich freue mich, dass er ein paar Brocken Deutsch spricht.

»Ich höre, Sie beide wollen Urlaub in Italien machen.«

Ich lächle, bin mir unsicher, wie ich genau antworten sollte.

»Valentin, ich hätte nicht gedacht, dass du eine so schöne

Frau abbekommst«, zieht Pietro seinen Freund auf. »Seid ihr lange, eh, wie sagt man, gepaart?«

Ich verschlucke mich am Latte.

»Verheiratet. Noch nicht lange.« Valentin füllt sich Tomate Mozzarella auf einen Teller mit Goldrand.

Er zwinkert in meine Richtung. Junge, hat der Nerven.

»Wir werden sehen, wie viel Zeit wir in Italien haben. Ich wollte Romy gerne Capri und Amalfi zeigen.«

»Ja, die liebe Zeit, nicht wahr? In Italien sagen wir, Zeit ist Geld. Und hast du Geld, kaufst du dir 'ne Uhr«, scherzt er hölzern, woraufhin ein nicht sonderlich nett klingender italienischer Redeschwall der Signora Rinaldi sein Lachen abwürgt. Er zieht beinahe den Kopf ein, und trotzdem ist da so viel Liebe in dem Blick, den Mutter und Sohn austauschen.

»Ihr Haus ist wirklich zauberhaft, wir haben gerne die Nacht hier verbracht«, bemerkt Valentin, woraufhin der Gastgeber etwas über die Qualitäten der Matratzen sagt. Zumindest meine ich, das aus seinen Worten herauszufiltern. Sein Blick spricht Bände, was mir Röte in die Wangen treibt und mich lieber dem Angebot auf dem Tisch zuwenden lässt. Allerlei *Ciabatte* belegt mit würziger Salami und getrockneten Tomaten mit Rucola liegen bereit, und ich nehme mir eines davon.

Der Geschmack von sonnengereiften Tomaten explodiert auf meiner Zunge und ich widme mich vollkommen dem Essen. Wenn man das Drumherum ausblendet, ist es einfach wunderschön hier. Warme Luft und Vogelgesang wehen durch die halb geöffneten Terrassenfenster, die einen fabelhaften Blick über ganz Neapel und den alten Teil des Hafens bieten.

Ich genieße den *Caffè Latte*, schaue mich in dem eleganten

Raum um. Ich blende das Geplänkel der beiden Männer, von dem ich eh wenig verstehe, aus und bleibe an einem Gemälde der heiligen Anna, die eine junge Maria behütet, kleben. Unter dem Bild der Satz: *An ihren Früchten werdet ihr sie erkennen.*

Signora folgt meinem Blick.

»Anna ist die vollendete Mutter«, lässt sie mir nun von Valentin übersetzen. »Mutterliebe nutzt sich nicht ab, sie ist selbstlos. Sie werden es sicherlich bald selbst erfahren«, spielt sie auf die zuvor gestellte Frage eines Kinderwunsches als frisch getrautes Paar an, und beinahe schäme ich für die Lüge.

Valentin spielt überzeugend seine Rolle, legt seinen Arm um mich, haucht mir einen Kuss auf den Handrücken.

»Wie habt ihr beide euch eigentlich kennengelernt?«, will Pietro nun wissen, und Valentin erzählt ihm etwas über eine Kunstaustellung, bei der er mich für meinen Kleidungsstil kritisierte.

»Und dennoch haben Sie ihn nicht abserviert«, stellt Signora amüsiert fest und schmunzelt.

Valentin streicht mit den Daumen behutsam über den Handrücken. »Hätte sie vielleicht machen sollen«, lacht er, und sein Blick intensiviert sich.

In mir explodiert eine Flut an Bildern. Tausend Schmetterlinge in einem Wald in Mexiko, Wellen, die sich an den Felsen Madeiras brechen, ein Leuchtturm im Nebel an Frieslands Küste. Keine Ahnung, weshalb es diese Fotografien sind, die sich in mein Hirn schieben.

»Valentin lud mich nach dieser Frechheit zu einem unfassbar schönen Ausflug ein, dem ich nicht widerstehen konnte«, sage ich. Mir ist bewusst, dass diese Frau meine Körpersprache analysiert. »Und als ich ihn näher kennenlernte, was soll ich sagen …« Ich blicke diesen hübschen Mann neben mir an, den immer noch so viele Geheimnisse umgeben. »… er spazierte in mein Herz, als ob er schon immer dort gewesen wäre.«

Er blinzelt, seine Augen hinter den Brillengläsern bekommen einen Glanz, der mir neu ist, und seine Hand in meiner beginnt zu schwitzen.

»Du bist süß, *topolina*«, antwortet er mit dieser bestimmten Ruhe, die ihn umgibt. »Aber Fakt ist, ich wollte dich immer. Sogar, als ich nicht wusste, was ich will, sogar vor dir.« Die Worte verlassen seine Lippen, treffen auf die Luft um uns herum, und diesmal bin ich es, die aus dem Konzept kommt.

»Ich liebe dich.«

Es dauert einen Moment, bis ich begreife, dass ich das gerade gesagt habe. Valentin schluckt schwer, während Pietro begeistert in die Hände klatscht.

»*Bellissimo!*«, ruft er. »Ich sage immer, unser *Bella Italia* ist wie gemacht für verliebte Höhenflüge.«

Es ist, als würde Signora mich durchleuchten wollen, wobei sie die Augen auf eine Weise verengt, die mich nervös macht.

»Sind Sie Fotografin?«, spricht Pietro mich nach Valentins Bericht über meinen geplanten Bildband über große Gefühle an.

»Ja, ich könnte Sie beide porträtieren«, schlage ich vor und spüre sofort eine gewisse Euphorie. Wie immer, wenn ich die Gelegenheit habe, ein neues Porträt zu schießen.

Mein Blick streift Valentins, er verschränkt die Arme vor der Brust. »Sehr schöne Idee, meine Frau ist wirklich gut.«

Schon überlege ich, wie ich diese leise, aber nicht minderstarke Zuneigung zwischen Mutter und Sohn am besten einfangen kann.

Wir beenden unser Frühstück und landen irgendwann in dem kleinen hübsch angelegten Garten, der durch eine verschnörkelte Stahlbrüstung von einem steilen Kliff getrennt wird. Die Luft ist erfüllt vom Zirpen der Grillen. Weiße Wolken türmen sich am azurblauen Himmel, und weit unter uns liegt das Meer beinahe ruhig. Zwei Pinien recken sich über den Hang, als würden sie in Betracht ziehen, sich hinabzustürzen. Signora schlendert auf einen Zierbrunnen aus weißem Marmor zu. »Ist das hier ein schönes Plätzchen für ein Foto?«, fragt sie und zwingt eine gelöste Locke zurück in ihren Dutt.

»Was den Ort angeht, bin ich nicht wählerisch, am besten, Sie beide tun so, als wäre ich gar nicht da.« Toller Vorschlag, denke ich mir noch. Als ob das jemals funktioniert hätte. Denn sobald eine Kamera anwesend ist, fühlt sich jeder unter Beobachtung. Also wende ich mich ab, beschäftige mich mit meinem Werkzeug. Eine Palme wirft ihren Schatten zu meinen Füßen und ich bleibe stehen, mache ein Probefoto davon, um die Belichtung schon mal zu checken.

»Geht es dir gut, Liebes?«, fragt mich Valentin, legt seine Hand sanft in meinen Nacken, sich der Aufmerksamkeit der anderen bewusst. Ich blinzle gegen die Sonne zu ihm auf. Er dreht ein orangefarbenes Wandelröschen in den Fingern, schiebt es mir ins Haar und alles in mir prickelt.

»Mir geht es hervorragend, wenn man die Umstände bedenkt«, sage ich leise und frage mich, wann ich Lilly davon erzählen kann. Und ob ich sollte.

Valentin beugt sich zu mir herunter, küsst meine Wange, und ich schließe einen Moment die Augen.

»Ich habe dich unterschätzt, du bist Profi im Improvisieren«, haucht er.

»Ist mir auch aufgefallen.«

»Du hättest das Potenzial, eine echte Räuberbraut zu sein.«

Ich bin mir nicht sicher, ob er scherzt oder das ernst meint. Seine Finger streichen federleicht an meiner Wange hinab, verweilen an meinem Kinn, und er zwinkert mir linkisch hinter seiner Brille zu.

»In erster Linie bin ich Fotografin«, antworte ich kühler, als ich will, und kann dabei zusehen, wie ein Schatten auf Valentins Gesicht fällt. Er lässt mich los und ich widme mich unseren Gastgebern.

Pietro ziert sich komischerweise vor der Kamera.

»Ach, kommen Sie. Seien Sie ganz entspannt. Ich tue Ihnen nicht weh«, verspreche ich, betrachte ab hier die Umgebung nur noch durch den Schutz meiner Linse. Seine Mamma diskutiert mit ihrem Spross, während ich meine Blende wähle. Signora steht nun am Rande der Klippe, Wind bewegt eine winzige graue Strähne, die sich vorwitzig in die Stirn legt, und die Sonne lässt ihre schwarzen Augen leuchten.

»Vielleicht unterhalten Sie beide sich einfach ein wenig. Über etwas, das Sie früher gerne zusammen unternommen haben, beispielsweise. Vielleicht waren Sie oft gemeinsam Eis essen oder schwimmen …«, schlage ich Mutter-Kind-Aktivitäten vor und denke an meine Mama und an unsere Shoppingtouren, die immer damit endeten, dass ich kaufte, was sie wollte. Erst mit fünfzehn entschied ich selbst, wollte ihr aber immer gefallen. Es ist schon verrückt, wie sehr man von seinen Eltern abhängig zu sein scheint. Selbst, wenn man gegen sie aufbegehrt, braucht man ihre Liebe.

Signora zaubert einen Kamm aus der Hosentasche, bearbeitet ihren Sohn damit, und ich reagiere nur noch. Heimliche Fotos sind die beste Möglichkeit, Ausdruck und Haltung von Menschen festzuhalten. Also zoome ich heran, möglichst dicht an die Gesichter der beiden, und warte. Und dann kommt er, der Moment, in dem die Mutter ihrem Sohn die Hand an die Wange legt, den Kamm ein letztes Mal durch das ergraute Haar der Schläfen führt und ihr gealtertes Kind prüfend betrachtet. Zufrieden mit dem, was sie sieht, legt sich dieses sanfte Lächeln auf ihre vollen Lippen. Und in der Mimik Pietros blitzt die Gewissheit auf, alles für seine Mutter zu sein und umgekehrt. Seine Hand, die auf der Schulter der zierlichen Frau liegt, wirkt riesenhaft, während er sie in seinen Arm zieht und ich noch mehr Bilder schieße. Erst jetzt wird den beiden bewusst, dass ich bereits voll dabei bin, sie zu porträtieren, und sie beginnen zu posieren. Beide tragen dieselbe lange schmale Nase, wie Pinocchio, und ihr Lächeln ähnelt sich so sehr, dass man sie übereinanderlegen könnte.

*

Unser Wagen steht in der Einfahrt vor dem geöffneten Tor. Wir laden unser Gepäck in den Kofferraum, Valentin hält mir die Autotür auf und ich steige ein.

»Auf geht's, Romy«, verkündet er, während er den Motor startet. Die Vorsicht in seinem Blick entgeht mir nicht.

»Willst du wirklich mit mir nach Capri? Oder willst du woandershin?« *Gott, Romy, brich es ab, fahr nach Hause*, blaffe ich mich selbst innerlich an. Und trotzdem bekomme ich es nicht hin, mich dafür zu entscheiden. Das erste Mal habe ich das Gefühl, keine Kontrolle über meine Gefühle und Handlungen zu haben. Ich sollte gehen, will gehen, aber gleichzeitig ist da dieser unbekannte Sog, der mich in Valentins Nähe hält.

Ein kleines rotes Cabrio rauscht vorbei, ein Pärchen sitzt darin mit Hut und Sonnenbrillen. Sie wirken glücklich, vielleicht machen sie Urlaub oder besitzen eines der schönen Häuser hier am Hang. Womöglich haben sie es erst kürzlich erworben, planen, eine Familie zu gründen. Meine Nikon liegt auf meinem Schoß, kommt mir immer schwerer vor.

»Oder soll ich dich nach all dem zu einem Bahnhof bringen, damit du nach Hause fahren kannst?« Valentins Stimme klingt hohl, löchrig, wie ich mich gerade fühle. Und ich höre meine eigene Stimme antworten, ohne dass ich sie wirklich beauftragt habe, das zu tun.

»Bist du verrückt? Ich habe noch nicht halb so viele Bilder, wie ich brauche«, beschwere ich mich.

»Na gut, dann mach dich auf was gefasst«, sagt er und schenkt mir ein halbes Lächeln.

In meinem Gesicht stehen sicher hundert Fragezeichen. »Auf was denn bitte?«

»Auf die Schönheit Capris und auf meine Großmutter, die wir auf jeden Fall besuchen müssen«, sagt Valentin und drückt aufs Gas. Der Wind fegt durchs offene Fenster, zerrt an mir ebenso wie Valentins Blick, der so voller Wärme ist, dass er wie die Sonne auf der Haut prickelt.

»Muss ich mich jetzt fürchten? Vor deiner Großmutter?«

»Nonna ist eine Seele von Mensch. Du wirst sie mögen«, beeilt er sich zu sagen. Und er wirkt mit einem Mal wieder so aufgeräumt wie eh und je.

»Dich wirft nichts so schnell aus der Bahn, oder?« Vermutlich wäre Valentin ein Kerl, mit dem man die Apokalypse übersteht, was auf eine verstörende Weise beruhigend ist.

Er kratzt sich nachdenklich im Nacken und denkt einen Moment nach. »Doch, doch. Der Satz: Die Fahrkarte, bitte, wirft mich vollkommen aus der Bahn«, schlägt er wie ein Kaninchen einen Haken.

»Fürchtest du dich nie?«, frage ich ungläubig. Jedes Lebewesen hat einen Selbsterhaltungstrieb, einen Überlebenswillen und Angst gehört dazu. Das knappe Kopfschütteln signalisiert, dass er nicht gerne darüber spricht, doch ich bleibe hartnäckig. »Sei ehrlich, Valentin.«

»In meinem Job darf man keine Angst haben«, sagt er schließlich, und ich gebe nach, weil seine gesamte Körperhaltung sich verspannt. Es macht keinen Sinn, wenn er so mauert.

»Das sagt Lilly auch immer. Bloß keine Angst zeigen, denn sonst bist du tot«, murmle ich resigniert und starre nach vorne.

Valentins Blick zuckt trotzdem zu mir. »*Mio dio.* Was macht sie denn?«

»Kindergärtnerin. Aber sie ist noch in Elternzeit.«

Valentin lacht und es steckt an. Doch dann werden wir beide still, hängen unseren eigenen Gedanken nach.

Valentin

Die restliche Fahrt zum Porto di Napoli war still. Zu still. Romy sah nachdenklich aus dem offenen Fenster oder hatte die Kamera vor dem Gesicht, und ich fühlte mich einsam. Eine halbe Ewigkeit hatte ich mich nicht mehr so gefühlt. Ich hatte mich so gut darauf trainiert, mir selbst genug zu sein, zu tun, was ich will und wann, dass mir nie in den Sinn kam, dass mir etwas fehlen könnte. Doch mit Romy in meinem Arm aufzuwachen und an diesem Tisch zu sitzen und so zu tun, als würden wir uns lieben, war so, als kollidiere mein Leben mit mir bis jetzt unbekannten Wünschen, die aber nicht in Erfüllung gehen würden. Ich unterdrücke ein Seufzen, während ich den Wagen durch eine Gasse hinab zum alten Teil des Hafens lenke, und ich verfluche mich dafür, dass sich alles plötzlich so anders anfühlt.

War ich einsam in meinem Leben, ohne es zu bemerken? War es das, was mich für Romy zu empfänglich machte? So wie ein ausgehungertes Tier, das nach einem Winterschlaf endlich Nahrung findet? In Einsamkeit zu leben, ist ebenso riskant für die Gesundheit, wie filterlose Zigaretten zu rauchen oder ohne Helm auf einem wilden Pferd zu reiten. Sie erhöht das Sterberisiko um bis zu 35 Prozent. Augenblicklich angle ich trotzig nach einer Packung Zigaretten, rechne damit, dass Romy eingreift oder zumindest nörgelt. Tut sie aber nicht.

Ich zünde mir eine an und der Qualm wirbelt durch das offene Fenster. Die Frage, was Glück eigentlich ist, kommt mir in den Sinn, während mein Blick auf den vielen Jachten und Seglern liegt. Ein Schiff teurer und schöner als das andere. So mancher erkauft sich sein Glück, einige würden sogar zum Mars fliegen, um es zu suchen, ohne Garantie auf Rückkehr. Jeder jagt es auf seine Weise. Ich dachte immer, Unabhängigkeit wäre meines. Und nun? Mein Blick huscht zu Romy, die die Welt gerade durch ihre Linse betrachtet und Fotos schießt. Würde ich jemals wieder dieses Ich sein, das Hamburg mit dem Porträt der *Ragazza di Capri* verlassen hat?

»Woran denkst du?«, frage ich irgendwann in die Stille hinein.

Romy wendet sich mir zu. Ihr blondes Haar wird zerzaust und die Sonne lässt es strahlen.

»Die letzte Nacht war …«, beginne ich hölzern. »… sicherlich etwas …«, eiere ich rum und mache eine Vollbremsung, als ein Bus in die enge Straße einbiegt und uns ganz selbstverständlich schneidet.

»… ungewöhnlich?«, höre ich Romy murmeln, während sie die Linse ihrer Kamera mit der Abdeckung schließt.

»Wie geht es dir damit?« Ich spüre die Ungeduld in mir wachsen und will wissen, was sie denkt. Ob sie bereut, was zwischen uns passiert ist.

»Ich fühle mich etwas traumatisiert und perplex, aber sonst erstaunlich gut«, antwortet sie nach langen Sekunden, in denen ich meinen Seitenspiegel einklappe und aufpassen muss, dass zwei Busse meinen Audi nicht zerschrammen.

»Die Nacht mit mir hat dich traumatisiert?« Natürlich hoffe ich, dass es ein Scherz war, und ihrer Mimik nach war es das vermutlich auch. Dennoch schnürt sich meine Kehle zu. »Bereust du diese Nacht?«

»Meinst du wirklich, es ist eine gute Idee, eine Frau das zu fragen?«, fällt sie mir fast ins letzte Wort und legt den Kopf auf diese unbestimmte, fordernde Art schief. Immer, wenn sie das tut, beginnen ihre dunklen Augen zu funkeln, neckend und angriffslustig. »Ich meine, so ganz allgemein und erst recht, wenn sie gerade ihre Verlobung gelöst hat und sich auf ein Abenteuer eingelassen hat, das alles, was sie bisher gewagt hat, bei Weitem übertrumpft.«

»Äh, keine Ahnung«, stammle ich und hasse mich dafür, dass ich mich plötzlich wie ein kleiner dummer Junge fühle. »Ich dachte nur, ich frage mal, weil du gar nicht so viel quatschst wie zuvor.«

»Uh, ich quatsche also viel?« Ihre Brauen wippen auf und ab, und ich fahre einem weißen Fiat 500 fast hinten auf.

»Das habe ich so nicht gesagt.« Ich beginne zu schwitzen.

»Sag mir Valentin, bereust *du* die letzte Nacht?«

»Tue ich nicht«, reagiere ich sofort. Und wie könnte ich etwas bereuen, das so schön war? Mir ist bewusst, dass es sich wahrscheinlich nicht wiederholen wird, besonders in Anbetracht der leicht frostigen Stimmung im Auto, aber vermutlich würde ich es, wenn Romy es wollte. Ich blinzle sie an, fasse das Lenkrad fester und entschleunige.

»Auch nicht, dass ich jetzt so einiges über dich weiß, was dir zum Verhängnis werden könnte?«

Ich habe keine Ahnung, was sie gerade reitet, aber es scheint wild zu sein.

»Na schön, Romy.« Ich schlucke. »Du hast die Knarre, setz sie mir ruhig auf die Brust, wenn du willst, und drück ab.«

Was sollte ich auch anderes dazu sagen? Der Wagen rollt weiter auf den Hafen zu. Kreuzer liegen im dunklen Blau, der Fähranleger in Richtung der Inseln Ischia, Capri und Procida ist voller Menschen. In unserem Rücken erhebt sich in der Ferne der Vesuv, dessen Inneres höchstwahrscheinlich mindestens so aufgewühlt ist, wie ich es bin. Ich kneife mir mit der freien Hand an die Nasenwurzel, schiebe die Brille höher.

»Willst du das wirklich? Dass ich abdrücke?«, fordert Romy heraus, und ich muss noch mehr an seismische Aktivitäten denken. Die Phlegräischen Felder, etwa zwanzig Kilometer westlich des Vesuvs, haben das Potenzial zum Supervulkan. Das stand gerade erst in allen Nachrichtenportalen.

»Warum solltest du das tun wollen?«, stelle ich die Gegenfrage, und etwas in ihrem Blick wird unruhig.

»Hast du jetzt Angst?«

»Nein«, behaupte ich.

Sie reckt ihr Kinn leicht vor. Und ich komme nicht umhin, zu bemerken, dass diese Distanz irgendwie schmerzt.

Ich entdecke die von Pietro empfohlene Werkstatt nahe dem Pier, gut versteckt zwischen historischen Gebäuden, die wie zwei Riesen neben ihr aufragen, und steuere direkt vor das offene Tor. Ein alter Mann mit Pfeife hockt unter einem Sonnenschirm und beobachtet das wilde Treiben.

»Willst du eben warten, bis ich geklärt habe, ob sie den Wagen reparieren können?« Ich stelle den Motor aus, schaue Romy forschend an. Sie wirkt verkrampft, knibbelt an ihrem Daumennagel herum, und ich steige aus, ohne zu versuchen, ihre Anspannung zu mildern. Ich hätte sie in den Arm nehmen können. Aber etwas in mir hält mich davon ab.

Wenn Romy lächelt, fühlt sich alles in mir gezähmt an.

Aber wenn sie so ist wie jetzt, innerlich aufgewühlt, mit diesem unbestimmten Schmerz in sich, dann löst es Unbehagen aus. In meinem Kopf höre ich plötzlich Eves vorwurfsvolle Stimme, die mich geradezu anbrüllt: *Du tust es schon wieder. Du denkst dir mein Leid einfach weg, als existiere ich nur, wenn ich gute Laune habe und dir eine eloquente Gesellschaft bin.* Etwas zu hart fällt die Autotür ins Schloss und ich flüchte zur Werkstatt.

Als ich zurückkomme, beendet Romy gerade ein Telefonat.

»Na, hast du die Polizei verständigt?«, scherze ich und lächle dümmlich. Irgendwie wirkt sie ertappt, als hätte sie nicht damit gerechnet, dass ich so schnell wieder zurück bin.

»Unsinn, das war Lilly. Ihr Babysitter ist abgesprungen …«, stammelt sie.

»Oh, das tut mir leid.«

»So schlimm ist das nicht. Dann müssen sie halt einmal ihren dämlichen Hochzeitstag zu Hause verbringen. Kann doch nicht so schlimm sein, oder?« Ihr Lächeln wirkt beinahe hilflos.

»Hochzeitstage werden überbewertet.« Ich runzle die Stirn. »Wann ist unserer eigentlich, nur für den Fall, dass wir bei der Geschichte der Ehe bleiben wollen und mich jemand von deiner zwielichtigen Klientel danach fragt?« Eine Mischung aus Erheiterung und Misstrauen huscht über Romys Züge, und sie wechselt abrupt das Thema, ehe ich antworten kann. »Und? Reparieren sie den Wagen?«

»Jap, in zwei Tagen kann ich ihn abholen. Wir müssen uns also mindestens zwei Tage auf Capri vergnügen und in Urlaubsstimmung kommen.«

»Dann auf nach Capri«, sagt sie, und ihr Lächeln wirkt gezwungen. Na, das kann heiter bis wolkig werden!

Ich besorge uns den Schlüssel eines Schnellbootes von einem Verleiher vor Ort. Anschließend laufen wir mit dem Gepäck hinunter zur Anlegestelle. Kleine Segeljollen oder Fischerboote sucht man hier vergebens, stattdessen wird man von wildem touristischen Treiben an den Stegen und dem Terminalgebäude überflutet. Menschen reihen sich ein, um Fähren zu betreten, andere drängen sich an Schaltern und strömen in Richtung Altstadt.

Romy ist etwa einen halben Meter hinter mir, müht sich mit ihrer Tasche ab, und der Impuls, sie ihr abzunehmen und auf meinen Rollkoffer zu platzieren, versiegt, als unsere Blicke sich treffen. Ihre braunen Augen sind so unfassbar kühl, dass ich fast zusammenzucke. Ich beschleunige meine Schritte, halte Ausschau nach unserem Boot, dessen Schlüssel in meiner Stoffjacke ruhen. Zwischen Jachten mit blitzweißen Segeln entdecke ich es.

»Bist du so was überhaupt schon mal gefahren?« Immerhin, Romy hat ihre Sprache wiedergefunden. Ihre Tasche schlägt mir in die Kniekehle, als sie aufholt und ich nicht flott genug das kleine Schnellboot mit seinen glatten Mahagoniplanken betrete. »Keine Sorge, du wirst sicher übersetzen und trocken ankommen.«

Ich halte ihr meine Hand entgegen, um ihr aufs Boot zu helfen. Es schwankt sacht, eine kleine blaue Jacht läuft aus, setzt das Wasser vorm Bug in Bewegung. Romys Finger sind kühl, trotz der Wärme, und die Blässe um ihre Nase macht mir ein klein wenig Sorgen. Ob sie seefest ist? Vermutlich sollte ich fragen, aber wie so oft, wenn mein Gegenüber so verschlossen wirkt wie sie gerade, bringe ich es nicht fertig, Fragen zu stellen.

»Noch können wir umkehren«, schlage ich nach langen Sekunden vor, in denen sie unsicher auf den Planken steht und sich umsieht. Wo ist ihr Lächeln nur hin? Wo ihre kecke, vor Lebenslust sprühende Art? Ich vermisse sie.

»Nein, wir ziehen das jetzt durch.« Sie lässt meine Hand los, verstaut ihre Tasche unter der Sitzbank am Heck und setzt sich.

»Du siehst aber nicht aus, als hättest du so richtig Lust auf den Trip«, sage ich leise, orientiere mich und verstaue mein Gepäck ebenfalls.

»Doch, ich will das«, versichert mir indes Romy, bändigt ihre Haare mit einem bunten Kopftuch und setzt sich eine große Sonnenbrille auf.

»Dann solltest du deine Meinung mit deinem Gesicht abstimmen, es irritiert nämlich, wenn es nicht das Gleiche sagt wie dein hübscher Mund.« Ich stehe hilflos da, bevor ich dann die Leinen löse und den Schlüssel aus meiner Jackentasche ziehe.

Ohne weitere Worte starte ich den Motor, tuckere langsam vom Anleger in Richtung Insel, einfach den anderen Schnellbooten und der Fähre hinterher, die die gleiche Route nehmen. Zum Glück bin ich auf dem Gardasee schon Hunderte von Malen Boot gefahren. Allerdings habe ich mir sagen lassen, es sei etwas anderes, ein Boot auf dem Meer zu steuern. Wir werden sehen …

Wir verlassen die Bucht, der Seegang wird rau, salziger Wind fegt um uns herum. Neapel hinter uns wird kleiner, der Vesuv ruht wie ein großer Bruder der Stadt im Hintergrund.

Ich war seit über einem Jahr nicht mehr auf Capri. Und wäre meine Nonna nicht dort, zöge mich auch nichts dorthin, in die Welt der Reichen und Schönen. Doch jetzt macht sich eine seltsame Mischung aus Freude und Nervosität in mir breit.

»Willst du mal steuern?«, spreche ich Romy nach weiteren schweigsamen Minuten an, in denen wir übers Wasser rasen. Die Sonne brennt, die Luft ist erstaunlich kühl.

»Ich weiß nicht … Wie groß ist denn deine Todessehnsucht?«

Das klingt wieder etwas mehr wie Romy, und mein rechter Mundwinkel hebt sich belustigt.

»Du meinst, weil du schlicht nicht fahren kannst und eine Sehbehinderung nicht zulässt, Hindernisse zu erkennen?«

Sie nickt, steht aber von ihrem Platz am Heck auf und wankt auf mich zu.

Wind zaust an ihrem Tuch, zupft an Haarsträhnen, und ich verfluche ihre Sonnenbrille, wünschte, ich hätte eine Chance, in ihren braunen Augen zu lesen.

»Komm schon, Fräulein Permafrost. Tu mir den Gefallen und tau wieder auf«, bitte ich sie und übe meinerseits einen unwiderstehlichen Dackelblick. Ich spüre sofort, wie mein Herzschlag sich beschleunigt, als sie mich berührt. Sanft kessle ich sie mit meinen Armen ein, stelle sie vor mich ans Steuer.

»Es ist kinderleicht, du wirst sehen«, rufe ich gegen den Wind an und zeige ihr, wie alles funktioniert.

Romy wirkt nach einigen Minuten entspannter und schenkt mir sogar ein Lächeln, während sie Schlangenlinien ausprobiert. Gischt spritzt, Salz legt sich auf unsere Haut. Ich genieße es, sie so nahe bei mir zu haben. Und ich weiß, ich sollte es nicht so sehr mögen, denn die unausweichliche Trennung, die uns bevorsteht, beginnt sich bereits leise anzukündigen. Ich lege meine Hand an ihre Hüfte, sie lehnt sich an mich und mein Herz zieht sich schmerzhaft zusammen. Irgendwie läuft das hier alles erschreckend anders, als ich dachte.

Romy ist ganz bei sich, fährt unweit eines größeren roten Schnellbootes, das Touristen transportiert, und sieht in die Ferne, wo sich die Insel hinter Dunst am Horizont zeigt.

Über der Meereslinie in weiter Ferne zeigen sich dunkle Schattierungen, und ich frage mich, was sich dort zusammenbrauen mag. Vermutlich hätte ich das Wetter checken sollen, aber auf diese Idee war ich schlicht nicht gekommen.

»Werden wir Probleme bekommen?«, höre ich Romy irgendwann fragen, als sie meinem Blick folgt. »Nein, wir werden auf der Insel anlegen, bevor was auch immer dort kommt, da ist«, versichere ich und ziehe meine Jacke aus, lege sie Romy um, weil mir nicht entgeht, dass sie friert. Und dann übernehme ich das Steuer und gebe Gas.

Romy

Capri ist einfach wunderschön. Schroffe Karstfelsen steigen senkrecht aus dem Meer empor, glasklares Wasser bricht sich an ihnen und führt in leuchtend blaue Höhlen. Trotz bedrohlichem Himmel strahlt die Insel in den schönsten Farben und eine seltsame Ruhe macht sich in mir breit.

»O mein Gott, das ist unglaublich«, sage ich, während Valentin das Boot an einen der Stege in der Bucht steuert. »Es ist wirklich so zauberhaft, wie alle sagen.«

»So verflixt bezaubernd wie du«, bemüht sich Valentin um meine Laune.

»Aus deinem Mund hört es sich an, als wäre ich eine Hexe«, beschwere ich mich halbherzig.

»Bist du etwa nicht?«, antwortet er neckisch, und ich stolziere auf ihn zu.

»Na gut, ertappt.« Ich grinse, hebe die Hand Richtung Wolken und rufe: »Expecto Patronum!«

Ich rechne nicht damit, dass prompt ein Blitz vom Himmel zuckt und die Umgebung erhellt. Ich schreie auf, schlage die Hände vors Gesicht und muss lachen. Was für ein krasser Zufall.

»Das war ich nicht. Wirklich nicht«, versichere ich und flüchte mich in Valentins Arm, der sich köstlich amüsiert.

»Da bin ich mir nicht so sicher.«

Sein Kinn berührt meinen Kopf, während ich mich an ihn schmiege und bewundere, wie geschickt und präzise er uns an Segelschiffen und Jachten vorbei in die *Marina di Capri* einfährt. Zwei Einheimische eilen uns zu Hilfe, um uns beim Vertäuen zu helfen und sicher auf festen Grund zu geleiten. Mir scheint, als bereiten sich hier alle auf ein Unwetter vor. Die Sonnenschirme vor den hübschen Restaurants und Cafés werden eingeklappt, während ein Grollen über die Insel rollt. Touristen verlassen die belebten Straßen vor den bunten Häusern, die wie in den Felsen geschlagen aussehen und über den idyllischen Hafen wachen.

Valentin spricht mit einem jungen Mann, fragt nach einem Taxi, um uns zum Hotel *La Perla* zu bringen. Unser Ziel für heute. Ich schnappe das Wort *tempesta* auf, das Sturm bedeutet, und sollte vielleicht, was die Betonung angeht, beunruhigt sein. Doch ich fürchte den Sturm in mir selbst mehr als das Wetterphänomen. Zumal mich ein knappes Telefonat mit Henry vor der Werkstatt in Neapel vollends durcheinandergebracht hat. Meine Mutter hatte ihm vom Abiball, Tom und meiner sogenannten »Bindungsangst« berichtet. Und ich bin mir nicht sicher, ob ich ihr das jemals verzeihen werde, dass sie ihm das gesagt hat. Ich hatte es ihr im Vertrauen erzählt.

»Schatz, ich hatte ja keine Ahnung, was du durchgemacht hast, jetzt wird mir alles klar«, meinte Henry am Telefon. »Ich bin immer für dich da, egal was ist. Du kannst auf mich zählen, ich bin hier. Ich liebe dich«, versicherte er mir, und ich war so überrumpelt, dass ich kaum etwas sagen konnte. Klar, ich werfe in einer Beziehung nicht gerade um mich mit meinen Gefühlen, aber Bindungsangst? Bullshit.

Eine Böe erfasst mich, als ich vom Boot steigen will, und es ist Valentin, der meinen Sturz kommentarlos abbremst.

»Wir bekommen ein Taxi links hinter den Liegeplätzen. Aber wir sollten uns beeilen. Es wird gleich sehr, sehr nass werden.«

»Es gibt doch nichts Schöneres als eine Sturzflut«, zwitschere ich gespielt vergnügt und spüre Valentins Hand in meinem Rücken, die mich anhält, schneller zu laufen.

»Das *La Perla* gehört zu einer Reihe Boutique-Hotels und liegt einige Kilometer entfernt, etwas abseits des Touristentrubels«, verrät mir Valentin und winkt einem Fahrer eines Piaggio-Taxis. Der reagiert schnell, lädt uns ein und fährt bald darauf durch dicken Regen immer weiter die engen Straßen hinauf. Selbst jetzt, im Grau des Unwetters, strahlt die Insel und ich bestaune die Aussicht, die sich zwischen Hotels und Klippen bietet und immer neue Buchten unter uns zeigt. *Faraglioni* tauchen aus türkisgrauem Wasser auf, wirken geisterhaft im Dunst. Zypressen beugen sich dem Wind, das Taxi drosselt die Geschwindigkeit, passiert riesige Hotelkomplexe und fährt immer weiter den Berg hinauf. Der Scheibenwischer und die Lüftung laufen auf Hochtouren. Ich kuschle mich tiefer in Valentins Jacke, sie riecht nach ihm und beruhigt meinen Herzschlag.

Als wir am *La Perla* ankommen, bin ich plötzlich müde. So unfassbar müde, als hätte ich eine Weltreise gemacht. Meine Begeisterung für die Anmut des vierstöckigen rosafarbenen Gebäudes mit seinen Kuppeln und Balkonen, das liebevoll restauriert und instand gehalten wurde, fällt dementsprechend milde aus.

Der Regen ist alles andere als anmutig, er ist so stark, dass es auf der Haut fast wehtut. Valentin und ich werden geradezu in die Lobby des Hotels geweht. Halbrunde Fenster lassen Licht in den Innenraum, auf der rechten Seite steht eine viktorianische Sitzgruppe und lädt zum Ausruhen ein. Valentin nimmt seine Brille ab, putzt sie am Ärmel des Hemdes trocken und setzt sie wieder auf. Ich werde wie magisch von einer Wand angezogen, an der Schwarz-Weiß-Fotos hängen. Sie zeigen das Haus über die Jahre, von der Erbauung bis zur Sanierung, wobei das gesamte Dach erneuert wurde. Einst gehörte es den Marcipanes, der Familie der jungen Frau von *La Ragazza di Capri*, wenn ich mich recht entsinne.

Ein kleines Mädchen flitzt im Bikini und einen Regenschirm schwingend durchs Foyer, kreuzt meinen Weg, ihre Eltern folgen ihr eilig. Sie ist so fröhlich, ihre Wangen sind voller Sommersprossen, und sie hüpft von einem Bein aufs andere. Am liebsten wäre ich wieder ein Kind, geht mir durch den Kopf. Erwachsensein ist anstrengend.

Ich höre die Frage von der Rezeption, ob es ein Doppelzimmer sein soll, spüre, wie Valentin nachdenklich zu mir herüberschaut. Ich hoffe für einen winzigen Moment, er stimmt zu, will, dass er mit seiner ruhigen Art den unbestimmten Aufruhr in mir glättet. Doch dann bestellt er zwei Einzelzimmer, trennt uns, und ein Kloß in meinem Hals lässt mich nicht mehr atmen.

Reiß dich mal zusammen, Romy!, tadle ich mich selbst. Was willst du denn? Krieg dich in den Griff, du solltest nicht mal hier sein!

»Wollen wir uns erst mal frisch machen?«, fragt Valentin, als er zu mir herüberkommt, und ich ordne meine Gesichtszüge, gebe ihm seine Jacke zurück.

Dann klingelt erneut mein verkacktes Handy. Es ist wieder Henry. Mit einem mulmigen Gefühl drücke ich ihn weg und meide Valentins fragenden Blick, schlage lieber den Weg zu den Aufzügen ein.

Vor den Fenstern des Hotels fegt eine Böe zwei Stühle über eine Terrasse, ein Angestellter flitzt hinterher, versucht, sie einzufangen. Ich steige in den Aufzug, Valentin folgt mir stumm, die Miene neutral. Und ich habe ein Déjà-vu, fühle mich nach Hamburg zurückversetzt, als ich mit Henry im Aufzug stritt.

Der Flur ist eng, wir gehen dicht nebeneinander. Das elegante Gebäude aus dem 18. Jahrhundert birgt allerlei Raffinessen und Originalmerkmale, typisch italienisches Flair. Etwa die verzierten hohen Türen aus Pinie und die Sitzgelegenheiten mit Chintzstoffen. Bei den Nummern 14 und 15 im Obergeschoss bleiben wir stehen, und Valentin gibt mir meine Schlüsselkarte.

»Komm einfach zu mir, wenn du was brauchst«, sagt er mir, ohne mich dabei anzusehen, und schließt sein eigenes Zimmer auf. Vermutlich sieht er mein Nicken gar nicht. Aber ich bringe keinen Ton mehr heraus.

Mein Zimmer ist opulent, ein Kronleuchter mit Perlen dominiert den Raum, das aus einem Bett, einem Schrank und einer kleinen antiken Sitzecke besteht, die vor dem Rundbogenfenster zum Balkon steht. Ich werfe meine Tasche und den Rucksack aufs Bett, schleiche ins Bad und lasse mir die Wanne auf ihren Löwenfüßen mit Wasser ein. Mir ist arschkalt, und ich bereue, nur luftig lockere Kleidung eingepackt zu haben. Wie doof kann man bitte sein? Selbst in Italien kann es regnen. Gurgelnd füllt sich die Badewanne, während der Sturm ums Gebäude rauscht, und ich beschließe, Lilly anzurufen.

»Hey, du, hast du jetzt ein paar Minuten?«, frage ich vorsichtig, weil ich sie zuvor in Neapel, nachdem ich mit Henry gesprochen hatte, in einem ungünstigen Moment erwischt hatte.

»Definiere Zeit, ich bin Mutter, ich habe nie …« Sie verstummt, als sie mein Seufzen hört. »Was ist los?«

»Ich weiß nicht, wo ich anfangen soll …«

»Vorne, dann chronologisch, bitte.«

»Ich hab mit Valentin geschlafen.«

»Oh.«

»Und er ist gar nicht Valentin, er heißt eigentlich anders.«

»Anders? Was für ein schrecklicher Name. Moment, häh?«

»Er hat eine falsche Identität …«, plaudere ich aus, und Lilly atmet scharf ein.

»Was zum Teufel …«

»Du sagst es …«

»Ist er in 'nem Zeugenschutzprogramm, oder was?«

»Nein, anders …«

»Kannst du mal aufhören, *anders* zu sagen, das triggert mich irgendwie. Wieso hat dieser Valentin eine andere Identität?«

»Vermutlich ist sein Job nicht ganz so legal«, petze ich und habe ganz kurz ein schlechtes Gewissen. Aber wenn man es genau nimmt, habe ich ihm nie versprochen, mit niemandem über diese Tatsache zu sprechen.

»O Gott, was macht er denn?«

»Ich weiß nicht, wie deutlich ich werden will«, murmle ich.

»Romy, ich bin's: die Freundin, die du später mit den Worten: ›Hey, alte Schachtel, Bock, für die Tagespflege vorzuglühen?‹ anrufen wirst. Lilly. Deine Bestie. Die, die immer zu dir steht. Spuck es aus, wo bist du da reingeraten?« Ihre Stimme klingt schrill, dezent in Panik.

»Er vertickt geklautes Zeug, sauteures Zeug, aber es geht mir gut. Wir sind jetzt auf Capri.« Ich berichte in knappen, teils kryptischen Worten, was bisher geschah und in welcher Reihenfolge. Was Lilly noch mehr aufregt.

»Du musst sofort nach Hause kommen, das ist doch wohl klar, oder?«

»Eben nicht. Hast du nicht zugehört? Ich war mit ihm im Bett und es war … anders.«

»Hör mir auf, du hast bestimmt nur einen Adrenalinschub, der vernebelt dir das Hirn«, meckert sie, als würde sie mit Piet reden, der mal wieder das Teefläschchen für die Zwillinge nicht genügend runtergekühlt hat.

Ich kaue an einem Hautfetzen am Daumennagel, bis es blutet.

»Oder du hast so was wie das Stockholm-Syndrom.«

»Mhm.« Rücklings rutsche ich an der gekachelten Wand hinab, klammere mich an den weißen Duschvorhang, der lose um die Wanne baumelt, und könnte heulen.

»Wahrscheinlich hast du recht«, sage ich irgendwann und verspreche, mich sehr bald wieder zu melden, als es einen derben Windelnotfall gibt und sie auflegen muss. Ich steige in die Wanne, um mich aufzuwärmen. Danach stehe ich lange vor dem Fenster und starre in den Regen. Das kleine Mädchen von vorhin hockt vor einer Mauernische, hält ihren Schirm über eine streunende, zerzaust aussehende Katze, damit sie nicht nass wird. Sie hat ein Herz aus Gold, und die Liebe, die ich bei diesem Anblick empfinde, treibt mir die Tränen in die Augen. Ich fotografiere sie und die Zeit zerfällt in ihre Bestandteile. Irgendwann schleppe ich mich, in eine Wolldecke gehüllt, ins Bett und schlafe ein.

Valentin

Als es Abend wird, legt sich der Sturm. Die lilafarbene Wolkendecke reißt auf, lässt die Bucht und die Felsen im Licht der tief stehenden Sonne erstrahlen. Der Anblick ist atemberaubend, und ich wünschte, ich würde diesen Moment mit Romy teilen können. Doch ich habe seit Stunden nichts mehr von ihr gehört, und der Balkon neben meinem bleibt leer.

Ich seufze, lege meine Hände an das verschnörkelte Gitter und schaue in die Ferne. Es heißt, wenn sich zwei Liebende unter den Felsbogen der *Faraglioni* küssen, besteht ihre Liebe für immer.

Betrübt lasse ich mich an dem winzigen runden Tisch nieder, zünde mir meine achte Zigarette an und blase den grauen Dunst in die abgekühlte Luft. Das Leben im Hotel erwacht, ein Pärchen springt in den Pool, andere, schick gekleidete Leute spazieren auf der Straße in Richtung Ortskern. Gelächter und Gespräche dringen vom Innenhof mit dem hoteleigenen Restaurant zu mir herauf.

Ich nehme die Brille ab, reibe mir über die Augen und trete anschließend wütend gegen das Tischbein vor mir. Der Tisch knallt gegen die Brüstung und mir wird bewusst, ich hätte mehr auf Romy eingehen können. Ihre Verletzlichkeit war so präsent, und im Grunde hatte ich versucht, sie auszublenden. Dabei hätte sie vermutlich nach all dem, was ich ihr zugemutet habe, eine Schulter zum Anlehnen gebraucht. Sofort tauchen Szenen meiner Kindheit vor meinem inneren Auge auf. Ich sehe meine Mutter, wie sie im Schlafzimmer hockt, die Beine an den Körper gezogen, den Kopf auf die Knie gedrückt. Sie weinte, war verletzt von dem Tun meines Vaters, und ich schloss damals einfach die Zimmertür, sperrte den Anblick aus. Unzählige Male handelte ich auf die gleiche Weise, setzte mir Kopfhörer auf oder ging zu Freunden, um zu zocken, nur um diese Hilflosigkeit nicht zu fühlen. Was hätte ich tun sollen? Ich war ein Kind. Es war nicht an mir, Trost zu spenden, richtig?

Eve nannte mich empathielos. Doch das bin ich nicht. Ich fühle sehr wohl, wenn es jemandem nicht gut geht.

Tief atme ich den Rauch in die Lungen und muss husten. Was für eine Scheiße! Ich sollte einfach aufhören, mir über Romy so viele Gedanken zu machen.

Die Sonne sinkt tiefer, taucht die Wolken und die Felsen in goldenes Licht und ich nehme mein Handy. Ich spreche mit meinem Angestellten Hugo, lasse mich auf den neuesten Stand bringen und mir berichten, dass er aus einer Haushaltsauflösung eine Schmuckschatulle aus den 60ern ergattert hat, die eine Kette mit Libellenanhänger enthält. Umgehend muss ich an die erste Begegnung mit Romy denken, als sie Ohrringe trug mit ebendiesen zauberhaften Insekten. Und ihr Libellen-Tattoo, wie es sich über ihren Rücken spannt und zu leben scheint, wenn sie sich bewegt. Großartig. Diese Frau infiltriert jeden meiner Gedanken, das ist ganz sicher nicht gesund.

Dann wähle ich die Nummer meiner Nichte, deren Welt vielleicht ebenfalls in Schieflage geraten ist, falls es mit ihrem ersten Freund aus und vorbei sein sollte. Ich atme tief durch, wappne mich. Es klingelt ganze acht Mal, bis Mia abnimmt.

»Wer stört?«, werde ich begrüßt.

»Dein Lieblingsonkel. Ich wollte mich erkundigen, ob ich demnächst vorbeikommen muss und Opas Schrotflinte dabeihaben sollte.« Sie versteht sofort und kichert.

»Nein, es ist alles in Ordnung. Es war total falscher Alarm.« Zugegeben, Mia hört sich mehr als vergnügt an, was mich sehr beruhigt.

»Marvin war heimlich bei Pia, weil deren Schwester Angelina eine Freundin namens Juli hat, deren Cousine Emma diese mega krassen personalisierten Schlüsselanhänger aus Kunstharz macht, die sind gerade total lit, musst du wissen, und Marvin wollte mich damit überraschen. Klar so weit?«

»Klar so weit.« So eine Ausrede würde sich kein Junge ausdenken, also wird es wohl stimmen.

»Jedenfalls war ich total happy, der Anhänger ist krass schön.«

»Das freut mich sehr, vor allem die Tatsache, dass ich niemandem die Beine brechen oder eine Ladung Schrot auf den Pelz brennen muss.«

»Aber schön zu wissen, dass ich auf dich zählen könnte, Luca«, freut sich Mia, und ich stutze einen Moment, weil mich jemand bei meinem echten Namen nennt. Die letzten Tage als Valentin waren so intensiv, dass ich fast vergessen hatte, wer ich eigentlich bin.

»Marvin wird nach der Zehnten eine Ausbildung machen. Ich denke, ich werde das auch tun, und wir ziehen zusammen«, haut meine Nichte nun raus.

Ich huste, lasse die Zigarette sinken.

»Weiß deine Mutter das?«

»Bist du verrückt?«

»Es ist heutzutage ratsamer, eine höhere Schule zu besuchen«, wende ich ein, da ich weiß, was meine Schwester von dem Plan halten wird.

»Hast du doch auch nicht«, kontert Mia schnell.

»Doch, doch.«

»Eine auf 'nem Berg oder was für 'ne Schule soll das gewesen sein?« Jetzt hat sie mich.

»Hogwarts?«

»Netter Versuch, Onkelchen«, flötet sie ins Telefon, und ich habe die Ahnung, dass ich gegen sie eh nicht ankomme. Da soll sich Nathalie die Zähne ausbeißen.

Es klopft an der Tür. »Mia, darüber sprechen wir später, okay? Ich muss auflegen«, würge ich sie in dem Wissen ab, dass es ihr gut geht. Viel zu schnell stehe ich auf, schnippe die Zigarette achtlos über die Brüstung. In wenigen Schritten durchmesse ich den Raum, öffne und bemühe mich um einen neutralen Gesichtsausdruck. Romy steht in eine dünne Wolldecke mit Zopfmuster gehüllt da.

»Interessantes Outfit«, murmle ich, erkenne die Decke als Hoteleigentum und verenge fragend die Augen.

»Ich hab vergessen, etwas Warmes einzupacken. Wer rechnet denn mit so schlechtem Wetter in Italien!?«, erklärt sie und tritt von einem aufs andere Bein. Ein wenig Groll scheint immer noch in der Luft zu liegen, umgibt sie wie diese Decke.

Sie hat ihre Haare zu einem hohen Zopf gebunden, ist ungeschminkt und sieht unglaublich jung aus. Zwei Schritte rückwärts, und ich lehne mich an die Kante des weiß gekalkten antiken Tischs, auf dem eine Wasserflasche und Gläser bereitstehen.

»Hast du jetzt bessere Laune?«

»Ein wenig«, antwortet sie gedehnt und fixiert mich mit dunklem Blick.

»Das hoffe ich, du warst beinahe unangenehm zuletzt«, stichle ich und verschränke die Arme vor der Brust.

»Wie taktvoll du bist.«

Ich spüre so etwas wie Scham in mir aufsteigen, vielleicht hatte Eve recht und ich bin wirklich unfähig, empathisch zu sein.

»Scusa«, murmle ich und bemerke, wie verletzlich Romy aussieht. Mein Mund klappt auf und wieder zu, während ich versuche, etwas Passendes zu formulieren. Irgendwas, das die Stimmung auflockert.

»Mir tut es auch leid, ich bin einfach … ich weiß einfach nicht …«, stammelt Romy. Ich nehme sie in den Arm, drücke sie fest an mich. Dieses Mal wird der Reflex, der mich sonst zum Rückzug treibt, von etwas anderem überlagert. Dem Bedürfnis, Romy zu stützen, für sie da zu sein. Sie drückt sich fest an mich und ich spüre die Wärme ihrer Haut, doch dann weicht sie plötzlich zurück.

»Sollen wir vielleicht schwimmen gehen?«, fragt sie, und mein Magen zieht sich zusammen. Ich sehe sie prüfend an und sie weicht mir aus. Etwas hilflos bleibt dabei meine Hand in der Schwebe, in Versuchung, Romy zu berühren. Doch sie kommt mir weit entfernt vor, fast unnahbar. Und irgendwie macht das etwas mit mir. Es gräbt sich unter meine Haut, brennt dort, und ich wende mich ab, sortiere ein paar Klamotten in den Schrank und finde meine Badehose.

»Das ist vermutlich eine gute Idee«, stimme ich ihr schließlich zu, in der Hoffnung, selbst dabei den Kopf wieder etwas freier zu bekommen und das Chaos an Empfindungen vom Meerwasser fortspülen zu lassen. Ich fürchte, Romy weiß ebenso wenig, was sie eigentlich will wie ich.

Einige Minuten später verlassen wir das Hotel. Ich werfe einen verstohlenen Blick über die Schulter, Romy folgt mir die schmale in den Fels gehauene Treppe hinab zum Strand. Sie schlängelt sich steil nach unten, es dürfte eine Herausforderung werden, das Ganze später wieder hinaufzugehen. Aber der Anblick des in die Bucht eingelassenen, beinahe menschenleeren Strands ist dafür unbezahlbar. Vereinzelt schaukeln vor Anker liegende kleine Boote auf den Wellen, die der Wind an den Kiesstrand treibt, und ich fülle meine Lunge mit der salzigen Luft. Romy stoppt an einer verwaisten blauen Liege, zieht sich das Shirt über den Kopf und steht kurz darauf in einem schwarzen Bikinihöschen vor mir.

»Wo ist dein Oberteil?«, wundere ich mich und ziehe mein Hemd aus, falte es und lege es ab.

»Wo ist deins?«

Der Konter kommt prompt, und sie hängt mich im nächsten Moment auch schon ab, rennt zum Wasser. Die Wellen rollen heran, verschlucken ihre Beine und leuchten im rosafarbenen Licht der untergehenden Sonne.

»Komm, wenn du dich traust!« Romy keucht überrascht, als eine Welle sich vor einem Felsen im Wasser bricht und zu ihr herübersprüht. Sie wechselt die Richtung, watet immer tiefer in die Fluten und ich folge ihr. Ein Kälteschock bleibt aus, als ich in die nächste große Welle eintauche. Mit weit ausholenden Bewegungen kraule ich voran, es ist einfach herrlich. Plötzlich ist Romy verschwunden, ich drehe mich um die eigene Achse, suche sie und dann taucht sie wie eine Nixe vor mir auf. Sie schüttelt ihr Haar, Tropfen sprühen wie Diamanten umher, und lacht laut.

»Du hast nicht zu viel versprochen, es ist wirklich herrlich.« Romy legt den Kopf in den Nacken, taucht ihren Kopf ins Wasser. Ihre Haare fächern sich auf.

»Ich verspreche nie zu viel«, antworte ich, doch Versagensangst tanzt Ballett in meinem Kopf. Was, wenn ich sie doch enttäusche?

Sie lacht noch lauter, und ich sinke tiefer in die Fluten. Geschmeidig schwimmt sie davon, ich hinterher. Ich setze zum Kraulen an, bin nur halb so flink wie sie, hole sie dennoch ein und greife nach ihrem Bein. Sie quietscht vergnügt, wendet sich mir zu, spritzt mit Wasser nach mir. Unbeeindruckt davon, fange ich sie ein, ziehe ihren Körper dicht zu mir heran. Einige Leute erreichen den Strand, wollen dem Anschein nach ebenfalls schwimmen, doch für mich existiert nur diese eine Frau.

»Romy«, sage ich ihren Namen, und wir sind uns ganz nahe, treiben mit den Wellen. Ich werde magnetisch von ihrem Blick angezogen. Doch ich werde nicht den ersten Schritt machen und sie küssen, nehme ich mir vor. Mein Herz schlägt immer heftiger gegen meine Rippen. Eine Woge kracht in uns hinein, Salz brennt in den Augen, und trotzdem wünschte ich, ich würde sie ewig so halten und ansehen können.

Die nächste Welle trägt uns näher an den Strand, vorbei an einem der deplatzierten großen Felsen mitten im Wasser, und ich spüre Boden unter meinen Füßen. Meine Haare sind tropfnass, ich fahre mir mit der Hand übers Gesicht und Romy schlingt ihre Arme um meinen Nacken.

»Fuck«, hauche ich, weil ich sie einfach nur küssen will. Unbedingt.

Wasser glitzert auf ihrer Haut, perlt über ihre halb geöffneten Lippen. Ihr Augenaufschlag lässt meinen Puls davonjagen und wir sehen uns die ganze Zeit an. Die nächste Welle presst uns aneinander und ihr Mund berührt den meinen, ganz leicht nur. Während ihre Beine sich um mich schlingen, packe ich ihre Hüfte, halte mich an ihr fest.

»Warum bist du so perfekt?«, höre ich mich fragen.

»Bin ich nicht.«

Ihre Stimme bricht bei dem letzten Wort, und ich möchte ihr versichern, dass sie es für mich doch ist. Und dass es gerade das ist, was mich verunsichert. Die Art, wie sie mich aus der Reserve lockt, das Gleichgewicht zwischen Stärke, Verletzlichkeit und Charme.

Ihr halb geöffneter Mund ist wie ein Versprechen auf mehr, und ich lasse meine Lippen an der salzigen Haut ihrer Kehle hinaufwandern. Bilder der letzten Nacht blitzen vor mir auf. Ihre nackte Brust schmiegt sich an meine, unsere Herzen klopfen gegeneinander an und sie beginnt zu zittern. Dann legt sie ihre linke Hand in meinen Nacken, vergräbt sie im nassen Haar und ihre Lippen öffnen sich für mich. Ich seufze in ihren Mund hinein. Dieser Kuss ist quälend sanft. Romy spielt mit meiner Zungenspitze, saugt daran und versucht, mich zu animieren, sie fester zu küssen. Meine Arme schließen sich um ihren schmalen Körper, pressen ihn an mich. Und noch bevor die Sonne das Meer berührt, wünsche ich mir, Romy würde mich lieben.

»Fuck«, knurre ich, küsse sie fester, hungriger, und wir tauchen hinab ins Meer, lassen uns treiben und von der Brandung umherwirbeln. Ertrinken könnte niemals schöner sein.

*

Später sitzen wir auf einer Terrasse an der Steilkante mit Blick auf die malerischen Hänge und die Bucht weit unter uns. Rechts von uns liegt der Pool mit ruhigem Wasser, einige vom Sturm aufgewirbelte Blätter und Äste schwimmen noch umher. Eine italienische Oper spielt leise im Hintergrund, und die Hitze in mir hat sich wieder beruhigt. Ich nippe an einem Glas Rotwein, beobachte Romy, wie sie in meinem Langarmshirt erneut zum Buffet schlendert und sich Köstlichkeiten auf den Teller lädt. Auf der Straße knattert eine Vespa vorbei, auf ihr ein Junge und ein Mädchen, das sich an ihn klammert. Ich frage mich, wo sie hinwollen. Vielleicht hat der Junge das Mädchen gefragt, ob sie mit ihm gemeinsam verschwinden will, in eine unbekannte Zukunft. Und sie hat Ja gesagt. Wie würde Romy auf solch eine gewagte Frage wohl antworten? Ich blicke der Vespa nach, das Mädchen schmiegt sich an den Rücken des Jungen, der nun an der kleinen Kreuzung am Kiosk mit seinen Schwimmreifen und Postkarten abbiegt.

Eine Kellnerin mit rabenschwarzem Haar kommt zu unserem Tisch, fragt, ob ich noch etwas brauche, und ich verneine, stochere grüblerisch im gegrillten Pulpo herum. Ich denke an das Leben in München, wie anders es doch ist als hier. Und ich schiebe den Gedanken an eine Abreise beiseite.

Romy kommt zurück, stellt den Teller mit Tomate, Mozzarella, Fisch und gegrillter Paprika ab und setzt sich. Das Lokal ist hochfrequentiert, laute Unterhaltungen, Gelächter und leise Musik schwingen um uns herum.

»Möchtest du mal den Tintenfisch kosten? Er ist herrlich«, sage ich nach einer Weile, belade die Gabel und führe sie in ihre Richtung.

»Nein, danke. Wer so was isst, der isst auch Kinder, würde Lilly sagen.« Sie grinst breit.

Für einen Moment weiß ich nicht, wie ich darauf reagieren soll.

»Deine Freundin ist eine höchst interessante Persönlichkeit. Sie soll mir unbedingt ein gutes Rezept schicken, wenn ich mal Lust auf Kinder habe.«

Ich lasse es zu, dass sie mich mit ihrem Fischfilet füttert, von dem sie schwärmt, kann aber an nichts anderes denken als an den Geschmack ihres Kusses.

Die Sommerwärme hängt in den Mauern, strahlt in die Nacht, und ich schaue Romy eine Weile einfach beim Essen zu.

Irgendwann klingelt ihr Handy und sie wird blass.

»Wer stört?«, frage ich locker, lehne mich gemütlich auf dem Stuhl zurück.

»Henry.«

Nun spüre ich, wie mir das Blut aus den Wangen weicht.

»Willst du nicht rangehen?« Wieso hatte ich den Kerl schon ganz aus meinem Kopf gestrichen? Wie vernebelt muss man sein, um solch ein Detail völlig zu vergessen? Romy ist so gut wie verheiratet. Mit einem anderen Mann, für den sie etwas empfinden muss. Den sie vielleicht sogar liebt. Und was auch immer zwischen ihnen vorgefallen war, es ist vermutlich nichts, was sich nicht wieder hinbiegen lässt. Denn wenn man schon so weit war, eine gemeinsame Zukunft zu planen, dann muss die Bindung tief gewesen sein. Intensiv. Und das bedeutet wiederum, ich bin nur eine Zwischenstation. Eine Bewältigungsstrategie für ein emotionales Problem, mit dem Romy hadert.

»Nicht jetzt.« Romy wiegt ihr Handy in der Hand, wirkt unentschlossen.

»Du solltest?«, erwidere ich und lächle sie schwach an. Das Klingeln verstummt, nur um daraufhin erneut zu starten. Und Romy hebt ab, steht auf und wandert mit dem Telefon am Ohr hinüber zum verwaisten Pool. Ich schaue ihr nach, bestelle mir eine Flasche Wein und würge meinen Pulpo und etwas Fisch von Romys Teller hinunter. Das Kratzen im Hals schreibe ich einer Gräte zu, die ich verschluckt haben muss.

Irgendwann, als das Restaurant beträchtlich leerer geworden ist, kommt sie zu mir zurück. Ihre Wangen sind gerötet, ihre Wimpern feucht. Sie hat geweint. Ich nehme einen weiteren Schluck Wein.

»Ich war so frei und habe einen Bardolino bestellt. Möchtest du auch?«, versuche ich, sie abzulenken. Natürlich brenne ich darauf, zu erfahren, was dieser Henry zu sagen hatte, aber ich werde sie auf keinen Fall drängen, noch dazu, weil ich selbst Angst vor der Antwort habe.

»Hast du einen Plan für morgen? Frühstück beginnt um acht«, sage ich weiter, weiche aber ihrem Blick aus.

»Lass uns morgen Vormittag meine Großmutter besuchen«, schlage ich vor. Ich muss Romy dringend auf andere Gedanken bringen. »Hast du schon von der Blauen Grotte hier auf Capri gehört?«

»Natürlich«, sagt sie fast lautlos und nippt am Glas.

»Kennst du auch das Ölgemälde von Hermann Corrodi? *Ein Fischer und Meerjungfrauen*? Eines seiner Motive, es hing einst im Buckingham-Palast, soweit ich weiß.« Ich öffne mein Handy, zeige ihr ein Foto des besagten Bildes. »Ich finde, es hat seinen ganz eigenen Zauber. Und vielleicht lohnt es sich, die Grotte in natura zu erleben. Sie sollen unwirklich schön sein.«

Romy trinkt nun viel zu schnell, ehe ich mich versehe, schenkt sie sich nach, leert die Flasche und ich stutze.

»Okay. Das wird lustig«, sage ich, und noch lache ich.

Romy

Leichter Wind weht über die Terrasse, bewegt violetten Trompetenwein an Rankhilfen über uns und streicht über meinen Nacken. Ich weiß nicht, was ich fühle. Mal ist alles dumpf und taub, breitet sich vom Magen in meinen Körper aus, und dann ist es wieder, als würde es aufgeregt in mir beben. Henry hatte sich von einer neuen Seite gezeigt. Kämpferisch, verständnisvoll und beinahe sanft. Er hat Urlaub eingereicht, will zu mir reisen und mit mir am Bildband arbeiten, weil mir das so wichtig ist. Und einerseits begrüße ich das, dennoch kommt es irgendwie spät und ist womöglich von Lilly beeinflusst. Nun sitze ich hier, schaue Valentin an, der aufgeräumt und vollkommen ruhig seinen Wein trinkt.

Ich reiße meinen Blick von ihm los, sehe über die Terrasse den Hang hinab in die Unendlichkeit des von einem fahlen Mond erleuchteten Horizonts.

»*Signora, una bottiglia di vino, per favore*«, bestelle ich ungelenk Nachschub, und Valentin verschränkt die Arme vor der Brust.

»Denkst du, das ist eine gute Idee?«, fragt er allen Ernstes.

»Noch nie eine bessere gehabt.« Ich trinke mein Glas leer, stelle es zurück auf den runden Tisch und blitze mein Gegenüber an.

»Henry möchte gerne zu uns stoßen. Er hat seine Liebe zur Fotografie entdeckt«, lasse ich die Katze aus dem Sack.

Valentin zuckt nicht mal mit der Wimper.

»Er *liebt* dich, so, wie es aussieht«, reagiert er mit stoischer Gelassenheit, und ich weiß nicht, ob ich enttäuscht bin.

Was habe ich erwartet? Eine Szene? Eifersucht? Meine Lippen zucken spöttisch über meine Idiotie, und irgendetwas tief in mir zieht sich brennend zusammen. Habe ich überhaupt das Recht, eifersüchtig zu sein? Schließlich war ich es, die vor der Umarmung vorhin zurückgeschreckt ist. In dem Moment habe ich mich ihm wieder so nahe gefühlt. Aber diese Verbundenheit, die ich spürte, fühlte sich so intensiv an, wie es bei Henry hätte sein sollen und nicht war. Und vermutlich hatte ich auch Angst, Valentin könnte das zwischen uns ganz anders empfinden als ich, was sich in Anbetracht seiner Reaktion gerade bewahrheitet hat. Ich atme tief ein, versuche, mich zu sammeln. Ob es Valentins Coolness ist oder Henrys plötzliches Interesse, das mir solch Unbehagen bereitet, kann ich nicht zuverlässig zuordnen. Irgendwie ist es beides.

Ich verenge den Blick, mustere meinen Begleiter intensiver. Sein leises Schmunzeln, die schönen grauen Augen, die diese eigentümliche Ruhe ausstrahlen. Warum finde ich Valentin so unfassbar anziehend, er ist doch eigentlich gar nicht mein Typ? Für ihn war ich sicherlich nur ein One-Night-Stand. Ein kurioses Abenteuer inmitten einer Reihe unvorhergesehener Verkettungen von Ereignissen, die aufwühlender nicht sein können. Und Adrenalin schafft Zusammengehörigkeitsgefühle und Anziehung, wo sie andernfalls nicht sein würden. Zumindest sagt das Lilly. Und auf Lilly ist immer Verlass.

»Ja, so sieht es aus«, antworte ich verzögert. »Er sagte, er existiere an zwei Orten. Bei sich und dort, wo ich bin. Ist das nicht beinahe romantisch?« Das waren ungewöhnliche Worte meines Ex-Verlobten, die ich meine, bei Lilly schon mal gehört zu haben. Ich müsste mich jetzt freuen, geht mir durch den Kopf, und ich nehme euphorisch die neue Flasche Wein in Empfang.

»Welch Agonie«, murmle ich, während ich mein Glas erneut befülle. Valentin, der gerade mit seinem Handy herumhantiert, blickt auf. »Wie meinst du das?«

»Ach, gar nichts«, winke ich ab, versuche, dieses Brodeln in mir loszuwerden. Diesen Hauch Wut, gepaart mit … ja was? Furcht?

»Dein Ernst, Romy?« Verblüfft schaut er mich an.

»Ich scherze nie.« Soll er doch denken, ich spiele auf uns an. An das qualvolle Sterben der Verbundenheit, die ich dachte zu spüren und die vermutlich gar nie existiert hatte. Und ich hatte mich diesem Mann eben noch im Meer an den Hals geworfen. Das geflüsterte *Fuck* war mir nicht entgangen, vielleicht wollte er mich gar nicht küssen. Wieder lässt Valentin sich nicht anmerken, ob es ihn juckt, wie es mit uns weitergeht, und tippt etwas in sein Handy, während ich weitertrinke.

Irgendwann stehen wir auf, die Nachtluft ist warm und leise Musik begleitet uns ins Hotel. Als Valentin in einen Vortrag über das Gemälde der Blauen Grotte vom Maler August Kopisch verfällt, dessen Druck auf unserer Etage hängt, möchte ich ihn am liebsten bitten, etwas über uns zu sagen.

»Ist es nicht beeindruckend, wie gut der Maler das Sonnenlicht, das unter dem Meeresspiegel eindringt, in der Grotte wiedergegeben hat?«, fragt er.

Ich nicke knapp.

»Blau galt als Symbolfarbe *romantischer Sehnsucht,* verknüpft mit Novalis' Roman *Heinrich von Ofterdingen* aus dem Jahr 1802, in dem der Protagonist auf der Suche nach der blauen Blume ist, Sinnbild für den Schlüssel der Poesie.« Mein Blick klebt an Valentins Lippen, die Worte streicheln so sanft gesprochen, und ich liebe es, wie er redet. Er dürfte mir auch aus meiner Steuererklärung vorlesen.

»Wahnsinn, was bist du? Wikipedia?«, frotzle ich, während wir dahinschlendern, und er reagiert gelassen.

»Ich liebe Kunst nun mal, und vermutlich referiere ich auch sehr gerne.« Seine Hand berührt meine leicht.

»Das ist kein Referat, das ist eine Vollnarkose«, ärgere ich ihn. Mein Blick senkt sich, ich nehme etwas Abstand, suche nach einer Reaktion und sie kommt prompt.

»Du kostest echt Nerven«, raunt er mir zu und legt den Kopf in den Nacken, lacht trocken.

»Ich weiß.« Ich komme aus dem Tritt, er packt mich viel zu schnell und wirft mich sich einfach über die Schulter, als würde ich nichts wiegen. Ein lautes Lachen löst sich aus meiner Kehle, und ich trommle auf seiner Kehrseite herum.

»Gib's zu, du liebst mich.«

»So weit würde ich nicht gehen.«

»Oh doch, du liebst mich sogar sehr.«

»Wenn du wüsstest«, sind Worte, die in meinem Lachen untergehen, als er sich mit mir um die eigene Achse dreht. Meine Füße fegen beinahe ein Bild von der Wand.

»Lass mich runter.«

»Ich denke nicht dran, erst, wenn du in deinem Zimmer deinen Rausch ausgeschlafen hast und damit aufhörst, mit dem Feuer zu spielen.«

»Ich zündle aber gerne«, gebe ich zu und wünsche mir aberwitzigerweise, dass Valentin zu mir gehört. Dieser kriminelle und entspannte Typ, der sich einfach so in mein Herz gestohlen hat.

Im Zimmer angekommen, reicht er mir demonstrativ ein Glas Wasser, das ich ausschlage.

»Wie du willst, wir sehen uns morgen früh«, sagt er schmallippig.

»Die Nacht ist noch jung, du solltest noch ein wenig bleiben«, bettle ich ohne Würde.

»Nur, wenn du Wasser trinkst«, fordert er im Gegenzug.

»Ich lass mich doch nicht bevormunden.«

»Gut.«

Valentin dreht das Glas nachdenklich in der Hand, während ich zum Bett taumle und die Schuhe ausziehe.

»Ich streite nicht mit dir«, meint Valentin dann und stellt das Glas auf den Tisch.

»Warum nicht? Eine ordentliche Streitkultur ist unerlässlich für jede Art von zwischenmenschlicher Beziehung.« Nicht, dass ich darin Expertin wäre, zumindest, was die Liebe angeht.

»Ich bin problemlösungsorientiert, dann braucht man auch nicht zu streiten.«

Mein Mund klappt auf und wieder zu. Ich stehe auf, denke einen Wimpernschlag lang nach. »Du willst mir glaubhaft versichern, du streitest nicht.«

»Nie.«

»Unsinn.«

»Wärst du nicht auch lieber Teil der Lösung als Teil eines Problems?«

Ich kann nicht anders, ich muss rebellieren.

»Ich wäre lieber das ganze Problem. Ich mag nicht gerne nur ein Teil von etwas sein.« Bei diesen Worten zerre ich mir sein Shirt über den Kopf. Die Art, wie Valentin mich dabei beobachtet, heizt mich auf.

»Am besten, du legst dich hin und schläfst dich aus.«

»Wenn du schon nicht streiten magst, könnten wir tanzen.« Schon öffne ich Spotify auf meinem Handy. »Kannst du tanzen, Valentin?«

Der Raum beginnt sich zu drehen. Blöder Wein. Fast stolpere ich in den Tisch, auf dem noch mein Laptop liegt, wo ich zuletzt die Fotodaten meiner Speicherkarte gesichert hatte.

»Gute Nacht, *topolina*.«

Valentins Lachen klingt verunsichert, und ich stelle mich ihm in den Weg, als er gehen will.

»Bringst du mich ins Bett?« Ich glaube, so etwas Kindisches habe ich noch nie in meinem ganzen Leben getan. Lilly ja, ich niemals.

»Denkst du, dein Verlobter würde das gut finden, wenn ein Fremder dich ins Bett bringt?«

»*What the fuck*, Valentin. Du hast mich gevögelt«, erinnere ich ihn an die winzige Tatsache, dass wir schon so einiges getan haben, das Henry missfallen würde.

»Er ist nicht mehr mein Verlobter«, rede ich mir ein und greife in den Kragen seines Hemdes, ziehe Valentin etwas zu mir herunter.

Einen Moment sehen wir uns nur an, ich wünschte, er würde mich erneut küssen, würde all meine Gedanken zu Henry und den Anflug von schlechtem Gewissen auslöschen.

Stattdessen fragt er: »Weiß er das auch? Dass ihr nicht mehr einander versprochen seid?«

Diese Frage macht mich fast wütend. Auf mich, auf Valentin, weil er das sagt, und auf Henry.

Gott, ich habe keine Ahnung, wie ich seinen Wandel von eben einschätzen soll. Niemand ändert sich einfach so. Und wenn doch, kann man ihm dann überhaupt trauen?

»Was willst du von mir, Romy?«, flüstert Valentin mit einer Traurigkeit in der Stimme, die mir selbst plötzlich Tränen in die Augen treibt.

»Ich weiß es nicht«, gestehe ich. Seine Hände legen sich um meine Handgelenke, lösen sie von dem Hemdkragen. Doch ich lasse nicht locker, glaube kaum, dass ich ohne ihn aufrecht stehen kann.

Valentin

Ich bin eifersüchtig auf das Kissen, das Romys Kopf berührt, auf die Decke, die ihren Körper umschmeichelt. Natürlich hätte ich die Nacht nicht in ihrem Zimmer verbringen sollen. Offensichtlich bin ich ein Masochist. Oder tatsächlich ein Verdrängungskünstler. Irgendwie scheine ich für mich entschieden zu haben, die Zeit mit Romy einfach zu genießen, trotz aller Widrigkeiten. Denn was ich sicher weiß, ich mag sie. Sehr sogar. Und jetzt, da ich hier auf diesem Bett im *La Perla* auf Capri sitze und dieser Frau beim Schlafen zusehe, fürchte ich, mein Leben wird sich aufteilen. In die Zeit vor Romy und in die danach.

Irgendwann stehe ich auf, vom Nachdenken ganz verkatert.

Es ist bereits nach neun, und ich hadere mit mir, Romy zu wecken. Gegen zehn Uhr schleiche ich aus ihrem Zimmer, gehe unter die Dusche und ziehe mir was Frisches an. Meine helle Leinenhose und ein T-Shirt mit V-Ausschnitt. Ich kämme meine Haare, style sie und putze meine Brille. Und als ich fertig bin und langsam hungrig werde, klopfe ich lautstark an Romys Tür, was sie schließlich doch noch aus den Federn holt. Das Frühstück verläuft entspannt und Romy versteckt sich dann und wann hinter der Linse ihrer Kamera.

Romys Körpersprache mir gegenüber ist widersprüchlich,

fast ambivalent. Ich werde nicht schlau aus ihr. Mal sucht sie die Nähe, unbewusst und sanft, dann wirkt sie plötzlich wie ein flatterhaftes Wesen, das sich mir bei jeder Gelegenheit entzieht, und ich beschließe, selbst mehr Abstand zu nehmen. Als wir gegen Mittag die *Piazza Umberto I.*, das Herz von Capri, erreichen, wirkt sie, Kamera voraus, vollkommen konfus und stolpert beinahe über einen deplatzierten Blumenkübel.

»*Attento, topolina*«, warne ich sie und schnappe gerade noch rechtzeitig ihren Arm, bevor sie stürzt. Einen winzigen Moment baumelt sie in der Luft, fängt sich atemlos wieder und beschwert sich.

»Die Italiener haben seltsame Plätze für ihre Blumen«, meint sie, und das laute Motorgeräusch eines roten Lastenfahrzeugs, das durch die Menge knattert, verschluckt fast ihre Worte.

Der zum Meer hin halb offene Platz ist eine perfekte Anordnung von Restaurants, Boutiquen, Sitzgelegenheiten und Blumenarrangements, halb von gelben Gebäuden ringsherum eingefasst. Einfach wunderschön. Was man von einigen Touristen, die sich hier tummeln, nicht sagen kann. Ein wenig fühle ich mich wie auf einem Schönheitsoperationstestgelände. Wie dieser Henry wohl aussieht? Ich ertappe mich dabei, mich mit ihm zu vergleichen, obwohl ich ihn noch nicht mal kenne. Und so etwas tat ich das letzte Mal mit zweiundzwanzig, als meine damalige Freundin mir ihren Ex vorstellte, der nach ihren Aussagen ihre erste große Liebe gewesen war. Ich hatte vermutlich gehofft, dass dieser Titel mir zuteilwerden würde, und hatte einen winzigen Moment beinahe Komplexe, weil ihr Ex nicht nur einen Kopf größer war als ich, sondern auch beachtliche Muskeln zur Schau trug. Doch dann machte er den Mund auf, und mir ging es wieder besser.

»Was ist nun eigentlich mit deinem Henry? Wird er hierherkommen?«, spreche ich die Fragen aller Fragen, die für mich persönlich nach Kotztüte schreit, schließlich trotzdem aus. Ich zähle meine Schritte, fünf vom Restaurant mit seinen Korbstühlen und den mokkafarbenen Sonnenschirmen bis zum Café mit den gelb-weiß gestreiften, zwölf durch eine Touristenmenge in Richtung Kiosk mit bunten Postkarten, Schwimmtieren und bunten Strandkleidern. Aus dem Augenwinkel meine ich Johnny Depp wahrzunehmen, es interessiert mich nicht. Ich denke nur darüber nach, wann ich Romy Lebewohl sagen werde. Und wie. Würden wir uns umarmen? Uns küssen? Auf die Wange wie alte Freunde? Ich hebe den Blick, lasse ihn an den sonnengelben Hausfassaden entlangwandern, hinauf zur Turmuhr, die gleich zwölf schlägt, blinzle in die Sonne, die alles zum Strahlen bringt.

»Ich habe ihm gesagt, dass es unnötig sei, mir nachzureisen. Und ich habe das Gefühl, es war ihm dann doch ganz recht, zu Hause auf mich warten zu können. Er gönnt sich jetzt einige Spa-Tage und etwas Fitness.«

Höre ich Enttäuschung heraus? Ich denke nicht … Verräterisch hellt sich meine Miene auf.

Romy nimmt die Kamera, entdeckt etwas, das ihre Aufmerksamkeit erregt. Zwei Kinder, die Händchen haltend zwischen den Erwachsenen umherstreifen. Der kleine Junge trägt kurze Locken, die ihm vorwitzig in die Stirn fallen, das Mädchen hat lange Zöpfe. Vielleicht sind es Geschwister, vielleicht aber auch Kinder, die jetzt gerade eine lebenslange Bindung knüpfen. Romy schießt eine ganze Reihe Fotos von diesen beiden Kindern, die so rührend miteinander umgehen. Die kleinen Hände fest ineinander verschlungen, aufeinander achtgebend. Irgendwann sprechen wir die dazugehörigen Erwachsenen an, bekommen die Erlaubnis, die Bilder zu verwenden, und mein Lohn fürs Übersetzen ist ein unfassbar süßes Lächeln von Romy. Augenblicklich ist es wieder da, dieses warme Gefühl in meinem Magen.

Wir spazieren weiter, ein älterer Herr mit einem großen Strauß Blumen ist das nächste Bild wert. Er hat sie für seine Frau zum Hochzeitstag gekauft. Seine dunklen Augen strahlen, während er uns erzählt, dass sie bereits vierzig Jahre zusammen sind und sechs gemeinsame Kinder haben, die ihnen wiederum Enkel schenkten.

Ich atme einmal tief durch, stelle fest, dass ich das italienische *Dolce Vita* des malerischen Platzes mit seinen Restaurants, Cafés und kleinen Boutiquen gar nicht wirklich genießen kann. Die Menschen, die an Tischen unter Sonnenschirmen plaudern oder über den Platz flanieren, existieren nur peripher, es sei denn, Romy interessiert sich für sie.

Ich erlaube mir, wieder etwas zu träumen, und denke über das *Was-wäre-wenn* nach. Ich habe so viele Romane gelesen und all die Heathcliffs und Mister Darcys für Idioten gehalten, weil sie sich von den Gefühlen für eine Frau beherrschen ließen. Und jetzt frage ich mich, ob ich selbst einer dieser Idioten bin.

Irgendwann nimmt Romy meine Hand, schlendert entspannter neben mir her.

»Die *Piazzetta*, wie sie von den Einheimischen genannt wird, war einst der zentrale Marktplatz und wurde um 1900 zu Ehren des verstorbenen italienischen Königs Umberto benannt. Heute sagt man auch gerne *Wohnzimmer der Welt*, gut zu vergleichen mit dem venezianischen San Marco«, erwähne ich, um meinen immer drängenderen Gefühlen auszuweichen.

Sacht lenke ich Romy voran in eine weiß getünchte Gasse, an deren Seiten sich Clematis über einen Bogen emporrankt bis zu winzigen Balkonen, an deren Gittern Wäsche trocknet.

»Ich mag es, wie du solche Dinge erzählst«, sagt sie, lehnt den Kopf kurz an meine Schulter.

»Ich mag es, in deiner Gesellschaft zu sein«, erwidere ich ehrlich und gebe meinem inneren Kampf nach.

»Mich beschäftigt eine Frage«, sage ich, sie aufmerksam betrachtend, und erkenne, wie radikal ich mich verändert habe. Seitdem ich mit Romy unterwegs bin, rede ich nicht nur sehr viel mehr – wobei ich immer der Meinung war, wer weniger spricht, hat mehr zu sagen –, sondern stelle nun sogar Fragen, deren Antworten mir vielleicht nicht gefallen.

»Und die wäre?«

Ich zögere, lasse meinen Blick über das Treiben in der Gasse gleiten.

»Was möchtest du wissen, Valentin?«, hakt Romy leider nach, und ich wappne mich.

»Warum willst du Henry nicht hier haben?«

Romy seufzt leise, lässt die Kamera sinken.

»So ist das nicht.«

Die Luft in der Gasse wird stickig, die zahlreichen Blumen vor den zahlreichen Fenstern der mediterranen Häuser riechen aufdringlich.

»Wie ist es denn dann? Er hat angeboten zu kommen, du hast es abgelehnt.«

»Ja, aber weil ich denke …«

Sie verstummt, windet sich. Dann versteckt sie sich hinter ihrer Kamera und fotografiert zwei Teenagermädchen weit vor uns, die nebeneinander hertraben und schwatzen. Wahrscheinlich sind es beste Freundinnen. Oder eine von ihnen liebt die andere heimlich, überlege ich, und schlucke schwer.

»Was denkst du, Romy? Dass er es vorgeschlagen hat, weil du es insgeheim von ihm erwartest? Viele Menschen tun Dinge, von denen sie glauben, dass der andere es erwartet. Das beantwortet jedoch nicht, warum du es nicht angenommen hast …« Vielleicht hat sie längst mit ihm abgeschlossen und will gar nicht, dass er um sie kämpft?

»Ich bin mir nicht mehr sicher, ob Henry der ist, den ich in ihm gesehen habe. Ob er der Richtige für mich ist. Deshalb wollte ich nicht, dass er kommt.«

Romys Stimme klingt beinahe angriffslustig. Als wäre sie empört, weil ich sie danach frage.

»Okay«, sage ich leise und denke nach. Ich kenne dieses Gefühl, wenn alles um einen herum plötzlich wie aus Treibsand ist, und ich wünschte, ich hätte den perfekten Rat.

»Wie erkennt man, ob diese eine Person die richtige für einen ist? Wie soll man das herausfinden?« Ihr Blick flackert, als sie ihn in meine Richtung hebt, während wir weiter durch die malerische Gasse mit üppigem Blumenschmuck spazieren.

»Vermutlich wird es dich schockieren, aber um diese Frage zu beantworten, musst du dir eine ganz andere Frage stellen«, antworte ich und zögere einen winzigen Moment. Ich sollte mich nicht in die Beziehung zwischen ihr und diesem Henry

einmischen. »Und die Voraussetzung dafür ist absolute Ehr-
lichkeit dir selbst gegenüber. Was nicht gerade leicht ist.«

»Was ist schon leicht?«, murrt sie und kaut auf der Unterlippe, blickt mich erwartungsvoll an und Grübchen graben
sich in ihre leicht gebräunten Wangen.

»Um herauszufinden, ob eine Person für dich gerade richtig ist, stelle dir folgende Frage: Magst du es, was und wie und
wer du sein kannst, wenn du in seiner Nähe bist? Bist du mit
dir im Einklang, wenn diese Person dich umgibt, und fühlst
dich sicher? Die Antwort auf diese Fragen ist auch die Antwort auf die andere.« Wie einfach es doch ist, solche Rat-
schläge anderen zu geben. Und dann huscht ein Gedanke
durch meinen Kopf: Ich mag den Valentin, der mit Romy in
Italien ist. Mehr, als ich Luca mag.

Jetzt starrt sie mich an, ihr Blick ist intensiv und brennt
sich förmlich in mich hinein, und ich halte ihm stand, bis das
Haus meiner Nonna Maria in Sichtweite ist. Laternen baumeln über unseren Köpfen, auf einer Terrasse zur Rechten
wachsen Zitronenbäumchen in Terrakottatöpfen und die
Farbe einer grünen Tür schlägt Blasen.

»Bereit für meine Nonna?« Ich lächle Romy aufmunternd
an, warte keine weitere Reaktion ab und klopfe einfach. Gelächter von Kindern zieht durch die Gassen, der Duft nach
Espresso weht heran. Im Nebengebäude schließen sich Fensterläden, gegenüber schaut ein Mädchen neugierig zu uns
herüber.

Für einen kurzen Moment bleibt mir nun die Luft weg, als
meine zierliche Nonna in einem geblümten Wickelkleid vor
uns steht und fragt: »*Che è successo?*«

»Was los ist? Nonna, ich bin es, Luca«, begrüße ich sie mit

geöffneten Armen. Prompt vertiefen sich die Fältchen um die braunen Augen, und sie schlägt ihre Hände vor den Mund, der vor Überraschung offen stehen bleibt.

»*Il mio dio, Luca!*« Und da ist sie, diese Herzenswärme, pure Freude, mit der Nonna es schon immer geschafft hat, jeden in ihrer Umgebung anzustecken. Sogar Leute wie mich. Augenblicklich muss ich lachen, kann ihrem Redeschwall kaum folgen, während sie mich und Romy in ihr Haus zieht. Als Kind war ich einen ganzen Sommer hier, erinnere mich daran, wie hier in der großen Küche eine Feier stattfand. Meine Eltern hatten getanzt, während Nonna und meine Tanten dazu im Takt klatschten und sangen.

Wenige Herzschläge später werden wir an den kleinen Tisch mit perlweißer Tischdecke gesetzt, an dem schon so einige Rotweinflaschen geleert wurden und Abende mit Gelächter und guter Laune endeten.

»Dass du deine alte Nonna besuchen kommst ...«, wundert sich meine Nonna, steckt sich wie üblich einen Zigarillo an und hustet erst mal ordentlich. Das Laster des Rauchens liegt bei uns in der Familie. Und natürlich bietet sie uns auch eine an, was Romy und ich zeitgleich ablehnen.

»Und so eine hübsche Frau hast du abbekommen.« Ihre Freude darüber macht mich kurz nervös, und ich beeile mich, das Bild geradezurücken.

»Romy ist nur *eine* gute Freundin«, sage ich dämlich lächelnd, und sie glaubt mir kein Wort. Sie keckert vor sich hin, während ich Romy vorstelle und erzähle, dass ich sie lediglich begleite, um ihren Bildband zum Thema Liebe zu vervollständigen.

Eine Weile plaudern wir über die Familie, ich muss versprechen, bald mit Mia-Florentine zu Besuch zu kommen, und lasse eine Schimpftirade über meinen mangelnden Familiensinn über mich ergehen. Romy verfolgt das Spektakel interessiert, grinst dann und wann stumm in sich hinein, und ich frage mich, wie viel ich wirklich für sie übersetzen will.

Auf dem Herd köchelt etwas vor sich hin, meine Nonna widmet sich nach dem Zigarillo einem Topf, hebt den Deckel und ein herrlicher Duft steigt in die Luft.

»*Lasagne della Nonna*«, verrät sie uns und lädt uns zum Bleiben ein. Draußen knattert eine Vespa vorbei, Tauben landen auf dem Fenstersims und gurren. Ich drücke Romys Hand, als sie auf der Sitzbank näher zu mir heranrutscht.

Und dann geht es los: Nonna hat so einige Fragen an meine Begleiterin. Wie alt sie sei, wo sie geboren ist, was ihre Eltern machen, ob sie schon Kinder hat. Es artet ein wenig in ein Verhör aus, aber so ist es nun mal mit Nonna. Sie fragt alles, was ihr in den Kopf kommt. Und ich übersetze es brav. Nur als sie ganz unverblümt wissen will, ob wir Liebe gemacht hätten, schweige ich und lenke das Thema zu einer anderen Liebesgeschichte.

»Romy und ich haben uns in Hamburg kennengelernt, als ich das Porträt *La Ragazza di Capri* für einen Kunden ersteigerte. Du kennst das Bild doch sicherlich?«, vergewissere ich mich, und Nonnas Augen leuchten auf.

»Ja, natürlich. Es war die Tochter des Hoteliers des *La Perla* … Mein Papa, dein Urgroßvater, arbeitete dort und hat uns die tragische Geschichte vom Maler Frederico Milo und Cara Marcipane aus erster Hand erzählt.«

»Wir sind neugierig, was ist damals eigentlich genau geschehen?«, frage ich, während wir Gläser, Teller, Besteck und Servietten bekommen.

»Mein Papa, Gott hab ihn selig, hat immer gesagt, die Liebe hängt wie ein Fluch über den Marcipanes«, beginnt Nonna, während sie im Topf ihre herrliche Sauce rührt. »Damals, es war die Hochsaison des *La Perla*, ließ der Hotelier die Familie porträtieren. Seine Tochter Cara war erst sechzehn Jahre alt und das schönste Mädchen von ganz Capri. Die Liebe schlug bei dem jungen Maler Frederico Milo wie ein Blitz ein und endete furchtbar. Nach den vielen Sitzungen für ihr Porträt war Cara plötzlich schwanger, ein Skandal, der zunächst vertuscht werden sollte. Eine Ehe ihrer Tochter mit einem Künstler kam für die Marcipanes bei Gott nicht infrage.« Nonna schnalzt missbilligend mit der Zunge, legt den Deckel des Topfes schief und setzt sich zu uns an den Tisch. »Was soll ich sagen, Cara bekam schließlich das Kind, aber der Maler wurde verbannt, durfte die Insel unter Todesandrohungen nicht mehr betreten. Mein Papa sagte, man konnte dabei zusehen, wie die junge Cara am Liebeskummer zerbrach.« Nonna bekreuzigt sich, ihre braunen Augen zeugen von tiefem Mitleid. »Papa versuchte alles, um Cara aufzuheitern. Er war ja zu der Zeit an der Rezeption und ein Freund für das verzweifelte Mädchen. Ich weiß noch, dass Mama, die jede Woche nach Neapel übersetzte, um neue Stoffe für ihre kleine Schneiderei zu kaufen, ihm immer Neuigkeiten aus der Stadt und, wenn es ging, von Milo mitgab. Aber sie konnten nichts tun, um der traurigen Cara zu helfen.« Ich lausche dem Unheil, das schließlich seinen Lauf nahm. Und ich kann beinahe den gesamten Ablauf vor meinem inneren Auge sehen. Ich stelle mir vor, wie Cara in ihrem Zimmer im *La Perla* steht und aus dem Fenster schaut. Voller Hoffnung, ihre Liebe irgendwann wiederzusehen. Mit Zuversicht, dass ihre Eltern sie und ihre kleine Tochter schlussendlich gehen lassen. Sicherlich liebte sie ihr Capri, das spürt man nur allzu deutlich, wenn man sich das Porträt von Frederico Milo ansieht. Nonna erzählt, wie sehr Cara ihre Heimatinsel und deren schroffe Schönheit liebte. Die Insel war für sie alles, bis sie Frederico begegnete und sich in ihn verliebte.

»Nur die Liebe und der Tod können die Welt auf diese Weise neu ordnen. Und für beides gibt es keine Generalprobe«, sagt Nonna.

»Irgendwann entschloss sich Cara, ihre Räumlichkeiten, in die sie sich seit der Hausgeburt zurückgezogen hatte, zu verlassen. Als Zeichen des guten Willens, um die Wogen zu glätten und ihre Eltern zu besänftigen, die sich von der Schande, die sie über sie gebracht hatte, nur schwer erholten. Marco, mein Vater, freute sich, dass sie endlich aus ihrem Zimmer kam, und hoffte, dass sie nun nach vorn blicken könnte. Lange hatte er sie mit Cantuccini versorgt, als sie sich in ihrem Zimmer versteckte, und gebetet, sie würde wieder aufblühen.«

Nonna seufzt.

»Sie sollte in eine arrangierte Hochzeit mit einem Kaufmann bei Rimini einstimmen, der sie mit ihrer Tochter zu sich nehmen wollte. Das war furchtbar für Cara. Doch es schien, als würde sie sich fügen. Und dann geschah es: Irgendwann zwischen den gut gemeinten Worten ihrer Mutter und mitfühlenden Blicken meines Vaters entdeckte Cara einen neuen Gast. Im Gepäck das Unheil selbst. Cara fiel auf, dass er eine Ausgabe der *Il Mattino* unter dem Arm spazieren trug. Er legte sie auf den Tresen des Empfangs und checkte ein. Die italienische Tageszeitung trug eine Schlagzeile: *Neapolitanischer Künstler verbrennt im eigenen Atelier.* Die Zeit verlangsamte sich. Cara tat zwei Schritte auf die Zeitung zu und der Blick meines Vaters lag ebenfalls auf den Buchstaben, traf dann auf Caras entsetztes Gesicht. Er griff genauso schnell nach der *Il Mattino* wie sie. Es entstand ein kurzes Handgemenge um das Eigentum des Kunden, das Cara gewann. Und sie las. Mit angehaltenem Atem. *Frederico Milo stirbt bei tragischem Brand in seinem Atelier. Neapels Kunstszene entsetzt.* Ihre Muskeln am ganzen Körper zitterten, und ihre Frage hallte durch das glänzende Foyer: Was habt ihr getan? Ihr Vater hob den Kopf in ihre Richtung und die ganze Welt stand still. Die Zeitung glitt aus ihrer Hand, schwebte unendlich langsam zu Boden. Mein Vater war sofort bei ihr, sie krümmte sich unter den gelesenen Worten. Irgendwann füllte sich ihre Lunge mit Luft und der Schrei, der sich daraufhin Bahn brach, ließ das ganze Hotel erbeben. Und einige Tage danach war Cara tot. Genau wie Frederico.«

Eine Liebe wie die von Romeo und Julia, ausgelöscht von alten Konventionen und gesellschaftlichen Zwängen, geht mir durch den Kopf.

»Wie ein Fluch hing der Schatten dieses Todes von da an über dem Hotel *La Perla* und sorgte für allerlei Aberglaube, was schlussendlich die Hoteliersfamilie ruinierte. Denn Zimmer inklusive Geistergeschichten vermieteten sich damals nicht sonderlich gut. Das Kind von Cara, Lucia Marcipane, heiratete später auf Wunsch der Großeltern einen Mann, mit dem sie nicht glücklich wurde und eine lieblose Ehe führte, aus der Aurora, ihre Tochter hervorging«, erzählt Nonna mit glänzenden Augen. »Und Aurora war ein wildes Mädchen, das irgendwann einfach verschwand.«

»Wie das?«, fragt Romy lautlos, so tief bewegt wie ich selbst. Ihre Finger krallen sich um die Kante des Tisches.

»Sie war geradezu hungrig nach den ganz großen Gefühlen. Mit siebzehn verschwand sie von der Insel. Ohne Vorwarnung. Aber mit einem hinterlassenen Abschiedsbrief, der ihrer Mutter Lucia erklärte, dass sie mehr will, als Capri ihr bieten kann. Und dass sie auf keinen Fall so werden will wie diese Insel. Was auch immer das genau heißen sollte.« Nonna zündet sich einen neuen Zigarillo an, hustet so stark, dass ihr ganzer kleiner Körper bebt, und ich appelliere an sie, das Rauchen aufzugeben. Mit einem Schnaufen werde ich abgewürgt, und sie erzählt weiter.

»Es heißt, Aurora lief davon, um die Liebe zu finden. Doch die Liebe kann man nicht suchen.«

Nonnas Hand greift über den Tisch, schnappt sich viel zu schnell Romys, und ich kann ihre Anspannung neben mir fühlen. Es wird still im Raum, nur das Glucksen vom Herd und der Gesang einer Drossel vor dem Fenster sind zu hören.

»Die Liebe findet einen. Worauf es ankommt, ist, sie zu erkennen.«

Ich übersetze die Worte und Romy lächelt.

Die Liebe ist ein zweischneidiges Schwert, geht es mir durch den Kopf. Am Beispiel meiner Eltern hatte ich gesehen, wie brutal sie sein kann. Und doch, denke ich, ich könnte es riskieren, mit Romy. Plötzlich überkommt mich ein Gedanke: Wie kann es sein, dass das Wort Liebe für beide Geschlechter manchmal nicht das Gleiche bedeutet? Nonna sagt, für meinen Opa war Liebe gutes Essen und ein schön gedeckter

Tisch. Und für sie Blumen zum Jahrestag und lautstarke Liebesbekundungen. Nur dass sie diese immer einfordern musste, weil Opa nicht gerne sprach.

Der Duft von Rosmarin weht vom Topf herüber und erinnert mich an die Ferien bei Nonna. Und an meinen ersten Kuss mit einem Mädchen namens Alessia, von der ich dachte, sie würde nur mich küssen. Nonna lacht, als ich ihr davon erzähle, und kann sich nicht verkneifen, vor Romy meinen ersten Liebeskummer auszubreiten. Und meine daraus resultierende Schokoladeneissucht, die mir Übergewicht bescherte.

»Liebe kann zerstörerisch sein«, sagt Romy irgendwann, und Nonna verlangt, dass ich übersetze, obwohl ich lieber das Thema wechseln würde.

»Reine Liebe kennt kein Leid. Es ist Verlangen, das Leid verursacht«, antwortet sie darauf und bläst Rauch in die Luft. »Kinder, wenn ich eines weiß, dann, dass Liebe eine unzähmbare Kraft ist. Wenn wir versuchen, sie zu kontrollieren, zerstört sie uns. Wenn wir sie einsperren, versklavt sie uns. Und wenn wir versuchen, sie zu verstehen, sorgt sie dafür, dass wir uns verlieren und verwirrt zurückbleiben.«

Ich verschütte Wasser aus der Karaffe, als ich Romys Glas befüllen will, und bin wirklich überrascht, was für eine kluge Nonna ich habe. Ich sollte sie viel öfter besuchen.

»Bella, komm mit mir an den Herd, ich zeige dir, wie wir hier die beste Lasagne ganz Italiens machen«, fordert Nonna Romy auf. Eine Ehre, wie ich weiß. Selbst meine Mutter hat nur wenige von Nonnas Geheimnissen in der Küche ergründet, und ich genieße die nächste Stunde, in der die beiden zusammen Teig für die Lasagneblätter kneten, sich mit Händen und Füßen verständigen und einfach nur fröhlich sind.

Selbstredend ist das Ergebnis ein Gedicht und wir schlagen uns die Bäuche voll.

»Wie geht es deiner Schwester?«, fragt Nonna mich, während sie selbst gemachtes Blutorangeneis als Nachtisch serviert.

»Gut, glaube ich.«

»*Mio dio, Luca!* Du musst dich mehr um deine Familie kümmern. Du dummer Junge.«

»Ah, Nonna«, stöhne ich und winke ab. »Wir verstehen uns nicht immer gut. Manchmal ist Geschwisterliebe aus der Distanz tiefer«, behaupte ich und erinnere mich nur zu gut daran, dass meine herzallerliebste Schwester mich genau hier in dieser Küche mit einem Bobbycar überfuhr und es genoss.

Nonna schnauft, fährt sich unaufhörlich durchs weiße Haar, ein Gebet auf den Lippen. »Irgendwann, Junge, erkennst du, dass niemand für immer da ist. Eines Tages trinkst du deinen letzten Limoncello, du riechst das letzte Mal das Meer und den Oleander, umarmst die geliebten Menschen in deinem Leben zum allerletzten Mal. Du wirst nie wissen, wann es so weit ist. Deshalb sollte man seinem Leben mit Leidenschaft begegnen und die Stunden nutzen, um mit seinen Lieben zusammen zu sein. Du Holzkopf.«

Charmant war Nonna schon immer. Und ich muss schon sagen, ich liebe sie aus ganzem Herzen.

Romy

Die Stunden bei Valentins Nonna verflogen nur so. Trotz Sprachbarriere verstanden wir uns fabelhaft, und ich fühlte mich sehr wohl bei der alten Signora. Auch wenn sie die Luft mit Qualm verpestete, wie Valentin es nicht besser könnte, und noch mehr redete als ich. Valentin kitzelt meine Seele, lockt etwas aus mir heraus. Und mir wird klar, dass Henry nie imstande wäre, mich so fühlen zu lassen. So frei, irgendwie. Auf eine neue Art und Weise, für die ich bis jetzt keine Worte habe. Und das, obwohl ich mich gestern zunächst verängstigt wie ein Kaninchen in meinen Bau zurückziehen wollte, als er nicht die gewünschte Reaktion auf Henrys Anruf zeigte. Ich ahne langsam, dass die Situation für ihn ebenfalls nicht einfach sein muss.

Es war schön, so viel über Valentin oder Luca zu erfahren, über seinen Vater, der hier aufwuchs und später eine Weile bei Portofino als Zitronenbauer arbeitete, bevor er wieder zurückkam und im *La Perla*, in dem bereits sein Großvater Marco gearbeitet hatte, einen Job als Kellner übernahm. Dort lernte er schließlich Valentins Mutter Berta kennen, die einen dreiwöchigen Urlaub auf Capri verbrachte. Und ich erfuhr, dass Valentins große Schwester Nathalie ihm das Schwimmen beibrachte, indem sie ihn vom Pier schubste. Am späten Nachmittag, bei gegrillten Pilzen, Auberginen und getrockneten Tomaten mit fingerdick geschnittenem Ciabatta und Wein durfte ich mir schließlich noch Fotoalben ansehen, aus der Zeit, als Valentin noch klein war.

Ich verliebte mich sofort in den schelmisch in die Linse blickenden Luca, der seine Brille immer etwas schief auf der Nase hängen hatte. In meinem Kopf formte sich ein Bild. Ich unter der Sonne dieser Insel mit einem eigenen Kind im Arm, das denselben starken Ausdruck im Gesicht trägt wie der Junge auf den Fotos. Und diese Vorstellung ließ meine Stimmung schlagartig kippen.

*

Nun am Abend hocke ich allein am Rande des Trubels von Capri auf einem Felsen, blicke hinab in die Tiefe auf das türkisblaue Meer und die umliegenden Klippen. Hinter mir ragt das *La Perla* wie ein Riese auf und wirft seine Schatten, während unter mir die Bucht mit ihren hübschen Sonnenschirmen liegt. Leute sonnen sich, baden, lesen, lachen und sind einfach glücklich.

Die Zeit vergeht, die Sonne wandert über dem Horizont, brennt auf meinem Gesicht. Ich muss an den Tag denken, an dem ich Henry das erste Mal porträtiert habe. Die Hamburger City schien mir damals perfekt, um diesen beeindruckenden Mann zu fotografieren und zu begreifen, wer er ist. Das Licht war nicht optimal, Regen hatte sich angekündigt und ich half mit einem Aufhellblitz nach. Henry war gut darin, mich auszublenden, und irgendwie tat er das immer. Zumindest die echte Romy. Er setzte sich auf eine Bank, den Blick aufs städtische Treiben gerichtet. Ich weiß noch, dass ich ihn wunderschön fand. Die gerade Nase, die markanten Wangenknochen, für mich der Inbegriff von Männlichkeit. Mit leicht erhobenem Kinn sah er irgendwann direkt zu mir, den Mund zu etwas wie einem Lächeln verzogen, und ich mochte es, wie er sich präsentierte. Ich schoss eine ganze Reihe, wandelte die Fotos später am PC in Schwarz-Weiß-Bilder um und fügte etwas Körnung für das gewisse Etwas hinzu.

Ich weiß nicht genau, wie mir das passieren konnte, aber plötzlich klaute mir ein Kerl, der einige Meter von mir entfernt stand, meine Zweitkamera aus der Tasche. Zum Glück reagierte Henry sehr schnell, schnappte sich den Typen und wurde für mich kurzerhand zu einem Helden. Doch jetzt huscht diese Erinnerung mit einem Beigeschmack durch meinen Kopf.

»Mädchen …«, hatte er mich genannt, »… das war schon ein bisschen dumm von dir. Damit hättest du rechnen müssen.«

Ich weiß gar nicht, weshalb mir das jetzt einfällt und wieso es mich anscheinend nicht gestört hatte, ich ihm sogar kokettierend zustimmte, honigsüß lächelnd und erfreut darüber, dass er mir meine Sachen zurückbrachte.

Von da an hatten wir auf eine Weise funktioniert, die vielleicht gar nicht mal so gesund für mich gewesen war. Er zeigte mich gerne vor, kaufte mir Kleider und Schmuck, und ich agierte in Gesellschaft auf Knopfdruck. Alle seine Kollegen waren begeistert von mir, und ich mochte es, dass Henry vor Stolz zu platzen schien. Und doch hatte er mich eigentlich nie wirklich gesehen.

Von einer Strandbar weht Gelächter zu mir herüber, und

ich wünschte, mein Kopf würde endlich die Klappe halten. Lilly sagte mal: »Gedanken sind wahrlich Tyrannen, die nur wiederkehren, um uns Menschen zu quälen.« Und ich fürchte, sie hat recht. Schnell schicke ich ihr ein Lebenszeichen mit dem Codewort Dattel und könnte heulen.

Eine kleine Eidechse flitzt unter wildem Thymian hervor und bleibt auf einem Stein sitzen, betrachtet mich aus ihren seltsam dreinblickenden Augen. Beinahe kommt es mir vor, als würde sie mich fragen, wer ich eigentlich bin. Und ich antworte, weil mir das Blickduell zu intensiv wird.

»Ich weiß nicht recht«, höre ich mich flüstern. »Ich weiß, wer ich heute früh war, als ich aufstand«, zitiere ich aus *Alice im Wunderland*. Die Eidechse blinzelt fragend.

»Ich kann es nicht deutlicher erklären, kleine Eidechse«, plappere ich weiter, »weil ich nicht ich bin. Ich kann es selbst nicht begreifen, und wenn man an einem Tag so oft klein und groß wird, wird man ganz verwirrt.«

Bevor die Eidechse mir raten kann, nicht so empfindlich zu sein, lasse ich meinen Fuß zucken und sie huscht davon, verschwindet im trockenen Gras neben dem Felsen.

Wind frischt auf, fährt in mein Kleid, und ich fröstle trotz Hitze. Vermutlich habe ich mich noch nie so einsam gefühlt wie in diesem Moment. Aus lauter Verzweiflung rufe ich meine Mutter an.

»Mami?«, sage ich leise ins Telefon, als sie abnimmt. Die Verbindung ist grottenschlecht, ich presse das Telefon gegen mein Ohr.

»Wo bist du jetzt?«, fragt sie aufgeregt. Im Hintergrund höre ich meinen Vater, der herbeigerufen wird, und das Rascheln verrät, dass er mithört.

»Ich bin auf Capri, es ist wunderschön hier«, sage ich, fahre mit der Hand über den aufgeheizten Stein.

»Ich möchte, dass du umgehend nach Hause kommst«, sagt sie nun ernst.

»Was? Warum?«

»Du hast hier einige Scherben aufzusammeln, Romy. Ich kann es nicht fassen, dass du einen Mann wie Henry so vorführst.«

»Ich tue was?« Mein Mund ist trocken.

»Betrügst du ihn?«

»Nein!«

»Wieso sollte er dann nicht zu dir reisen?«

Es knackt in der Verbindung, und ich sage nichts.

»Romy?«

Ich kann mir ihre Mimik bildhaft vorstellen, dieser gefährliche starre Blick, den sie aufsetzt, wenn sie wütend ist. »Du kannst ihn doch nicht betrügen«, echauffiert sie sich.

Mein Magen wird zu Eis.

»Ich muss erst mal selbst wissen, was ich will, Mama.«

Sie seufzt theatralisch. »So haben wir dich nicht erzogen, du verbaust dir dein ganzes Leben.«

»Monique, jetzt mach mal halblang. Romy ist erwachsen«, höre ich Papa halbherzig protestieren. Wie immer geht er einem Disput lieber aus dem Weg, und ich spüre, wie meine Kehle eng wird.

Fast sehe ich mich zurückversetzt in die Grundschulzeit, auf seinem Schoß hockend, während er Bratwürste und Hühnchen grillt. »Papa? Wusstest du, dass Mädchen viel schlauer sind als Jungs?«

»Ne, das wusste ich nicht«, hatte er verdutzt gemeint.

»Siehst du?« Ich hatte über ihn gelacht.

Diese Weisheit hatte ich natürlich von meiner Mutter, deren Stimme mich umgehend wieder in die Gegenwart zurückholt: »Du wirst noch ohne Mann enden, wenn du so weitermachst.«

Diese Prophezeiung höre ich nicht das erste Mal aus ihrem Mund, und sie macht mich nun richtig wütend. Ich beiße die Zähne so fest aufeinander, dass sie schmerzen.

»Erstens, ich bin noch nicht verheiratet, zweitens kann man auch ohne Mann glücklich sein.«

»Wie redest du denn mit mir? Du bist undankbar, Romy.« Sie klingt kalt, ihr empörtes Lachen, das folgt, hört sich an wie brechendes Gehölz.

»Ich bin aber nicht wie du, Mama. Ich habe Emotionen«, sage ich und habe keine Ahnung, wie lange ich diese schon begrabe. »Ich würde mir wünschen, dass du mal versuchst, dich in mich hineinzuversetzen.« Meine Stimme hört sich dünn wie Papier an und ich räuspere mich. »Ich habe das Gefühl, dass ich ein riesiges Loch in mir habe, als würde ein Teil von mir fehlen, den ich nicht einmal kenne«, bemühe ich mich zu beschreiben, was in mir vorgeht. Von den Gefühlen für Valentin brauche ich mit Sicherheit gar nicht anzufangen, ihr würden die Haare zu Berge stehen, wenn sie wüsste, was er beruflich macht. Antiquitätenhandel hätte nicht genug Prestige für sie, von seinem Nebenerwerb ganz zu schweigen.

»Ich bin gerade wirklich verzweifelt«, flüstere ich ins Handy und rutsche von dem Felsen, verkrieche mich in seinem Schatten.

»Ich, ich, ich. Hörst du dir eigentlich selber zu?«, reagiert meine Mutter mit der Feinfühligkeit eines fliegenden Backsteins, und ich halte den Atem an. Und das erste Mal in meinem Leben will ich mir ihr verletzendes Verhalten nicht bieten lassen. Ich lege auf.

Ich sitze eine Ewigkeit hier, kämpfe mit diesem dumpfen Gefühl in mir und bemerke, dass sich mir jemand nähert. Es ist Valentin, und meine Unterlippe beginnt verdächtig zu beben, wie damals, als ich noch ganz klein war und kurz davor war zu heulen.

»Lass mich allein«, bitte ich, weil ich mich nicht mehr unter Kontrolle bekomme. Und es zerreißt mich, als er meiner Bitte Folge leistet und sich zurückzieht. Ich bette meine Stirn auf den Knien, fühle, wie ich zerfalle. Und als ich gerade denke, ich löse mich auf, höre ich wieder Schritte, erkenne Valentin, der neben mir in die Hocke geht und mir die Hand reicht.

»Ich hab doch gesagt, du sollst mich allein lassen«, knurre ich ihn an. »Ich will das mit mir selbst ausmachen …« Oder mit der Eidechse, falls die sich noch mal sehen lässt. Ich kann auf keinen Fall vor einem Mann heulen, das habe ich noch nie getan.

»Bedaure. Das geht nicht«, antwortet Valentin, den Mund zum Strich verzogen, die Stirn sorgenvoll in Falten gelegt.

»Und … weshalb … nicht?« Ich atme viel zu schnell, schluchze.

»Weil … das gegen den hippokratischen Eid verstößt.«

»Bist du … jetzt Arzt … oder was?«

»Nein, aber ich war drei Jahre lang Rettungsschwimmer am Bodensee. Da gelten dieselben Regeln«, behauptet er.

Ich versuche, mein Beben unter Kontrolle zu bekommen.

»Atme, Romy.«

»Ich … weiß nicht … wie.« Tränen lösen sich aus meinem Wimpernkranz, laufen heiß über meine Wangen.

»Durch den Mund?«

Ich wage es nicht, ihm ins Gesicht zu sehen, seine Hände legen sich auf meine Schultern, ziehen mich zu sich heran.

»Du hyperventilierst, atme durch die Nase ein und durch den Mund wieder aus.«

Valentins Stimme ist weit entfernt.

Voller Scham schlage ich mir die Hände vors Gesicht, lasse es zu, dass Valentin mich in seine Umarmung zieht, und so hocken wir eine ganze Weile auf dem staubigen Boden vor dem Abhang. Und ich weine, erstickt und lange.

Ich lasse es zu, dass meine Mauern zusammenbrechen wie vielleicht noch nie in meinem ganzen Leben.

Unaufhörlich streichelt Valentin durch mein Haar, während ich mein Gesicht an seiner Brust gebettet habe, und es ist sein Herzschlag, der mich nach und nach beruhigt.

Würde Henry dasselbe für mich tun? Würde ich es bei ihm auch zulassen? Ich muss an die Frage denken, die Valentin mir heute Vormittag stellte. Wie und wer ich bin in Henrys Nähe? Nicht wie jetzt, das ist klar. An Henrys Seite bin ich kontrollierter, vermeintlich stärker, größer. Und nun? Hier und jetzt bin ich klein und weinerlich. Aber ist das so schlecht?

»Was ist passiert?«, fragt er irgendwann. Valentins Stimme ist gewohnt ruhig, dennoch kann ich spüren, dass meine Tränen ihn aufwühlen.

»Meine Mutter ist passiert.«

»Oh ja, diese Naturgewalt kenne ich, meine kann auch wirklich unangenehm sein«, springt er mir bei.

»Unangenehm. Du sagst es.« Ich schniefe, atme zitternd

ein und wieder aus. Sacht streichen Valentins Finger unter mein Kinn, heben es an, sodass ich ihn ansehen muss.

»Tut mir leid«, hauche ich, blinzle, und neue Tränen steigen über die Ufer.

»Was denn?«

»Dass ich so … viel bin. So anstrengend.« Das sagte Henry einst über Frauen, die ihre Gefühle nicht im Griff haben. Sie seien zu viel. Ärger huscht über Valentins Miene.

»Tu das nicht«, flüstert er und deutet ein Kopfschütteln an, legt seine beiden Hände an meine Wangen.

»Was denn?«

»Dich dafür zu entschuldigen, was du bist oder wie du fühlst. Das will ich nicht.«

»Mhm«, bringe ich nur heraus, und er küsst meine tränennasse Wange. Dann legt er seinen Arm um mich, und wir blicken gemeinsam zum Horizont.

»Schau, wie wunderschön das Meer ist. Es entschuldigt sich auch nicht für seine Tiefe«, sagt er leise.

Ich stoße einen erstickten Laut aus, der einem Lachen ähnelt. Valentin nimmt etwas Abstand, um mich zu betrachten.

»Und sieh, wie atemberaubend diese Insel ist«, sagt er mit einer solchen Sanftheit zu mir, dass meine Tränen endgültig versiegen. »Sie bedauert auch nicht, dass sie Raum einnimmt. Also tu das bitte auch nicht, Romy.« Ganz langsam beugt er sich zu mir herunter und küsst meine Stirn. Seine Lippen sind weich und warm. Kurz wünsche ich mir, ich hätte mich jemals bei Henry so gefühlt wie in den Armen dieses beinahe fremden Mannes.

Die Minuten vergehen, während wir nur dasitzen und schweigen. Er fragt nicht weiter nach, was mich so bewegt hat, und ich bin froh darüber. Wir spazieren eine steile Treppe hinauf, Weinhügel und Gärten säumen einen Weg, und ich atme salzige Luft ein, die mich nach und nach beruhigt. Meine Sinne erwachen immer mehr. Man kann förmlich spüren, wie diese Insel lebt. Ihr Geschmack prickelt auf der Zunge und kitzelt auf der Haut.

Mir kommt eine Beschreibung der Insel in den Sinn, die ich einst gelesen habe. *Wer Capri an einem heißen Sommertag mit dem Boot umrundet, sieht auf weiter Strecke nichts als abweisende, steil aus dem Wasser aufsteigende Formationen nackter Felsen, die jede Annährung unmöglich machen.*

Wie viel ich und diese Felsen wohl gemeinsam haben?

Valentin

Ich bin froh, dass ich den Mut hatte, mich nicht von Romy fortschicken zu lassen und für sie da zu sein. Ich bin überrascht, wie viel leichter es mir nun gefallen ist. Ihren Kummer anzunehmen, zu riskieren, ihn selbst zu spüren, war beängstigend. Und doch überwand ich mich, ohne lange darüber nachzudenken. Es ist absurd, dass mich ein Mensch, den ich erst so kurz kenne, dazu bringt, etwas zu tun, dem ich ewig ausgewichen war. Und es fühlt sich so gut an.

Als wir am nächsten Morgen aufwachen, wirkt Romy zum Glück wieder etwas gelassener und fröhlicher. Der Audi müsste inzwischen fertig sein, und wir beschließen, zurück nach Neapel zu fahren, um dann die Amalfi-Küste zu besuchen. Ich erinnere mich, dass Teresa, eine alte Freundin, eine *Tenuta* besitzt, die sie nur manchmal nutzt. Das Anwesen liegt fünf Kilometer von Positano entfernt, recht einsam mit Pool und großem Garten. Der perfekte Ort, um mit Romy allein zu sein.

Mein Audi sieht tatsächlich wieder wie neu aus. Er ist gewaschen, aufgetankt und riecht wie eine Blumenwiese, also beste Voraussetzungen, um die Fahrt entlang der Amalfi-Küste in vollen Zügen genießen zu können. Als ich das erste Mal hier unterwegs war, hatte ich ein wenig Angst, da auf einigen Straßen nur ein Fahrzeug Platz hat, weshalb man vor jeder Kurve hupt, um auf sich aufmerksam zu machen. Doch mittlerweile schockt mich diese Tatsache nicht mehr. Knifflig wird es allerdings, wenn die großen Reisebusse sich durch die Straßen schlängeln und alles nur noch Millimeterarbeit ist, damit nichts kaputt geht.

Alle paar Kilometer entdeckt man ein neues atemberaubendes Panorama und in Berg geschlagene Tunnel. Romy ist hin und weg, sie wirkt losgelöst, und ihre staunenden Ahs und Ohs machen mich mindestens so glücklich wie sie.

»Du hast echt die Wahrheit gesagt«, freut sie sich. »Es ist wirklich so schön.«

»Das tue ich öfter mal, die Wahrheit sagen«, antworte ich neckend.

Kurz darauf tut sich der wunderschöne Anblick Positanos vor uns auf. Die pastellfarbenen Häuschen krallen sich terrassenförmig an die steilen Abhänge hoch über dem Meer. Es wirkt wie an den Berg geklebt. »Positano hat sich vom ehemaligen Fischerdorf und Seefahrerstädtchen zu einem echten Sehnsuchtsziel entwickelt«, sage ich und bremse abrupt vor einer haarnadelscharfen Kurve. Romy öffnet das Fenster, fotografiert und schaut mich dann nachdenklich an.

»Was?« Ich lächle halb, weil ich spüre, dass ihr etwas auf den Nägeln brennt. So langsam bekomme ich ein Gefühl dafür, wie ihre Stimmungen sind, die sie so gerne hinter einem kecken Spruch oder einem zuckersüßen Lächeln verbirgt.

»Diese Teresa, woher kennst du sie eigentlich?«

Hätte ich ahnen müssen, dass sie das interessiert? Vielleicht. Sage ich ihr, was mich und diese Frau einst verband? Nun, ich will ja bei der Wahrheit bleiben.

»Durch meinen Job«, antworte ich einsilbig.

»Den legalen oder illegalen Teil?« Romy grinst.

»Ist das wichtig?«

»Nein.« Sie grinst breiter.

»Gut.«

»Hattest du was mit ihr? Und ja, das ist jetzt doch irgendwie wichtig.«

»Warum denn?«

Würde es mich an ihrer Stelle interessieren, ob sie mich gerade in ein ehemaliges Liebesnest entführt? Vermutlich. Aber als Teresa diese *Tenuta* kaufte, war das zwischen uns bereits abgekühlt.

Sie zuckt die Achseln. »Keine Ahnung.«

»Doch so präzise?«

»Sag doch einfach«, wird sie energischer.

»Vor einigen Jahren, es war eine ganz lockere Affäre. Nichts Ernstes.«

»So was wie bei uns?«, fragt sie neckend, und mir entgeht das Blitzen in ihren Augen nicht, als sie die Worte formuliert.

Mein Herz weiß genau, dass nichts mit der Sache zwischen mir und Romy zu vergleichen ist. Und dennoch sage ich: »Nicht ganz.«

Wir erreichen die Stadt. Verwinkelte Gassen und Treppen winden sich bergauf und bergab, die kuppelartigen Dächer erinnern an maurische Dörfer.

»Und diese Teresa hat nichts dagegen, dass du eine andere Frau in ihr Haus bringst?«

Hatte ich gedacht, das Thema ist beendet?

»Nein, außerdem ist sie nicht gerade der eifersüchtige Typ, ganz im Gegenteil. Du solltest nur nichts kaputt machen, sonst kann sie ziemlich wütend werden.« Ich erinnere mich an einen Tag, an dem ich sie in ihrer Stadtwohnung in Neapel liebte und im Eifer des Gefechts ein teures Bild von der Wand fegte. Sie schmiss mich sofort raus, weil sie, wie sie sagte, sich erst mal mit dem Schaden, den ich verursacht hatte, befassen musste.

»Ich hab nicht vor, etwas kaputt zu machen«, meint Romy nachdenklich und schaut hinaus.

»Dir wird das Anwesen gefallen«, verspreche ich, und sie richtet gespannt den Blick auf mich. »Der Pool ist bis an den Hang gebaut, mit Blick auf das azurblaue und manchmal smaragdgrüne Meer«, schwärme ich und merke, wie ich mich selbst darauf freue.

Wenige Minuten fahren wir bereits auf dem holprigen Weg, der zum Grundstück führt. Der Garten ist wild, lange nicht mehr gepflegt. Leuchtend pinkfarbene Bougainvillea rankt sich an der Hausmauer des aus hellem Bruchstein erbauten Hauses entlang, das von Palmen, duftenden Orangenbäumen und einem Zitronenhain eingefasst wird. Ich parke den Wagen direkt davor, suche nach dem Schlüssel, der, laut Teresa, im Wurzelwerk einer alten Pinie versteckt ist, die vor einem Nebengebäude mit vom letzten Sturm beschädigten Dach steht. Und ich finde ihn gut verborgen in einem kleinen Plastiktütchen.

Romy folgt mir hinein. Wir stehen sofort im großen Wohnzimmer mit seiner offenen Balkenlage und der großen Fensterfront zur Terrassenseite mit dem ovalen Pool. Alles hier drin ist in dezenten Weiß- und Beigetönen gehalten, die Sitzecke aus Korb mit Tausenden von Kissen, der helle Tisch mit Trockenblumen in einer Vase vor der offenen Küche. Ich rolle meinen Koffer über die weißen Fliesen hinüber zur Tür, die ins Schlafzimmer führt.

»Wow, sehr … nice«, ist Romys Resümee, und sie touchiert einen Hocker, auf dem dekorativ ein uralter römischer Kragenkrug thront.

»Vorsicht, der ist aus der Römerzeit und scheiße teuer!«, warne ich und halte die Luft an. Das kugelbauchige Ding wankt. Romy lässt ihre Tasche fallen, fängt ihn gerade noch ein, bevor er sich auf den Weg zum Boden machen kann. Puh, das ist noch mal gut gegangen.

»Sorry«, murmelt sie zerknirscht, tätschelt das Unikat, als wäre es ein Haustier, und schaut sich weiter um. Zu unserer Linken befindet sich die offene Küche mit hochwertigen Geräten, die mich daran erinnert, einkaufen zu müssen, um den Kühlschrank zu füllen. Aber alles zu seiner Zeit.

Irgendwann bleibt Romys Blick an einem großen Gemälde hängen, das fast die gesamte gegenüberliegende Wand einnimmt und auf dem sich die Hausherrin nackt vor weißem Hintergrund rekelt. Darunter eine Kommode mit Plattenspieler und Vinylsammlung.

»Du meine Güte, ist sie das etwa?«, vermutet Romy.

Ob sie eifersüchtig ist? Das wäre zwar unnötig, würde aber dennoch bedeuten, dass sie sich etwas aus mir macht.

»Hübsch, nicht wahr?« Ich verberge mein Schmunzeln, indem ich die Terassentür öffne und die warme und nach Salbei und Thymian duftende Luft ins Haus lasse. Dann bringe ich den Koffer ins Schlafzimmer und stoße auch hier die mintfarbenen Fensterläden, die so wunderbar zur hellen Hausfassade passen, weit auf. Von hier aus gelangt man ebenfalls in den Garten, und ich bereue es, dass diese *Tenuta* nicht mir gehört.

Vor einigen Jahren hatte ich die Chance, sie Teresa abzukaufen, hatte aber gedacht, ich bräuchte so ein Anwesen nicht.

Ich schaue Romy dabei zu, wie sie zum wunderschönen Pool hinausläuft, der sich weit in den Garten zieht.

Ich folge ihr auf die Terrasse zur Sitzecke aus Rattanmöbeln, strecke mich erst mal ausgiebig nach der langen Fahrt und beobachte Romy dabei, wie sie aus den Schuhen schlüpft.

Ob sie schwimmen geht? Ich lausche den Zikaden, die ohrenbetäubend laut zirpen, und lege dann entschlossen meine Brille ab, ziehe Hemd und Hose aus. Sprinte an Romy vorbei, springe im nächsten Moment in den Pool und erleide einen Kälteschock. Mein Atem geht schnell, als ich wieder auftauche und zum Beckenrand schwimme. Wenige Herzschläge später landet auch schon Romy neben mir, Wasser spritzt, raubt mir die Sicht. Und als sie vor mir aus dem glitzernden Nass taucht, ist mir einmal mehr bewusst, wie schön sie ist.

»Wow, ist das kalt, als hätte jemand Eiswürfel in den Pool gekippt.« Sie schwimmt näher, ihr Blick ist absolut offen.

»Mir dir ist alles so anders, Valentin«, sagt sie plötzlich und legt ihre Hände auf meine Schultern.

Ich finde den glatten Grund unter meinen Füßen, wische mir das Wasser aus den Augen.

»Auf welche Weise anders?«, frage ich und schlinge meinen Arm um ihre Mitte, ziehe ihren Körper zu mir heran. Sofort beschleunigt sich mein Puls.

»Ein wenig wie schwerelos«, sagt sie leise und lächelt. Wasser tropft aus ihren Wimpern, zeichnet ihre Konturen nach.

»Mir geht es genauso mit dir«, verrate ich, lasse meine Finger über ihr Rückgrat wandern. Dann lade ich sie mir auf die Arme, trage sie im Wasser vor mir her. Ihre Fingerspitzen streichen sanft über meine Lippen. Und, o Gott, ich falle.

»Ich möchte, dass wir heute Abend ein echtes Date haben«, platzt es aus mir heraus. Ob sie die Idee dämlich findet? Die Sorge verschwindet, als sie mich sanft küsst, ihre Lippen federleicht und ganz selbstverständlich auf meinen Mund legt. Wir treiben schwerelos umher, sie in meinem Arm, und küssen uns eine Ewigkeit sanft und langsam, bis sie mir endlich antwortet.

»So ein richtiges Date? Mit Schickmachen, gutem Essen, Wein und Kerzenschein?«, hakt sie nach, während sie sich an mich schmiegt. Ihre Haut presst sich an meine, und ich nicke, lege meine Lippen wieder an ihre, fester dieses Mal. »Ja, so ein Date, was man normalerweise hat, bevor man gemeinsam im Bett landet.« Meine Stimme ist rau und ich spüre den Hunger nach ihr. Und prompt entzieht sie sich mir, löst die Hände in meinem Nacken und stößt sich von mir ab.

»Na gut, dann will ich mal nicht so sein. Du darfst für mich kochen«, zwitschert sie vergnügt, wirft ihren Kopf dabei in den Nacken, ihre Füße setzen das Wasser in Bewegung.

Bei ihrem Anblick vergesse ich einige Sekunden, was ich sagen wollte. Dass ich mir wünsche, noch einmal von vorne mit ihr zu beginnen, falls das überhaupt möglich ist. Und ich spreche es schließlich nicht aus, lasse meine Hände an ihre Hüfte gleiten und beginne, sie um mich herum zu drehen. Vielleicht ist es dumm, sich immer mehr auf etwas einzulassen, das vermutlich zu Ende geht, doch es fühlt sich zu reizvoll, zu perfekt an, als dass ich mich dagegen wehren könnte. Ich hebe Romys Körper etwas aus dem Wasser, ziehe sie zu mir heran und schmiege mein Gesicht an ihre Halsbeuge. Ihre Umarmung ist sanft, die Sonne brennt auf unserer Haut und die Welt um uns steht still.

*

Ich muss zugeben, ich fühle mich wie ein unbeholfener Teenager, als ich das Essen, selbst gemachte *Pasta all' arrabbiata*, serviere und mir prompt beim Einschenken Wein über die Hose schütte. Nachdem sie lange am Laptop Bilder gesichtet und gesichert hat, sitzt Romy nun am eingedeckten Tisch auf der Terrasse. Sie trägt dasselbe Häkelkleid, das sie anhatte, als wir uns das erste Mal gesehen haben, und kommt mir augenblicklich mit Servietten zu Hilfe. Sie tupft sofort auf meinem Bein herum. Ihr Haar fällt wie ein Fächer vor ihr dezent geschminktes Gesicht, und ihr blumiger Duft, an den ich mich schon so gewöhnt habe, hüllt mich ein.

»Und ich hatte schon Angst, dass mir so was passieren könnte«, feixt sie grinsend. »Aber schön, dass du das selbst übernommen hast, danke dir.« Sie zwinkert, und ich fange ihre Hand ein, nehme ihr das Tuch ab, um mich selbst damit zu bearbeiten.

»Kein Problem, ich mach es auch gerne noch mal, wenn es dir gefällt«, scherze ich hölzern und hoffe wirklich, der Rest des Abends verläuft mehr nach Plan. Ich habe Kerzen und Laternen angezündet, die die Umgebung erhellen, und eine Vinylplatte von Ludovico Einaudi aufgelegt. Romy sieht mich mit leuchtenden Augen an, und ich reiche ihr die Platte mit Büffelmozzarella und Tomaten, die mit Olivenöl und Basilikum aus dem Garten garniert ist.

»Bei uns gab es früher jede Woche Nudeln, als ich Kind war«, erzählt Romy und kostet ihre Vorspeise. »Aber der Teig war nie selbst gemacht.«

»Bei uns zu Hause ist es eine Sünde, ihn nicht selbst zu machen«, verrate ich ihr und berichte, wie ich bereits Mia beigebracht hatte, wie man ihn am besten bearbeitet, ausrollt und trocknet. Zu diesem Zweck wurden nicht selten ganze Wäscheleinen durch die Küche gespannt, um die Nudeln daran aufzuhängen.

Ich nehme einen Schluck Zitronenwasser und fülle uns beiden anschließend die Pasta aus der Keramikschale auf die großen weißen Teller. Die untergehende Sonne taucht die Umgebung der Hügel in sanftes Lila, und man sieht bereits den Mond am Himmel.

»Lass uns über Dinge reden, die du liebst, Romy«, fordere ich sie irgendwann auf, während wir den Geräuschen der Insekten vom nahen Zitronenhain lauschen. Ich wünschte, wir könnten ewig hier bleiben.

»Soll ich sie aufzählen, einfach so? Alles, was ich liebe?«, wundert sich Romy, und ich sehe einen winzigen Gedanken, der sie die Brauen zusammenschieben lässt.

»Am besten beginnst du mit dem, was dir gerade durch den Kopf gegangen ist«, fordere ich und lehne mich in dem Stuhl zurück, drehe das Weinglas in der Hand. Ob sie auch diesen Ort, diesen Moment erwähnen wird?

»Ich liebe ...«, beginnt sie geheimnisvoll, verengt den Blick, »... meine beste Freundin Lilly und ... ihre Kids sind auch ganz süß.« Sie legt den Kopf schief und lächelt mich verschmitzt an. Ihre Freundin scheint elementar für sie zu sein, was ihre regelmäßig ausgetauschten Nachrichten, zuletzt vor wenigen Stunden, untermauern. »Und meine Eltern, natürlich, meine Nikon, die Pentax und die Olympus«, zählt sie ihre Kameras auf, und ich unterbreche sie. Ich habe es mir beinahe gedacht, und bevor sie noch mehr Dinge aufzählt, wie das Meer, einen schönen Sonnenuntergang oder das Leuchten der Glühwürmchen im Garten, frage ich: »Wie lange brauchst du, um dich selbst zu benennen?«, frage ich sie ernst, und ihr Blick wandert von mir hinab zum Boden, bleibt dort an einem imaginären Fixpunkt kleben.

»Du solltest doch das Erste sein auf der Liste«, finde ich. Jeder sollte sich selbst lieben, ich für meinen Teil habe auch lange gebraucht, um das einzusehen.

Romy überspielt ihre Verlegenheit, lächelt honigsüß und fragt mich auf ihre verschmitzte Weise: »Wäre ich denn auf deiner *Was-liebst-du-Liste*?«

Kurz bringt sie mich damit aus dem Konzept, und ich brauche einige Wimpernschläge, um mich zu sammeln.

»Irgendwie schon. Ich bin ein bisschen verliebt in dich«, gebe ich dann zu, und meine Stimme hört sich dabei seltsam dünn an.

»Ein wenig nur?«, kokettiert sie. Ihre Finger drehen eine lose Haarsträhne, setzen damit ganz bestimmt Pheromone frei, die meine Sinne benebeln. Mein Blick bleibt an ihrem mir zugewandten Handgelenk hängen.

»Komm schon, Romy. Tu mir einen Gefallen und zieh das nicht ins Lächerliche«, wehre ich mich und verschränke die Arme, schaue sie unter dem Rand meiner Brille streng an.

»Das würde ich nie wagen«, beteuert sie unschuldig. »Meine Gedanken dazu sind nur gerade etwas … konfus. Ich meine, Verliebtheit ist doch nicht mit Liebe zu vergleichen und ich …« Sie verstummt, hält meinem Blick stand, aber ich kann ihre Anspannung förmlich spüren.

»Da stimme ich dir vollkommen zu«, lasse ich mich also bereitwillig vom eigentlichen Thema weglenken.

»Es ist irre, aber ich habe einen Artikel gelesen, der davon berichtet, dass bei Verliebtsein dieselben Areale aktiv sind wie bei Kokainkonsum. Das haben Hirnscans eindeutig belegt.« Ein wenig Wissenschaft kann mir sicher helfen, ruhiger zu werden.

»Verrückt, dann ist man ja quasi gar nicht zurechnungs-fähig«, antwortet Romy mit einem Flattern in der Stimme, das mir neu ist.

»Warst du schon oft verliebt?«, frage ich sie.

»Nein.« Das kam schnell, und sie fügt an: »Ich bin nicht sicher. Sollte ich sicher sein?« Sie sieht ein wenig traurig aus, ertränkt die Regung in einem großen Schluck Wein.

»Ich denke, die Tücke beim Verliebtsein ist, dass es sich auf eine gewisse Weise um einen empathielosen Zustand han-delt«, spreche ich einfach weiter, verdränge den Wunsch, von ihr zu hören, dass es ihr mit mir ähnlich geht, denn eigentlich weiß ich es bereits. Oder sollte ich mich täuschen?

»Wie meinst du das?« Sie dreht die Gabel in den Nudeln.

»Na, wenn ich mich in eine Person verliebe, ist die ja zu-nächst nur Auslöser für meine Gefühle, richtig?«

»Richtig«, stimmt sie mir zu, stützt den Kopf in der Hand-fläche und blickt fragend zu mir auf.

»Man sieht die Person ja erst mal nicht so, wie sie ist, son-dern, wie man sie sehen will, und oft ist man von den Gefüh-len begeistert, die man empfindet, und nicht zwangsläufig von der Person.«

»Du bist begeistert von mir?« Da ist sie wieder, die kokettierende Romy, der man nur schwer widerstehen kann. Ich gehe über ihre Worte hinweg.

»Erst, wenn Verliebtheit verblasst, kann daraus wirkliche Liebe wachsen, und erst dann wird der Mensch hinter der Illusion sichtbar, einschließlich der Fehler und Macken, die er hat«, referiere ich. »Wahre Liebe ist ein empathischer Zustand, fast eine Bewusstseinserweiterung, in der man die Welt nun mit den Augen des anderen betrachten kann.«

Romy wird ernst.

»Ich weiß nicht, ob ich einen Mann schon mal auf diese Weise geliebt habe«, sagt sie, ihre Miene wirkt düster. »Ich habe das Gefühl, dass ich mir immer denselben Typ Mann ausgesucht habe, jemanden, der mir stets auf die gleiche Art fernblieb wie ich ihm.«

»Das tut mir sehr leid.« Und das tut es wirklich. Es muss einsam sein, nie jemandem wirklich nahezukommen.

»Muss es nicht, glaube ich. Sollte es?«

In ihrem Blick liegt Schmerz. Prompt habe ich Angst, dass etwas in ihr splittern könnte, frage mich, ob ich das Thema wechseln sollte.

»Meine Beziehungen waren auch oft problematisch«, gebe ich zu. »In Beziehungen kommt es ja permanent zu Projektionen, wir sehen in der anderen Person nicht nur das, was wir sehen wollen, sondern auch unbewusst uns selbst. Unsere Ängste, unseren Selbstwert, die eigene Vergangenheit, die uns geprägt hat.« Romy hört intensiv zu. »Und je nachdem, wie wir mit unserer Geschichte umgehen, verinnerlichen wir, wer wir sind. Oft sind diese unbewussten Prägungen durch die ersten Bezugspersonen ganz willkürlich entstanden, und wir hatten darauf selbst überhaupt keinen Einfluss.« Und ich glaube fest daran, dass die meisten Eltern ihr Bestes geben und sich doch über einiges nicht im Klaren sind.

»Das zeigt sich dann aber später in Beziehungen. Zum Beispiel, wenn ich als Kind die Erfahrung gemacht habe, dass meine Bezugsperson sehr streng war oder mir das Gefühl gab, nicht okay zu sein, so, wie ich bin, dann verinnerliche ich vielleicht die Annahme, nicht liebenswert zu sein«, spinnt Romy meinen Gedanken weiter. Ob die Beziehung zu ihrer Mutter dafür gesorgt haben könnte, dass sie denkt, nicht ausreichend zu sein?

»Manchmal sucht man sich sogar genau diese schädlichen Partner, die diese selbst erfüllenden Prophezeiungen eintreffen lassen. Vermutlich suchen wir uns genau so jemanden, der uns so behandelt, wie wir es damals gewohnt waren.«

Ich muss an Eve denken, die mit einem Vater groß wurde, der emotional nicht erreichbar war und die Familie später sitzen ließ. Ich frage mich, ob sie etwas in mir wiederfand, das dieses Verhalten spiegelte.

»Ich habe mir früher immer Beziehungen gewünscht, die *easy-going* sind, ohne Erwartungen und ohne Druck. Doch so funktioniert das nicht«, gestehe ich mir selbst ein.

»Du hast sicher recht. Wir sind wohl beide ziemlich verkorkst, was?«, sagt Romy leise.

Ein Knoten macht sich in meiner Brust bemerkbar.

»Das ist nicht weiter schlimm. Wichtig ist, dass wir es erkennen«, denke ich laut. »Du hast mich gefragt, ob ich Kinder will, und ich hatte Nein gesagt. Aber so stimmt das nicht ganz«, sage ich zögerlich. »Ich schätze nur, ich sollte vorher noch mal eine Therapie machen. Denn es braucht ein Bewusstsein für Verletzungen aus der Vergangenheit. Sie könnten sich darauf auswirken, wie man mit anderen umgeht. Darauf, dass man jemanden verletzt.«

»Ist dir das passiert?« Romy legt den Kopf schief, zieht die Unterlippe zwischen die Zähne.

»Ja. Ich habe das lange nicht gesehen. Wir alle sind doch irgendwie in einer Verdrängungskultur aufgewachsen. Man hält die Kunst des Verdrängens immer noch für eine Stärke, obwohl sie es nicht ist.« Ich sehe ganz klar in diesem Moment. »Ich glaube, nicht aufgearbeitete Verletzungen können ansteckend sein, übertragen sich von Mensch zu Mensch und richten dabei großen Schaden an. Bei geliebten Menschen, den eigenen Kindern. Das würde ich nicht wollen, und mir ist mittlerweile klar, wie hoch die Verantwortung für den anderen ist, wenn man eine Beziehung eingeht. Oder Kinder bekommt.«

Romys Lippen sind halb geöffnet, ihr Blick ruht intensiv auf mir, und dann sagt sie: »Ich bin auch in dich verliebt. Aber ich wollte nicht, es ist einfach passiert.«

Der Satz gräbt sich tief in mich hinein, belebt mich von innen heraus.

»So ist es doch irgendwie immer mit dem Verliebtsein«, vermute ich. »Die Frage ist: Wie gehen wir damit um? Ich meine, man stelle sich vor, wir teilen wie Bonnie und Clyde ein unkonventionelles Leben, das uns einiges abverlangt, aber auch viele spektakuläre Überraschungen bereithält …«, wage ich mich aberwitzig vor. »Abenteuer und Freiheit!«, sage ich und gestikuliere, öffne die Arme und Romys Augen weiten sich.

»Du brennst«, bremst sie mich plötzlich aus und steht auf.

Ihr Stuhl kippt dabei um, poltert auf die Terrakottafliesen, und ich komme mir vor wie ein totaler Idiot.

»Nein, das war natürlich nur hypothetisch. Den Realitätscheck übersteht so eine Beziehung natürlich nicht«, beeile ich mich, die Kurve zu kriegen, tue so, als habe sie mich falsch verstanden. »So etwas würde niemals funktionieren, das sind nur dumme Utopien …«

»Nein, dein Ärmel brennt, die Kerze hat dein Hemd erwischt!«

Sie greift zur Karaffe mit Zitronenwasser, und jetzt wird es heiß an meinem Ellenbogen. Scheiße! Ein Schwall Wasser erwischt mich, aber mehr im Gesicht als dort, wo ich brenne. Ich springe auf, renne zum Pool und hechte kopfüber hinein, um das Feuer zu löschen.

Romy

Den restlichen Abend verbrachten wir damit, eine leichte Verbrennung an Valentins Ellenbogen zu behandeln und zu verbinden. Ich war recht geschickt in meiner Rolle als Krankenschwester, aber Valentin wirkte danach irgendwie bedrückt. Wir gingen ins Schlafzimmer, legten uns hin und sahen uns lange einfach nur an. Sagten kein Wort, streichelten sanft über unsere Haut, küssten uns dann und wann und schliefen irgendwann eng aneinandergeschmiegt ein.

Es war seltsam, wie sehr ich zuerst geflogen bin, als Valentin von einer gemeinsamen Zukunft sprach, und dann lange fiel, weil er im nächsten Atemzug alles revidierte.

Es fällt mir schwer, mir einzugestehen, dass er mit so vielen Dingen, die er sagte, richtigliegt. Wir alle haben kleine Dämonen in den hinteren Winkeln unseres Selbst, die das eigene Spiegelbild verzerren und erkannt werden wollen. Und nun, da ich genau hinsehe, frage ich mich, wie lange ich selbst eigentlich als vermisst galt? Und niemand kann mir helfen, mich zu finden und zu sehen. Das kann nur ich selbst.

Am Morgen spazierte ich mit Valentin durch die Zitronenhaine und wir mieden für eine Weile ernste Themen. Wir machten Fotos, lachten viel und hielten uns ganz selbstverständlich an den Händen. Und ich versuchte, den Gedanken zu verbannen, dass wir uns womöglich trennen werden.

Denn das sonst so normale Gefühl, dass Dinge eh zu groß für mich wurden, bleibt aus. Und das bedeutet, es könnte diesmal wehtun.

Jetzt am späten Nachmittag besuchen wir Positano, spazieren durch gepflasterte Gässchen und bezwingen unzählige Stufen. Ich entdecke eine junge Familie. Der Mann trägt ein Baby in einem Tragegurt vor der Brust, das wie eine Miniversion der Mutter aussieht, und ich fange die Liebe und den Stolz in seinem Blick ein. Die junge Frau hakt sich bei ihm ein, legt den Kopf an seine Schulter, während sie in Richtung Strand spazieren.

Ich verliere das Zeitgefühl, fotografiere einen Einheimischen, der einen Strauß mit roten Rosen in einen Mülleimer wirft, den Blick verschlossen, geprägt von Enttäuschung. Ich frage mich, ob seine Geliebte per Nachricht mit ihm Schluss gemacht hat. Oder ob er sie in flagranti mit seinem besten Freund erwischt hat. Tränen tropfen leise, wenn das Leben sich scheiße anfühlt, und das erste Mal lasse ich es zu, dass ein Gefühl von außen durch die Linse auf mich übergeht. Als wäre ich ein Teil davon.

Ich spüre Valentins Arm um meine Taille und ich bin dankbar für seine Nähe, lasse die Kamera sinken, um mit ihm weiter in Richtung Kieselstrand zu laufen. In der Nähe des Strandes steht die Kirche *Santa Maria Assunta* mit ihrer grüngelben Majolika-Kuppel. Blau-weiß-gestreifte Schirme und blaue Liegen reihen sich auf dunklem Grund vor malerischer Kulisse. Südwestlich erhebt sich die Inselgruppe Li Galli. Einer Sage nach soll es sich bei den Felseninseln um zu Stein verwandelte Sirenen handeln.

»Was denkst du, wer die Sirenen verwandelt hat?«, frage

ich Valentin irgendwann, als wir am Strand entlangwandern. Die Stadt hinter uns so wunderschön in den Felsen gebaut und in bunten Farben leuchtend.

»Ich weiß nicht, vielleicht von einem Gott, der ihre Zurückweisung erfuhr?« Valentin denkt nach, lässt seine Finger hinauf über meine nackte Schulter wandern, zupft an dem Satinband des Neckholderkleides. »Oder sie haben sich selbst verwandelt, weil sie die Liebe eines Menschen suchten, aber nicht ohne das Meer überleben konnten?«

»Du meinst wie die kleine Meerjungfrau, die ihren Prinzen nicht bekam und zu Meeresschaum wurde?« Ich überlege, ob ich den Kopf schütteln soll, weil ich solche traurigen Märchen nicht mag. Kaum einer weiß, dass die Geschichte von *Ariel, die Meerjungfrau* im Original alles andere als gut für die Nixe und die Liebe ausging. Warmer Wind treibt Wellen an den Kieselstrand, sie rollen bis zu unseren Füßen.

»Für die Liebe seinen gewohnten Lebensraum zu verlassen, scheint mir ein sehr großes Opfer«, sage ich leise, und mein Herz wird schwer.

»Ganz sicher«, stimmt Valentin mir zu und verstärkt den Griff um meine Schultern. Wir verstummen, gehen einfach weiter spazieren. Ein junges Paar rennt lachend und Hand in Hand an uns vorbei. Vielleicht werden sie mit ihren zukünftigen Kindern jeden Sommer hierherreisen und ihnen von den glücklichen Stunden erzählen? Und ich bin plötzlich neidisch auf sie.

Ein Steinchen in meiner Sandale hält mich auf, ich stoppe bei einer verwaisten Liege, setze mich und fummle es heraus. Valentin blickt mit dem Rücken zu mir in die Ferne, mit den Händen tief in den Hosentaschen. Seine Silhouette zeichnet sich im Gegenlicht fast wie ein Scherenschnitt ab, und ich kann nicht anders, als die Kamera vors Gesicht zu heben.

»Valentin? Darf ich dich fotografieren? Nur für mich?«, bitte ich ihn, und er sieht mich über die Schulter an. Der Wind streicht durch sein dunkles Haar, zaust es liebevoll.

»Was soll mir noch passieren, du hast mich eh in der Hand«, meint er und neigt den Kopf, seine Miene so offen wie noch nie. Und ich drücke ab. Ein gutes Foto zu machen, bedeutet auf gewisse Weise, ein Rätsel zu lösen.

Jede Kontur ist eine Geschichte. Jeder Blick ein Wegweiser zur Seele. Jeder Ausdruck ein verborgener Hinweis auf den Charakter. Und in diesem Moment halte ich Valentins Aufrichtigkeit fest, sein unabhängiges und fürsorgliches Wesen und seinen Blick, der mich voller Zuneigung ansieht. Ich kann sie spüren, sie schlägt wie eine Welle hart über mir zusammen und ich ringe um Fassung.

*

Als die Sonne im Begriff ist unterzugehen, führt Valentin mich zu einem Restaurant, dessen Terrasse dicht über dem Meer liegt. Wellen brechen sich an den Felsen und üppige Klettertrompete in Orange rankt sich um die Säulen der Überdachung. Jemand sitzt an einem Klavier und spielt für die Gäste, eine kleine Tanzfläche liegt etwas abseits und ein Ehepaar wiegt sich zu den Klängen. Valentin rückt mir den Stuhl an einem kleinen Tisch mit bester Aussicht zurecht, und ich setze mich.

»Früher, bis 1840, war das Dörfchen nur über enge Bergpfade oder vom Strand aus erreichbar«, erzählt er mir, nachdem wir gegessen haben. »Sogar Picasso ließ sich von der Schönheit Positanos inspirieren.«

Sein Blick spricht davon, dass er gerne über etwas anderes reden möchte, und ich wage mich voran. »Wie genau hast du das gestern gemeint?«, greife ich das brenzlige Thema wieder auf und warte auf seine Reaktion.

»Ginge es präziser? Was habe ich wann gemeint?«, stellt er sich dumm, dabei kann ich sehen, dass er genau weiß, worum es geht.

»Die Sache, bevor du in Flammen aufgegangen bist wie ein ins Sonnenlicht geratener Vampir.« Ich stütze mein Kinn in der Handfläche ab und übe einen langen Augenaufschlag.

»Lass uns doch mal *Was wäre wenn* spielen«, schlägt er vor, beugt sich dabei verschwörerisch zu mir herüber. Ich betrachte ihn etwas zu lange, ohne auf seinen Vorschlag zu reagieren, und stelle einmal mehr fest, wie schön ich diesen Mann finde. Sein Lächeln, das zumeist nur eine Andeutung ist, und seine Augen, die von geraden markanten Brauen gerahmt werden. Er trägt ein Hemd mit hellblauen Nadelstreifen zu einer hellblauen dünnen Jeans. Vermutlich trage ich die berühmte rosarote Brille, von der alle sprechen, und ich frage mich, was ich sehen würde, wenn ich sie absetzte. Aber verhält es sich wirklich immer so? Gerade wenn man nie vorhatte, sich in jemanden zu verlieben? Ist es dann nicht möglich, dass man sich nicht in die Träume und Hoffnungen, die das Gegenüber weckt, verliebt, sondern vielleicht doch in seine Seele?

»Was wäre, wenn du zurück nach Hamburg fährst und dich mit Henry aussöhnst?« Valentin spricht leise, schlägt ein Bein über das andere. Die Klavierklänge schwellen an, als das

Stück seinen Höhepunkt erreicht, und ich muss nicht lange überlegen, wie ich reagiere.

»Das wird so nicht passieren. Ich habe mich endgültig von ihm getrennt.« Fetzen des Telefonats, das ich heute Morgen geführt habe, huschen durch meinen Kopf wie kleine hässliche Gespenster.

»Überleg mal kurz, was du da sagst«, hatte Henry geantwortet, während ich mit zitternden Händen das Telefon hielt und der Sonne dabei zusah, wie sie ihre goldenen Strahlen übers Meer zu mir in den Garten der *Tenuta* schickte.

»Es tut mir leid, Henry«, beteuerte ich aufrichtig. »Ich hatte nicht vor, dich zu verletzen. Aber manchmal merkt man erst spät, was man selbst braucht.« Ein schwacher Versuch der Erklärung, zugegeben, aber ich fühlte, dass egal wie sehr ich mich bemühen würde, Henry kein Verständnis für meine Entscheidung hätte.

»Du kannst mich nicht verletzen, Romy«, sagte er kalt. »Ich wollte dich zwar, aber brauchen tue ich dich nicht.« Das zielte offensichtlich darauf ab, mich zu verletzen. Und ein ganz kleines bisschen tat es das sogar.

Ich blicke Valentin fest ins Gesicht. »Wow«, haucht er, und ich meine, einen gewissen Glanz in seinen Augen funkeln zu sehen.

»Jetzt bin ich dran«, beeile ich mich zu sagen. »Was wäre, wenn wir einfach Reißaus nehmen und mit einem kleinen Schiff ins Nirgendwo segeln und niemals wiederkommen?«

»Wie furchtbar verlockend«, meint Valentin, sein Lächeln vertieft sich bei dem Gedanken, und für einen Moment glaube ich, zusammen könnten wir uns der gesamten Welt entgegenstellen.

»Was wäre, wenn deine Liebsten mich dafür hassen würden?«, wird er schlagartig ernst. »Wenn ich dich aus ihrem Leben reiße?«

»Was wäre, wenn sie es hinnehmen müssten?«

»Du würdest dein ganzes Leben aufgeben? Das wäre ungesund.«

Eigentlich hat er recht. Henry wollte, dass ich alles für ihn aufgebe, und ich hatte den Gedanken gehasst.

»Oder was wäre, wenn du deine zweifelhaften Machenschaften …« Ich mache eine dramatische Pause. »… aufgibst und ein konventionelles Leben lebst?«, schlage ich vor.

»Was wäre, wenn man einen Singvogel in einen Käfig sperrt?«, kontert er. Und der Schatten, der zurück auf sein Gesicht fällt, entgeht mir nicht.

»Was wäre, wenn meine Lieben dich für einen schlechten Einfluss halten, wenn sie wüssten, was du so tust?«

Und plötzlich habe ich Angst davor, dass meine Eltern mich verstoßen könnten, obwohl ich im Moment nicht mal weiß, ob ich meiner Mutter je wieder unter die Augen treten will. Und ganz leise schiebt sich ein Gedanke in meinen Kopf: Ich bin nicht verantwortlich für ihren Seelenfrieden, nur für meinen eigenen. Wie viel Energie ich mein Leben lang darauf verwendet habe, zu genügen und mich in das Bild einer perfekten Tochter zu quetschen. Ich bin es leid und will die Last der Erwartungen anderer nicht mehr tragen. Sie wird mir einfach zu schwer.

»Vielleicht bin ich aber das genau richtige Maß an schlechtem Einfluss, das du brauchst.« Valentins Lippen verziehen sich leicht, deuten ein trauriges Lächeln an. Er trinkt einen Schluck von seinem Aperol Spritz, um es zu verbergen.

»Was wäre, wenn wir uns demnächst trennen und niemals wiedersehen?«, spreche ich es aus und will ihm zulächeln, doch es funktioniert nicht.

»Solltest du das wollen, müssen wir unbedingt aufhören, uns zu küssen, da ich mich bereits daran gewöhne.«

Wenn die untergehende Sonne weinen könnte, würde sie es tun.

»Was wäre, wenn ich das nicht will?«, flüstere ich.

»Aber so sind die Regeln, nur noch unschuldige Küsse auf die Wange, wenn es darauf hinausläuft, dass unsere Wege sich trennen«, bestimmt Valentin sanft und schmerzhaft aufgeräumt. Er deutet mit dem Zeigefinger an eine Stelle seines Gesichts. »Genau dorthin«, fordert er, rückt näher.

»Da?«, hauche ich, während sein Blick mich abtastet. Überall dort, wo er mich berührt, setzt er mich in Brand. Ich strebe ihm entgegen, will meine Lippen auf die gezeigte Stelle drücken, doch er dreht überraschend den Kopf. Seine Lippen treffen auf meine, seine Hand fährt in meinen Nacken, und dieser Kuss spricht eine deutliche Sprache.

Zum ersten Mal in meinem Leben ist es mir egal, wie nahe ich der Sonne komme. Und wenn ich wie Ikarus verbrennen sollte, wer sagt, dass ich nicht in der Lage wäre, wie Phönix aus der Asche wiederaufzuerstehen?

Als Valentin sich von mir löst, ist alles so klar. Ich will ihn. Egal welche Konsequenzen es hat.

»Ist es nicht verrückt, auf welche Weise wir zusammengefunden haben?«, wundere ich mich, und seine Stirn lehnt sich an meine.

»Synchronizität«, flüstert er.

»Du meinst ein zeitlich begrenztes, zufälliges Auftreten

nicht kausaler Ereignisse? Lilly nennt so was Schicksal«, erinnere ich mich.

»Wer weiß …« Er streicht mir eine Strähne hinters Ohr.

»Was wäre, wenn wir tanzen?«, fragt Valentin und nimmt
meine Hand.

»Jetzt?« Kurz zögere ich, weil ich nicht weiß, wie gut ich
noch auf dem Parkett bin. Doch dann wird mir klar, ich habe
nichts zu verlieren, selbst wenn ich einen falschen Schritt tue.

Nach einer kurzen Absprache mit dem Pianisten ertönen
die ersten Klänge des Stücks, das Valentin für mich spielte,
und mein Herz tut einen Satz.

Valentin führt mich zur Mitte der Tanzfläche, ich blende
alle anderen Gäste, die an ihren Tischen sitzen, komplett aus.
Es gibt nur noch diesen unglaublichen Mann, der mir die
Hand reicht. Ich knickse wie bei Hofe, leite den Tanz ein. Wir
tun einen Schritt aufeinander zu und wieder voneinander
weg. Wir umkreisen uns, wie schon die gesamte Zeit auf
unserer Reise. Ich lasse mich führen, um die eigene Achse
drehen, und wir tanzen einen schnellen Walzer. Die Welt
wirbelt, mein Herz lacht. Meine Hände fallen auf Valentins
Schultern, sein Arm legt sich in meinen Rücken, während er
mich tief sinken lässt und wieder an sich zieht. Seine Führung
ist so sicher, fühlt sich vertraut an, und während wir so dahin-
wirbeln, mein Haar fliegt und ich einfach nur noch glücklich
lachen kann, weiß ich, dieser Boden wird sich an unsere
Schritte erinnern.

*

Auf der Fahrt zurück zur *Tenuta* rast mein Herz. Es ist dunkel, als wir die Zuwegung erreichen.

»Was wäre, wenn ich dich ausziehen will«, raunt Valentin mir zu, seine Hand auf meinem Knie wandert hinauf, unter den Stoff meines Kleides, während der Wagen langsamer wird. Ich will ihn am liebsten zu mir herüberzerren, seine vollen weichen Lippen küssen, mich an seinem Körper festkrallen und seine Haut schmecken.

»Was wäre, wenn ich dich in mir spüren will?«, flüstere ich zurück und unterdrücke ein Seufzen, weil seine Finger sich weiter vorwagen. Meine Mitte brennt und pocht, sehnt sich nach ihm, und in mir wird ein Gefühl wach, das ich nicht einordnen kann. Noch nie war ich so hungrig nach den Berührungen eines Mannes gewesen. Ich schließe unwillkürlich die Augen, seufze leise.

Valentin parkt den Wagen, der Motor erstirbt, und dieser atemberaubende Mann kann gar nicht schnell genug über mir sein. Packt mich, zieht mich zu sich heran und presst seine Lippen auf meine. Sein Kuss ist hart und fordernd, während seine Finger über meine empfindliche Stelle in meinem Schritt fahren und die Hitze in mir anfachen. Alles dreht sich in mir, ich strebe dem Druck seiner Hand entgegen.

»Was wäre, wenn ich dich hier nehme?« Seine Stimme ist nur ein Knurren, und er schiebt den Slip zur Seite, taucht in mich hinein, und ich stöhne auf. Den nächsten Kuss sauge ich förmlich ein, inhaliere seinen Duft und finde die Härte in seiner Hose, streiche sanft darüber. Valentin ist ebenso erregt wie ich, als ich mir beim Versuch, mich auf ihn zu setzen, aber den Kopf stoße, entscheiden wir lachend, den Wagen lieber zu verlassen.

Die Geräusche der Nacht begleiten uns zur Tür. Valentin schließt auf, drückt die Klinke, und wir fallen mehr ins Haus, als dass wir es betreten. Seine Hände sind überall, ich zerre an seinem Hemd, verfluche die vielen Knöpfe. Die Sandalen streife ich einfach ab und kicke sie in den Raum. Valentin geht rückwärts, stößt gegen die römische Vase und ich bewahre sie ein zweites Mal vor dem sicheren Tod.

»Du schmeckst so gut«, murmelt Valentin und öffnet den Neckholder meines Kleides. Der Stoff rutscht mir auf die Hüfte und ich spüre seine Härte an mir. Als Valentin meine Brust umfasst, stöhne ich auf und lasse mich von ihm zum Tisch manövrieren. Seine Hände gleiten zu meinem Po, heben mich hoch, und ich fasse in sein Haar, küsse ihn, als hinge mein Leben davon ab. Er setzt mich auf die Tischplatte und teilt im gleichen Moment meine Beine, schiebt das Kleid bis zur Hüfte hinauf. Fragend sieht er mir in die Augen, holt sich mein Einverständnis und öffnet seine Hose, wird sie los. Atemlos warte ich darauf, was er als Nächstes tut. Meine Finger gleiten über seine Brust, streichen ihm das Hemd von den Schultern. Schnell ist er über mir, drückt mich auf den Tisch und küsst meine Brüste, schlägt mit der Zunge auf meinen Nippel und reizt ihn intensiv, während er sich zwischen meine Beine schiebt und Druck ausübt.

»Ich will dich so sehr«, gestehe ich ihm, spüre das Lächeln an meiner Brust, bevor er sich von ihr löst, mich einige Atemzüge lang betrachtet und mir dann das Kleid von meiner Hüfte zieht.

»Wie sehr?« Valentins Blick ist dunkel, und ich liebe es zu sehen, wie sein Körper auf mich reagiert.

»So sehr, wie ich es nie für möglich gehalten hätte.«

Unendlich langsam zieht er mir den Slip herunter, seine Berührungen sind mühsam beherrscht. Sein Blick ist fest mit meinem verbunden, kurz zögert er, um dann in mich einzudringen. Mit einem festen Stoß teilt er mich, und ich schreie auf, drücke den Rücken bei jedem Stoß, der kommt, durch. Es fühlt sich unfassbar gut an. Ich schließe die Augen, folge seinem Takt, mit dem er mich nimmt, und fühle einfach. Meine Brust zieht sich zusammen, ich spüre den Gefühlen nach, die in mir hochsteigen und sich in mein Herz setzen. Nie hätte ich gedacht, dass sich Sex so elementar anfühlen kann, so richtig.

»Ich komme«, höre ich ihn keuchen, sehe in seine vor Lust dunklen Augen und strebe ihm fester entgegen und liebe es, ihm diese Erfüllung zu bereiten. Und als er mit einem Stöhnen den Kopf in den Nacken legt und sich in mir ergießt, fühle ich mich, als würde diese Energie direkt in meine Adern fließen und sich mit mir verbinden.

Sanft lässt Valentin sich auf mich sinken, sein Atem geht schnell, fließt über mein Schlüsselbein, und meine Hände graben sich in das feuchte Haar in seinem Nacken.

»Glaub ja nicht, dass ich mit dir schon fertig bin. Das war nur das Vorspiel«, verspricht er mir, und nach wenigen Herzschlägen schiebt er seine Hände unter meinen Po und lädt mich auf seinen Arm, um mich hinüber ins Schlafzimmer zu tragen.

Unsere Berührungen sprühen Funken, die Küsse werden atemloser, und als ich nackt vor ihm liege, wandern seine Lippen meinen Körper hinab, bis zu dem Punkt, der vor Lust schmerzt. Seine Zunge umkreist ihn, ich stöhne frustriert auf, weil er langsamer wird. Ich grabe die Finger in sein Haar und spüre sein Lächeln an meinem Schoß. Dann wird er präziser, verwöhnt mich so lange, bis ich beginne zu fallen und mich in einem heftigen Höhepunkt verliere.

Sterne tanzen vor meinen Augen, im Halbdunkel der Nacht kann ich Valentin sehen, wie er mich mustert, während ich wieder zu Atem komme. Als denke er darüber nach, wie er mich am besten verschlingen kann, und ich lasse ihn erneut die Kontrolle übernehmen. Je mehr er mich begehrt, umso ungezähmter und entfesselter wird er. Und ich liebe es. Ich mag den wilden Valentin genauso wie den bedachten.

Ich schlinge ein Bein um ihn, ziehe ihn zu mir und kreise mit der Hüfte, bis ich ihn wieder in mir aufnehme. Während seine Lippen an meinem Hals saugen, stößt er fester in mich hinein und ich treibe auf der nächsten Welle der Lust davon. Er bringt seine Lippen dicht an mein Ohr. »Dreh dich um«, haucht er und gleitet aus mir heraus. Wir liegen wie Löffel aneinandergeschmiegt und seine Bewegungen in mir sind langsamer und tief. Mit der einen Hand umschlingt er meine Brust, die andere streichelt meine Klitoris und ich beginne zu zittern.

»Lass mich nicht los«, höre ich mich flehen und halte mich an seinem Arm fest, der nun über meiner Brust ruht. Noch nie hat sich ein Mann so um mich gekümmert, und ich spüre, wie die nächste Welle über mich hinwegrollt und mich mit sich reißt. Ich schreie auf, werde fester genommen und lasse los. Meine Muskeln spannen sich um ihn, ich höre ihn nahe meinem Ohr keuchen, und auch er lässt los.

Valentin

»Schlaf noch ein wenig, *topolina*«, flüstere ich in Romys Haar, will meine Finger am liebsten erneut über ihre Haut wandern lassen. Doch ich tue es nicht, lausche nur ihrem Atem, betrachte ihr entspanntes Gesicht, das halb im Kissen verschwindet.

Für einen kurzen Moment habe ich das Gefühl, ich hätte etwas im Haus gehört, lasse den Gedanken aber schnell wieder fallen und denke viel lieber an unsere letzte gemeinsame Nacht. Es war atemberaubend. Zuletzt hatten wir um kurz vor drei Uhr in der Nacht noch Eier in der Küche gebraten und uns halb totgelacht über das Zuviel an Salz, das Romy darüber streute. Sie lehnte an der Küchenzeile, zog lächelnd die Gabel aus dem Mund und sagte: »Was sagt man über verliebte Köche?«

Romy rührt sich, murmelt einen Protest, weil ich aufstehen will, und ich denke an unseren nächtlichen wilden Tanz zur Vinyl von Joy Division. Barfuß und nur in T-Shirts waren wir mit den Armen über dem Kopf herumgesprungen. Wir haben einen sehr ähnlichen Musikgeschmack, was mir nicht oft im Leben passiert ist, und ich frage mich mittlerweile, ob es so was wie Seelenverwandtschaft wirklich gibt.

»Ich komm dich holen, wenn ich ein zauberhaftes Frühstück für dich habe«, verspreche ich Romy, und obwohl ich selbst nur wenige Stunden Schlaf hatte, bin ich hellwach. Voller Endorphine und Tatendrang.

Ich schleiche aus dem Zimmer, schließe sacht die Tür und überlege, in den nächsten Ort zu fahren, um frische *Sfogliatelle* oder *Cornetto* vom Bäcker und Honigmelone vom Markt zu holen.

Der Tag ist jung, und wir könnten danach dort weitermachen, wo wir zuletzt aufgehört hatten. Der Gedanke ist so verlockend, dass sich sofort wieder Lust in mir regt. Ich sehe Romy vor meinem inneren Auge, wie sie auf mir sitzt, der Anblick ihrer Brüste, während sie sich auf die Unterlippe beißt, den Kopf leicht in den Nacken legt, sich ihren Gefühlen hingibt.

Die Sonne steht schon hoch am Himmel, Licht fällt ins Innere der *Tenuta* und lässt Staub in der Luft tanzen. Mein Blick fällt aufs Sofa, auf dem Romy in der Nacht noch unsere Kleider zusammengelegt hatte. Meine Lippen formen ein Lächeln, als ich daran denke, wie weit verstreut sie im Haus verteilt lagen, nachdem wir das erste Mal übereinander hergefallen waren. Die Anziehung zwischen uns ist definitiv etwas Besonderes. Es fühlt sich fast paradiesisch an und sollten wir eine Beziehung eingehen, würde ich es diesmal ganz sicher nicht vermasseln.

Ich öffne die Terrassentür etwas, lasse den Gesang der Vögel und die frische Luft herein und suche meine Brille. Vielleicht habe ich sie auf der Theke der Küchenzeile liegen lassen. Gähnend drehe ich mich um und stutze, als ich schwere Schritte höre, die sich so gar nicht nach Romy anhören. Plötzlich wird mir klar, jemand ist hier, und ich muss unweigerlich an den grauen Range Rover denken. Augenblicklich kommt mir das Thema Mikromort einmal mehr in den Sinn. Neben Einsamkeit erhöht das Besteigen des Mount Everest das Sterberisiko immens. Und Waffen natürlich ebenfalls.

Romy

Ein Knall reißt mich aus dem Schlaf. Ich jage hoch, schaue mich hektisch um. Valentin ist nicht neben mir, Staub tanzt im Lichtstrahl, der durch den Vorhang fällt, und ich schaue auf mein Handy. Ich habe noch beinahe zwei Stunden geschlafen und wundere mich, dass Valentin mich nicht zum Frühstücken geweckt hat.

Ich steige aus dem Bett, tapse zur Tür.

»Valentin?« Sein Name auf meiner Zunge fühlt sich bereits so vertraut an, und ich liebe es, ihn auszusprechen. So, wie ich es liebe, wie wir zusammenpassen. Die letzte Nacht war so berauschend, und ich wünschte, wir könnten die Zeit anhalten. Einfach hierbleiben und uns weiter kennenlernen. Plötzlich höre ich Stimmen von draußen und lausche. Vor dem Terassenfenster ruht friedlich der Pool, die Blumen leuchten und die Sonne lässt Lichtpunkte über die Terrasse tanzen. Die Gespräche müssen vom Hof kommen. Und sie hören sich hitzig an.

Leise gehe ich zur Haustür, will gerade die Klinke drücken, da wird die Tür mit Schwung geöffnet, und ich bekomme sie fast vor den Kopf.

»Romy«, haucht Valentin erschrocken, ich taumle, erhasche gerade noch eine Sequenz von draußen, in der zwei bullige Typen eine Gestalt umherschubsen. Wenn mich nicht alles täuscht, ist *Ein ganzer Kerl dank Chappi* aus Neapel einer von ihnen.

»Was ist hier los?«, will ich alarmiert wissen, und Valentins Kiefermuskel zuckt. »Komplikationen.«

Ich recke den Hals, versuche, durch das vordere Fenster etwas zu sehen, doch Valentin versperrt mir die Sicht, legt seinen Arm um mich und führt mich an dem Hocker mit dem hässlichen Krug vorbei in den Raum hinein. Mir fällt auf, dass das Porträt der *Tenuta*-Besitzerin schief hängt und eine Delle hat. Das wird ihr sicher nicht gefallen.

»Was für Komplikationen?« Ich mache mich von Valentin los, verschränke die Arme und spüre meinen Puls im Hals. Anstatt sofort zu antworten, legt Valentin die Nadel des Plattenspielers auf, lässt Joy Division erneut seine Best-offs spielen, um das Gezeter von draußen zu übertönen.

»Es ist alles unter Kontrolle.«

Ich starre den Mann, dem ich die letzten Stunden so nahe war, an, entdecke die Platzwunde am Haaransatz und zucke zusammen, als seine Hand nach meiner greift.

»Mach dir keine Sorgen«, meint Valentin, nimmt die Schachtel Zigaretten und zündet sich eine an. Joy Division trägt seine Klänge in die Luft. *Then love, love will tear au apart again.*

»Lustig, dass du das sagst. Normalerweise bin ich niemand, der sich übermäßigt sorgt, aber in deiner Gegenwart mache ich mal 'ne Ausnahme«, ätze ich und angle reflexartig ebenfalls nach seiner Zigarettenschachtel, nehme selbst eine und stecke sie mir zwischen die Lippen.

Doch anstatt mir Feuer zu geben, zupft er sie mir heraus und stopft sie zurück in die Packung.

»Ich denke nicht, dass du meine Gewohnheiten überneh-men solltest«, meint er ernst, und mein Protest bleibt mir im Hals stecken. Vermutlich hat er recht. Ich sollte mir nichts von seinem Lebensstil aneignen. *Why is the bedroom so cold? Youe ve turned away on your side.*

Valentin bläst Kringel in die Luft, drückt die Zigarette da-nach auf einem Teller von gestern aus und legt seine Hand auf meine Schulter. Ich streife sie ab. Wenige Schritte, und ich werfe einen weiteren Blick nach draußen. Ein Kerl wird in einen Jeep bugsiert.

»Romy, verzeih, aber ich denke, du solltest abreisen«, höre ich Valentin plötzlich, und in mir zieht sich alles zusammen. Ich wirble herum und sehe ihn fassungslos an.

Gestern dachte ich noch darüber nach, ob wir eine Zukunft haben könnten, doch die Hitze der Nacht ist plötzlich so weit weg, dass ich mich kaum noch daran erinnere.

»Ich muss einen neuen Auftrag erledigen.«

»Kannst du nicht ablehnen? Waren die Typen deshalb hier?«

Valentin nickt.

»Und weshalb die Kopfwunde?« Ich schätze, für mich war die Situation, die ich verschlafen habe, auch nicht gerade un-gefährlich. Ein Kloß in meinem Hals bricht mir die Stimme.

»Nur eine kleine Unstimmigkeit unter Kollegen. Der Range-Rover-Fahrer hat mir einen Besuch abgestattet.«

»Da bin ich ja froh, dass es bei uns Fotografen gesitteter zugeht.« Ich könnte plötzlich heulen. In was bin ich da nur reingeraten? Die Gefahr, in der Valentin und schließlich auch ich geschwebt haben, trifft mich wie eine Faust in den Magen. Wie gut ging es mir doch, als ich noch ein Leben und eine Beziehung führte, die wie ein ruhiger Fluss dahinplätscherten. Unspektakulär, belanglos. Als ich noch nicht so viel empfand. Ich blicke ihn traurig und wütend an.

»Romy, es tut mir leid.« Er kommt auf mich zu, fädelt seine Finger in meine, die grauen Augen sturmumwölkt.

»Und was wollte er? Und wer sind die Typen da draußen?«, hake ich nach.

»Ich denke, es ist besser, du weißt so wenig wie möglich«, weicht er mir aus, und plötzlich ist mir eiskalt.

»Dein Ernst, Valentin?«

»Romy, bitte glaub mir! Es tut mir so leid.«

»Das war es jetzt also, was ist mit ›Ich habe mich verliebt‹?«, entziehe ich ihm wütend die Hand.

»Romy, es geht einfach nicht, unsere Leben sind zu unterschiedlich … ich kann das hier nicht machen und ich will dich nicht in Gefahr bringen.«

»Das hättest du dir vorher überlegen sollen«, zische ich unfairerweise zurück, aber es ist einfacher, die Schuld auf ihn zu schieben. Valentin war, was seinen Lebensstil betrifft, seit Neapel vollkommen ehrlich zu mir. Aber dass er mich einfach so abfrühstückt, es einfach beendet und mir jetzt nicht die ganze Wahrheit sagt, saugt mir die Luft aus den Lungen. Ich bin ihm anscheinend doch nicht so wichtig, wie ich gedacht habe. Verstört trete ich rückwärts und stoße gegen den dämlichen römischen Krug. Er fällt, zerspringt in tausend Teile. Wie ich.

Als ich wieder atmen kann, verarzte ich im Badezimmer Valentins Kopfwunde. So wütend und verletzt kann ich gar nicht sein, als dass ich will, dass er verletzt ist. Die Wunde ist nicht tief, um ehrlich zu sein, will ich gar nicht wissen, woher sie stammt. Zumindest jetzt nicht, es würde mir einmal mehr vor Augen führen, dass eine gemeinsame Zukunft mit Valentin unmöglich ist. Zum Glück ist die Hausapotheke von Teresa sehr gut ausgestattet. Ich glaube, ich bin nicht sonderlich sanft zu ihm. Valentin zieht scharf die Luft ein, als ich Jod verteile und getrocknetes Blut von der Haut wische.

Die nächste Stunde rede ich kein Wort, packe meine Tasche und blicke mit einem Kaffee in der Hand über die erntereifen Zitronenbäume, lenke mich davon ab, dass ein Mann von zwei Männern in einen Jeep gedrängt wurde. Zeternd und tretend. Bin ich jetzt erneut Mitwisserin einer Straftat? Wenn ich das Lilly erzähle …

Irgendwann kommt Valentin zu mir. Die Sonne ist unerträglich heiß, brennt auf meinem Kopf.

»Es wird Zeit«, haucht er und schaut in den blauen Himmel.

»Willst du mich auch entsorgen? Aber pass auf, das kostet«, antworte ich sarkastisch, und Valentin atmet schwer aus.

»Unsinn, vergiss das einfach alles«, rät er mir.

Der süße, schwere Duft betäubt mich. Die Drosseln singen zu fröhlich, das Zirpen der Grillen fühlt sich zu laut an.

Und ich muss über seinen Ratschlag fast lachen.

»Das würde ich gerne.« Und vermutlich weigere ich mich, zu akzeptieren, dass der Mann, den ich vielleicht liebe, einen anderen, ohne mit der Wimper zu zucken, in ernsthafte Schwierigkeiten bringt, deren Folgen ich mir gar nicht ausmalen will. Und dass er mir vielleicht fremder ist, als ich wahrhaben will.

*

Kurz bevor wir aufbrechen, sitze ich allein im Bad und rufe Lilly an. Ich drehe mich nicht mehr in die gleiche Richtung wie die Welt, das spüre ich ganz klar. Und ich hoffe, sie kann mir auf irgendeine Weise helfen. Meine Pole neu laden oder was auch immer.

»Liebes, was machst du?«, fragt sie ins Telefon, und ich kann Kindergebrabbel im Hintergrund hören.

»Ich komme nach Hause«, antworte ich knapp, lehne mich an die Duschkabine in meinem Rücken und starre an die Zimmerdecke, in deren Ecke eine Spinne gerade eine Fliege einrollt.

»Wow, damit habe ich gar nicht so schnell gerechnet. Ist etwas passiert?«

Wo fange ich an, wo höre ich auf? Ich seufze, wische mir fahrig mit der Hand über die Augen.

»Nichts, gar nichts.«

»Aha«, antwortet Lilly, und ich weiß, dass sie weiß, dass ich lüge.

»Was habt ihr denn so gemacht?«

»Die Steuererklärung.« Ein Synonym für alles Unerfreuliche auf dieser Welt. Ich kneife die Augenlider fest zusammen und recke mein Kinn in Richtung Decke. Denke an Valentins Gesichtsausdruck, als er mich gebeten hat abzureisen. Sein Anblick hat sich mir förmlich ins Gedächtnis eingebrannt. Wie er dastand, den Kopf leicht geneigt, der Blick sanft und doch so unendlich traurig. Er hatte etwas entschieden, und er war wild entschlossen.

»Habt ihr gestritten?«, vermutet Lilly, und ich höre sie lautstark ausatmen. »Muss ich jetzt vorbeikommen und gemein werden? Du lässt dir ja wohl nichts gefallen, oder?«

»Ich doch nicht«, antworte ich und versuche, das Bild von Valentin aus dem Kopf zu bekommen.

»Du hörst dich mitgenommen an, willst du nicht drüber reden?«

»Es ist kompliziert …«, unterbreche ich mich, weiß einfach nicht, wie ich erklären soll, was Valentin und mich anscheinend auseinandertreibt.

»Hat er einen Fetisch … Noah, bleib sitzen … mit dem du nicht klarkommst?«, fragt Lilly und senkt dann die Stimme. »Oder hast du einfach das Interesse verloren?«

Ich schätze, das wäre einfacher. Und ein wenig sticht die Erkenntnis in mir, dass diese Möglichkeit für Lilly eine der naheliegendsten sein könnte. Dass ich aus dem Nichts das Interesse an einem Mann verliere.

»So einfach ist es nicht.« Ich seufze. Wenn ich jetzt bei ihr wäre, würde sie mir beruhigend ihre Hand auf die Schulter legen und mich zwingen, sie anzuschauen, mit diesem Du-kannst-mir-alles-sagen-Blick. Und fast bin ich froh, dass wir nur telefonieren, denn ich sollte über das Erlebte eigentlich gar nicht sprechen. Und wieder legt sich dieser Anblick von Valentin über alles, was ich denke und empfinde. Diese traurige Entschlossenheit.

»Wann wirst du zurück sein?«, fragt Lilly, und eines ihrer Kinder summt eine Melodie, irgendwas zwischen *Alle meine Entchen* und *Die Affen rasen durch den Wald*.

»Wir fahren nach Rom. Von da aus nehme ich den Zug.«

»Was? Er fährt dich nicht mal nach Hause?«, wundert Lilly sich und stößt ein verächtliches Schnaufen aus. »So ein Arsch. Egal was das zwischen euch war, er hat dich nicht verdient.« Die Vergangenheitsform dröhnt durch meinen Schädel, der immer noch voll mit den Eindrücken der letzten Stunden ist, und gräbt sich dann in meinen Magen.

»Ich will mit dem Zug fahren, es hat nichts mit Valentin zu tun«, erkläre ich, und Lilly sagt eine Weile nichts mehr.

»Komm schnell zu mir, damit ich dich in den Arm nehmen kann«, erwidert sie sanft, und ich weiß genau, was sie meint: Sag mir, wenn du fällst, und ich falle mit dir. Das ist wahre Liebe. Ganz sicher.

»Ich schreib dir, wenn ich im Zug sitze.« Die Fahrt wird zwanzig Stunden dauern, eine halbe Ewigkeit, die ich allein mit mir und einem unvollendeten Bildband aushalten muss, dessen Thema ich immer noch nicht ganz verstanden habe.

»Ich hab dich lieb, Romy«, sagt Lilly, und ich blinzle. »Ich dich auch.« Dann lege ich auf und wühle in meinem Inneren nach den Steinen für eine Mauer um mich, auch wenn es viel zu spät ist, mich zu schützen.

∗

Die Fahrt in Richtung Rom verläuft schweigsam.

»Hast du das Drama von heute Morgen ein wenig verdaut?«, fragt Valentin mich nach fast drei Stunden und lächelt ein wenig. Es steckt an, zumindest fühle ich, wie sich meine Mundwinkel ein wenig nach oben bewegen.

»Ich bin hart im Nehmen, denke fast gar nicht mehr an das ganze Blut, die Lebensgefahr, die Fesseln und das Herumgeballere«, witzele ich sarkastisch, so habe ich es mir im Nachhinein zumindest ausgemalt. Im Moment beschäftigen sich meine Gedanken aber ausnahmslos mit dem Abschied, der vor uns liegt. Und mit Valentins Distanziertheit. Und ob er mir tatsächlich nicht mehr nahe ist oder es vielleicht nie war? Gott, ich hasse diese Gedanken und weiß nicht, wie ich damit umgehen soll. Und das Paradoxe daran ist, dass ich selbst mein Gegenüber oft im Unklaren über meine Gefühle ließ. Jetzt spüre ich am eigenen Leib, wie verletzend das sein kann.

»Schön, dann bin ich wenigstens nicht für ein Trauma verantwortlich«, meint Valentin hölzern, während wir die Schnellstraße verlassen. Er hatte mir nicht mal wirklich verraten, was für einen Auftrag er in Rom hat. Nur Gefasel über eine Expertise eines Schmuckstückes oder so ähnlich.

Bald haben wir die Stadt erreicht, und ich kratze an meiner Hand herum, zupfe an der Nagelhaut. Sollte ich in ihn fragen, wann er zurück nach München reist? Wieso spricht er nicht mit mir, fragt, ob wir uns irgendwann wiedersehen, und will ich das überhaupt? Selbst ich sehe ein, dass sein Lebensstil nicht mit meinem vereinbar ist. Aber warum fällt es ihm anscheinend so leicht, mich zum Bahnhof zu fahren und in einen Zug zu setzen? War ich doch nur ein amüsanter Zeitvertreib? Ich kneife mir in die Haut meines Handrückens und muss fast über mich lachen. Karma gibt es eben doch. Und all die Male, als ich jemanden mühelos zurückließ, rächen sich jetzt. Das muss es sein. Ich würde lieber als Kakerlake wiedergeboren werden, als das hier zu fühlen.

»Das ist ja rührend«, werde ich sauer auf mich und das Leben.

»Wie meinst du das?« Valentin schaltet einen Gang runter. Der Motor des Audis jault auf, und ich möchte es ihm gleichtun.

»Na so, wie ich es sage. Ich bin gerührt, dass du dich um

mein seelisches Heil sorgst.« Ich hole tief Luft, meine Fingerspitzen prickeln. »Ganz ehrlich, mir kommen die Tränen«, stichle ich weiter und warte auf eine Reaktion.

»Sieht gar nicht so aus.« Verblüffung weicht seiner verschlossenen Miene, und ich werde noch wütender.

»Was sieht nicht so aus?« Ich lehne mich weit in den Sitz, verschränke die Arme.

»Na, als würdest du gleich vor Rührung weinen.« Für den Bruchteil einer Sekunde entgleitet ihm die gefasste Miene.

»Hast du ein bisschen Menthol? Das hilft immer«, lasse ich nicht locker, mir nicht sicher, was ich erreichen will.

»Ja, klar, hinten im Gepäck, literweise, habe ich immer für solche Fälle dabei«, kontert er jetzt ebenfalls ärgerlich, und die Luft wird unangenehm dick.

»Lass uns *Was-wäre-wenn* spielen«, sagt er so leise, dass ich es fast überhört hätte. »Was wäre, wenn du durch meine Schuld gestorben wärst.«

»Das wäre bedauerlich.«

»Das trifft es nicht ganz.« Er packt das Lenkrad fester.

»Dann wäre ich tot, viele Leute sterben.« Das ist der Lauf der Dinge, schätze ich. Erst neulich ist eine alte Klassenkameradin bei einem Fallschirmsprung verstorben. Gut, jetzt kann man darüber diskutieren, ob sie das Risiko hätte eingehen müssen, aus einem Flugzeug zu hüpfen, aber der Tod findet dich auch in der Badewanne, wenn er will.

»Bist du so naiv?« Er kneift sich in den Nasenrücken, rückt seine Brille zurecht.

»Bitte?«

»Du müsstest verstanden haben, dass ich damit ebenfalls zerstört wäre.«

Ich hasse den Schmerz, den seine Worte auslösen, und ich ahne, weshalb ich mich so viele Jahre so gut davor geschützt hatte. Und ich hasse Valentin in diesem Moment dafür, dass er aus dem Nichts aufgetaucht ist und es geschafft hat, in mein Herz zu wandern.

»Das sehe ich genau wie du. Ich würde meine Existenz auch nicht für einen Mann aufgeben können«, erinnere ich mich an Henry. »Manchmal treffen Menschen zum falschen Zeitpunkt aufeinander.«

Valentin nickt stumm, lacht dann unglücklich auf, und ich rutsche auf meinem Sitz herum.

»Es ist besser so.«

Mir fällt es schwer, nicht mein Gesicht zu verziehen.

Wir sind in der Ewigen Stadt. Mein Blick ist verschlossen, und ich kann die vorbeiziehende Kulisse nur mit Gleichgültigkeit betrachten. Prunkvolle Gebäude, ein Farbenspiel aus alten Tempeln mit Kuppeln, an fast jeder Ecke ein Trinkwasserbrunnen. Kannelierte Säulen stützen Wohnhäuser, vier Mädchen sitzen auf einer Bank, gönnen sich ein Eis. Doch mit jedem Meter, den wir weiterfahren, blitzt ein anderes Rom durch. Aufgeplatzte Müllsäcke nehmen die Fußgängerwege ein. Gestank wabert durch die Luft, die Straßen sind schlecht, irgendwie versifft. Und ich gebe mir größte Mühe, das schöne Rom nicht aus den Augen zu verlieren, während das andere sich lautstark darüberlegt. So wie ich mich mahne, die warmen Gefühle für Valentin über die Enttäuschung hinweg nicht zu vergessen.

Eine Straßenbahn brettert an uns vorbei, Valentin biegt ab und sieht hoch konzentriert aus.

»Ein Gutes hat das Ganze«, sage ich irgendwann.

»Nur eins?«

»Ich habe mein Versprechen gehalten, die beste Reisebegleitung zu sein, die du jemals hattest«, sage ich und lächle.

Valentin blickt mich lange an. Zu lange. Ein Auto zieht über die Fahrspur, die in Rom nur Dekoration zu sein scheint und der niemand besondere Bedeutung zuschreibt, und wir krachen ihm fast drauf. Valentin flucht, und ich kralle mich an den Panikgriff. Mein Herz poltert, doch das ist Nichts, verglichen mit meiner aktuellen Gefühlslage.

»*Scusa*, aber vielleicht sollten wir während der Fahrt nicht reden. Wir sind fast da.«

Ich frage mich, was er gerade denkt. Hüte mich aber, es auszusprechen, starre lieber auf das unschöne riesige Gebäude, das sich vor uns hier im Stadtzentrum aufbaut.

Die *Stazione di Roma Termini.*

Nachdem wir einen Parkplatz gefunden haben, hilft Valentin mir mit dem Gepäck. Begleitet mich durch den Haupteingang. Jeder Schritt schmerzt, und ich bekomme eine Ahnung davon, wie die kleine Meerjungfrau sich an Land gefühlt haben muss. Der Preis für ihre Liebe: der Verlust der Stimme und Scherbenschnitte an den Fußsohlen.

Geschäfte, Schnellrestaurants und Boutiquen reihen sich aneinander, es ist laut. Riesige Anzeigetafeln verraten Abfahrten und Ankünfte, verteilt auf über dreißig Gleise.

Es geht hektisch zu, Menschen drängen sich zu den Gleisen. Manche sitzen auf ihren Rucksäcken, weil nirgends Bänke frei sind.

Als mein Zug angekündigt wird, versuche ich zu lächeln, doch dieses Mal spielen meine Mundwinkel nicht mit. Valentin zieht seine Jacke aus, legt sie mir über die Schultern, wie schon so oft zuvor. »Es ist kalt in Deutschland, du wirst sie brauchen.«

»Danke«, sage ich tonlos, meine Stimme versagt fast.

Er tritt näher, eine winzige Berührung seiner Hand an meiner Wange jagt einen Schauer durch mich hindurch.

»Was sagt man jetzt?«, frage ich und werde von einem Rollkoffer angefahren, den ein alter Mann im Laufschritt hinter sich herzerrt.

»*Addio.* Das heißt Lebewohl.« Sein Blick gräbt sich tief in meinen, und ich spüre meine Kehle eng werden. Valentin tritt noch einen Schritt näher, steht nun dicht vor mir und senkt die Stimme. »Ich wünsche dir alles Glück der Welt, Romy. Dass du dir treu bleibst und die Erfüllung findest, die du brauchst, um all die Wunder der Welt zu erleben. Lass dich aufs Leben ein.«

»Das wünsche ich dir auch«, flüstere ich und fühle, wie sich Emotionen in mir auftürmen.

»Na dann.«

»Na dann.« Ich bemühe mich abermals zu lächeln.

»Vielleicht sehen wir uns eines Tages wieder.«

»Bestimmt, dann bin ich wahrscheinlich mit einem Rockstar verheiratet und habe vier Kinder«, warne ich ihn.

»Nicht weniger erwarte ich von dir.«

»Und du, wie wird deine Zukunft aussehen?«

Er zuckt die Schultern.

Ich will, dass er glücklich ist. Frei. Auch wenn das heißt, dass wir uns gegenseitig ziehen lassen müssen. Ich betrachte sein Gesicht, die grauen Augen funkeln, und ich stelle mich auf die Zehenspitzen, hauche ihm einen Kuss auf die Stelle auf seiner Wange, die er mir im Restaurant gezeigt hat. Ich will etwas sagen, aber mir fehlen all die Worte, die ausdrücken könnten, was ich fühle.

Er beugt sich zu mir, ist mir so nahe.

»Du warst der Schlüssel zu etwas in mir, das ich lange vermisst hatte«, sagt er.

Sein warmer Atem streicht über meine Wange, ich schließe für einige Sekunden die Augen.

»Ich werde immer dankbar dafür sein, dich getroffen zu haben.«

Warum willst du dann, dass ich gehe? Die Frage huscht durch meinen Kopf und doch bringe ich es nicht fertig, sie zu formulieren.

»Gute Reise.« Flüchtig streichelt er mir über die Wange, dreht sich um und geht.

Ich tue es ihm gleich, schleppe die Tasche vor mir her, klammere mich an ihr fest, während der Schmerz in meiner Brust immer mehr Raum einnimmt.

Bilder explodieren vor meinem inneren Auge. Eine Hand, die aus den Fluten des Meeres ragt; Lillys Silhouette vor der untergehenden Sonne am Deich, ein Foto, das ich schoss, als wir vierzehn waren, und das für sie ein Sinnbild von Einsamkeit war; Omas alter Sessel, den wir zur Tag- und Nachtgleiche auf einer Wiese verbrannten; zwei Hände vor strahlend blauem Himmel, die nach einander greifen und sich nicht erreichen können.

Ich habe das Gefühl, etwas zerrt an mir, ein unsichtbares Band, das sich strafft, bis zum Zerreißen gespannt. Ich bleibe stehen. Lilly sagt, man könne sich nicht vor seinem Seelenverwandten verstecken, er findet einen so oder so. Die Verbindung sei dann so stark, dass man sich stumm verständigen könne. Was, wenn sie recht hat? Was, wenn Valentin dieser eine ist? Ich schaue mich um, Menschen strömen an mir vorbei, die Sekunden durch mich hindurch. Ich entdecke Valentin, der durch die Menge schreitet. Schnellen Schrittes, den Rücken gerade und gespannt, den Kopf erhoben. *Bleib stehen und dreh dich um!* Mein Geist brüllt diese Worte, doch Valentin reagiert nicht. Wunschdenken, hallt es in mir wider. Nur weil wir es uns wünschen, ist es nicht wahr.

Ich schlucke, klammere mich fester an den Griff meiner Tasche. Manche Menschen begegnen uns eben nicht, um zu bleiben, wird mir klar. Sie stellen uns eine Aufgabe, die wir bewältigen müssen, um voranzukommen. Und vielleicht ist es das, was wirklich zählt. Und während mein Herz schmerzhaft schlägt, füllt es sich mit Dankbarkeit. Denn immerhin habe ich auf dieser Reise mehr über mich gelernt als in meinem ganzen Leben zuvor.

Valentin

Jeder Schritt fühlt sich schwer an. Ich wünschte, ich könnte in Romys Kopf schauen. Unsere Leben sind nicht miteinander vereinbar, so viel ist klar. Als mir klar wurde, wer mir bis zur *Tenuta* gefolgt war, hatte ich eine Angst verspürt wie nie zuvor. Hätte Luigi mich überwältigt, kann ich nicht sicher sagen, was er mit Romy angestellt hätte, um an Informationen über *Venus und Mars* zu kommen. Zum Glück konnte ich ihm zuvorkommen. Ich bin heilfroh, dass Romy das meiste verschlief und die georderte Hilfe seitens Signor Farina umgehend kam. Nicht auszudenken, wenn Romy in das Geschehen geplatzt wäre. Ich reibe mir über die Augen, bereue es so sehr, sie in eine solch brisante Lage gebracht zu haben. Und vermutlich verachtet sie mich sogar ein wenig für das, was ich bin. Doch etwas lag eben zwischen uns, das mich an meinem Entschluss zweifeln ließ. Ich stoppe, jemand rempelt mich an. Eine Mutter mit einem Kleinkind auf dem Arm. Ich drehe mich um, suche nach Romy und weiß nicht, was ich erwarte, oder mir wünsche. Wenige Herzschläge später entdecke ich sie, zielsicher steuert sie das Gleis an, und ich denke, es ist gut, wie es ist. Alles findet sich mit der Zeit. So war es immer.

Die Hände tief in den Hosentaschen vergraben, beschleunige ich meine Schritte. Als ich das Bahnhofsgebäude verlasse, zünde ich mir meine Zigarette an. Zu meinen Füßen hat ein Straßenkünstler die *Mona Lisa* mit einem eindeutigen Lächeln gemalt, darüber die Schrift *Befreit die Liebe* und ich werfe ihm hundert Euro in seine Sammelbüchse. Bevor er sich bedanken kann, laufe ich weiter. Mein Handy klingelt, und ich nehme ab. Es ist Mia.

»Du wirst nicht glauben, was passiert ist«, zwitschert sie vergnügt, und ich kicke eine deplatzierte Dose über den Bürgersteig. Scheppernd springt sie vor mir her.

»Na, dann schieß mal los.« Ablenkung war mir nie willkommener.

»Was ist denn mit dir los? Hast du schlechte Laune?«, merkt Mia dummerweise sofort.

»Nein, die letzten Tage waren nur ein bisschen stressig.« Ich erreiche den Audi, entriegle ihn und lasse mich auf den Fahrersitz fallen.

»Wieso? Was ist denn los?«

»Öder Erwachsenenkram.« Mord und Totschlag und ungeplanter Herzschmerz. Meine Lippen kräuseln sich bei der Erkenntnis, dass Romy es gerade tatsächlich tut. Sie bricht mein Herz.

»Bullshit, erzähl schon«, bleibt meine Nichte hartnäckig wie eh und je. Hatte ich mal behauptet, ich schätze diese Eigenschaft an ihr?

»Nein, du wolltest *mir* etwas erzählen«, sage ich.

»Ja, ich habe Neuigkeiten. Wir ziehen nach Italien. Mama und Papa haben eine Entscheidung getroffen und ich finde es super.«

»Bitte?« Ich falle aus allen Wolken. »Wie kommt das denn?«

»Allem Anschein nach sprechen Mama und Papa schon

lange darüber, und nun kann Papa einen Job in Florenz annehmen. Und Mama, nun, die kann ja als Illustratorin eh überall arbeiten.«

»Ich hatte keine Ahnung.«

»Das liegt vermutlich daran, dass du nur dein eigenes Ding machst und dich hier zu selten blicken lässt.«

In den Worten schwingt ganz klar ein Vorwurf mit.

»Ich werde mich bessern«, verspreche ich und lasse den Kopf an die Lehne sinken.

»Es ist schon komisch, manchmal ändert sich jahrelang gar nichts und dann alles an nur einem Tag«, sagt Mia, und ich sehe mich in Hamburg vor dem Porträt *La Ragazza di Capri* stehen, neben mir die schönste Frau, die ich jemals gesehen habe. Ich kneife mir in die Nasenwurzel.

»Und was ist mit deinem Marvin?«

»Ach, der. Der kann mich ja besuchen kommen.«

Die Unbeständigkeit junger Herzen. Einen Tag verliebt, den anderen entliebt. Was sagte ich selbst noch über Verliebtheit und ihre Oberflächlichkeit?

»Das sind ja ganz neue Töne.«

»Wir hatten Streit, er wollte mir vorschreiben, was ich zu einer Party anziehen soll«, empört sie sich.

»Das ist ja die Höhe.«

»Sagt Mama auch. Und dann hat er gemeint, ich könne ja nicht erwarten, dass er meine Gedanken lesen kann. Ich finde aber, jeder gute Kerl sollte das zu seinen Kernkompetenzen zählen, findest du nicht auch?«

»Wie meinst du das denn?« Ihre Naivität ist rührend.

»Na, wenn ich mich streite und dann weglaufe, muss er mir einfach hinterherkommen, weil es doch offensichtlich ist, dass ich gerade leide. Es wird doch nicht besser, indem er erst mal weggeht und mit den Jungs chillt.«

»Wenn du meinst, dass Gedankenlesen möglich ist? Ich hab es jedenfalls noch nicht gelernt.«

Mia seufzt theatralisch. »Ich will einen Jungen, der meine Sprache spricht. So wie Papa, der kann Mama immer verstehen. Er sagt, es ist einfacher, einen Menschen an seiner Seite zu haben, dessen Seele dieselbe Sprache spricht. Sonst ist man sein Leben lang dabei, seine Seele zu übersetzen, und das ist anstrengend.«

»Das hört sich plausibel an.«

»Ist es«, meint Mia selbstsicher. »Und? Was ist mit deiner Romy? Seid ihr zusammen?«

»Nein.«

»Wieso nicht? Ihr hättet gut zusammengepasst.«

»Vielleicht in einem anderen Leben einmal«, sage ich leise.

Und da ist sie, die Wahrheit, und ich versuche, sie verzweifelt zu ignorieren. Das, was ich für Romy empfinde, ist keine simple Verliebtheit. Ich wollte mich nie verlieben, hatte keinen verklärten Blick auf diese Frau, sondern sah ihre Ecken und Kanten nur zu genau. Und ich habe Angst, dass ich sie liebe, für immer. Und dass wir vielleicht nie mehr im selben Raum sein werden. Jemand sagte einmal: Die Liebe kommt, wenn du nicht bereit bist, und sie geht, wenn du es bist. Doch kann ich sie wirklich gehen lassen? Oder bin ich im Zweifelsfall eher bereit, mein Leben zu verändern? Mich mehr auf das einzulassen, worauf es doch viel mehr ankommt? Nähe und Geborgenheit.

Man ist immer nur eine Entscheidung entfernt von einem vollkommen anderen Leben, spinne ich Mias Worte weiter.

327

»Wie viele Leben, glaubst du, hast du?«, macht Mia es mir noch mal bewusst, und Panik erfasst mich.

Ich muss sie aufhalten.

»Mia, ich ruf zurück«, beende ich das Gespräch und steige aus dem Wagen. Schlage die Tür ins Schloss, schließe ab und renne zurück zum Bahnhofsgebäude. Es kommt mir viel voller vor als zuvor. Überall drängen sich Leute, versperren mir den Weg. Und dann merke ich, dass ich ohne gültiges Ticket nicht mal aufs Gleis komme!

Romy

Ich bin am Gleis 13, ein junger Mann fegt Schmutz und Zigarettenkippen zusammen, nachdenklich und mit Kopfhörern auf den Ohren. Ich verspüre den Drang, ihn zu fotografieren, als er den Unrat zu einem Herz formt und zu einem Mädchen herüberschaut, das auf den Zug wartet. Vielleicht sieht er sie hier öfters, wird ihr aber nie seine Liebe gestehen, weil er sich für seinen Job schämt.

Wer weiß.

Eine Italienerin kritzelt auf einem Notizblock, schaut mich dabei immer wieder an. Ob sie über mich schreibt? Sie trägt die langen Haare zu einem Dutt, pustet immer mal wieder eine Strähne aus dem Gesicht, wenn sie ihr vor die Augen fällt, und sieht dabei so glücklich aus.

Ich setze mich auf eine freie Bank, stelle die Tasche neben mich und fühle mich mutterseelenallein.

Irgendwann schaue ich durch die Linse meiner Kamera, fotografiere ein wenig herum, um mich abzulenken. Die junge Italienerin legt den Block zur Seite, nimmt ihr Handy und telefoniert. Ihre Augen leuchten dabei so intensiv, dass ich abdrücke. Den Ausdruck auf ihrem Gesicht einfange, während sie mit einem Paul spricht und leichte Röte sich auf ihre Wangen legt. Selten empfand ich einen Menschen als so schön, und während ich ihr die entstandenen Bilder zeige, sprudelt es aus ihr heraus. Sie erzählt, lacht, gestikuliert und ich verstehe einige Wortfetzen. Hochzeit, Paul, Österreich. Ich male mir den Rest aus. Bald sollte mein Zug kommen. Ich schaue auf das Display meiner Nikon, sehe die vielen Fotografien der letzten Tage durch und erlebe all diese Momente noch einmal. Das Paar auf dem Fahrrad; der Mann, der seinen Strauß roter Rosen in den Mülleimer warf, die beiden Kinder, die Händchen hielten. Und dann entdecke ich die Bilder von mir am Fluss im Nationalpark, die Valentin von mir geschossen hatte. Ich betrachte sie lange, stelle fest, dass er mich so festgehalten hat, wie ich mich selbst sehe. Die Unsicherheit hinter meinem Lächeln, tief gehende Fragen in meinen braunen Augen. Eines der Bilder gefällt mir besonders gut. Ich stehe im Fluss, bis zu den Waden im Wasser, und drehe mich um mich selbst. Meine Haare fliegen, und ich blicke fast schüchtern zum Betrachter. Leider ruiniert die grelle Sonne, die durch das Blätterdach fällt, das Bild. Aber ich habe bereits einen Plan, um es zu retten. Diese Momentaufnahme, in der selbst ich die Zuneigung und die Furcht vor Abweisung sehen kann, ist zu schade, um weggeworfen zu werden.

Eine Träne tropft aus meinen Wimpern, trifft auf die Kamera, und ich verstaue sie eilig in meinem Rucksack.

20:05 Uhr und der Nightjet nach Deutschland rollt ein. Gute zehn Minuten vor regulärer Abfahrt. Ich ziehe Valentins Jacke fester um meinen Körper, stehe auf, schnappe mein Gepäck und reihe mich zwischen den vielen anderen Leuten ein.

Ich rieche Valentins Duft, bin ihm einen Moment ganz nahe, fühle mich geborgen und gleichzeitig verloren. Ich fürchte, das Brechen eines Herzens war nie so laut wie in diesem Augenblick, als ich den Fuß in den Zug setze.

Plötzlich legt sich eine Hand auf meine Schulter, hält mich zurück. »Warte!«

Mein Herz hält inne, ich drehe mich um. Außer Atem steht Valentin hinter mir, zieht mich zwischen anderen einsteigenden Leuten wieder auf den Bahnsteig.

Alle möglichen Gedanken rasen durch meinen Kopf.

»Ich hab mir ein Ticket gekauft«, sagt er, wedelt mit einem Papier. Schweißperlen glitzern auf seiner Stirn.

»Du fährst mit?«, frage ich, bin verwirrt.

»Nein, aber ich musste dich noch einmal sprechen.«

Ich straffe mich, ein Reflex. »Du hättest auch eine Nachricht schicken können.«

»Nein, das, was ich zu sagen habe, ist zu wichtig.«

»Du wolltest, dass ich abfahre. Was hat sich geändert?«

Ich stehe auf wackligen Beinen. Valentin fährt sich unruhig durchs Haar, schaut mich intensiv an.

»Ich wollte dich in Sicherheit wissen, ist das so schwer zu verstehen?«

Schiffe sind im Hafen am sichersten, doch dafür sind sie nicht gemacht. Das hat mein Vater mal gesagt, als meine Mutter ihn bat, nie wieder Motorrad zu fahren.

»Empfindest du etwas für mich, Romy?« In Valentins Augen tobt ein Sturm.

»Spielt das eine Rolle?« Zuletzt hatte er klar angedeutet, dass Gefühle nicht immer von Belang sind, wenn es um unterschiedliche Lebenskonzepte geht. Ich trete einen Schritt auf ihn zu, andere Reisende treiben uns dicht aneinander, während sie mit schwerem Gepäck in den Zug einsteigen.

»Nichts auf der Welt spielt für mich gerade mehr eine Rolle, nur diese Frage. Romy, ich liebe dich, obwohl ich längst nicht alles von dir kenne. Und ich bin mir sicher, so etwas, mit dieser Intensität, so unfassbar unverhofft, passiert einem nur einmal im Leben. Deshalb muss ich wissen: Geht es dir genauso?«

Ich spüre Tränen, sie laufen mir über die Wangen.

»Oder verachtest du mich, für das, was ich bin?«

Seine Worte treffen mich im Magen.

»Nein, ich liebe dich auch, und ich will nicht, dass es hier vorbei ist.«

Seine Arme schließen sich um mich, und wir verschmelzen förmlich miteinander.

»Wir finden einen Weg, unsere Leben zu vereinen, ich werde einiges ändern«, murmelt er in mein Haar, und ich bin mir nicht sicher, was ich sagen soll.

»Du hast dir so viel aufgebaut, wer bin ich, dass ich von dir erwarten könnte, das aufzugeben?« Ich selbst weiß, wovon ich spreche.

»Du bist mein Sinn«, sagt er, nimmt mein Gesicht in seine Hände. »Ich kann die Dinge so verändern, dass du sicher bist und wir zusammen sind. Wir können alles schaffen.«

Ich lächle und weine. Es ist erstaunlich, wie lange manch einer braucht, um zu verstehen, wie sich Liebe anfühlt. Hat man es aber einmal verstanden, will man nie wieder ohne sie sein. Sie macht, dass die Erde sich um die Sonne dreht, und hält die Sterne am Himmel. Nichts anderes auf der Welt hat diese Kraft und kann so viel versprechen.

In Gedanken an Isabel Eder

Du verliebtest dich wie ich in Romy und Valentin und gabst
der Geschichte ein wunderbares Zuhause. Mit dir zu plotten
war einfach magisch.

Du fehlst …

Danksagung

Ohne meine Agentin, Freundin, Vertraute und Beraterin Anja Koeseling hätte ich den Mut, einfach draufloszuschreiben, vermutlich nicht gehabt. Denn diese Story passte eigentlich gar nicht in die Planung und überrollte uns beide zu einem Punkt, als Zeit knapp war. Aber was soll ich sagen? Sie kam, sah und siegte. ☺

Außerdem danke ich Oskar Rauch und dem gesamten Team von dtv für das Vertrauen in diesen Roadtrip und für das Engagement, um diesen Roman an die Leserschaft zu bringen. Ihr seid wirklich großartig und ich bin glücklich, bei euch sein zu dürfen. ☺

Großer Dank gebührt der Lektorin Daniela Bühl. Ohne sie hätte ich mich manchmal ganz schön verfahren, wäre wortwörtlich zehnmal falsch abgebogen. Vielen lieben Dank! ☺

Liebste Louisa Gollinger, du hast meinem Rohdiamanten den Schliff verpasst. Jemanden wie dich wünscht sich jede Schreiberin an ihrer Seite. Ich danke dir von Herzen für deinen wachen Blick, dein liebevolles Eingreifen und dafür, dass du mir geholfen hast, mein Gleichgewicht zu halten. ♡